I0573430

STAMPATO SULLA PELLE

Montgomery Ink

CARRIE ANN RYAN

Stampato Sulla Pelle

Un romanzo alla Montgomery Ink

Capitolo Uno

Stampato Sulla Pelle
Un romanzo alla Montgomery Ink
di Carrie Ann Ryan
© 2021 Carrie Ann Ryan
eBook ISBN: 978-1-63695-204-8
Paperback ISBN: 978-1-63695-205-5

terzi. Per condividere questo libro con altri, si prega di acquistare una copia per ciascun ricevente. Se stai leggendo questo libro e non lo hai comprato, oppure questa copia non è stata acquistata per il tuo utilizzo, dovresti acquistare la tua copia personale.

GRAZIE PER AVER RISPETTATO il duro lavoro di questa autrice.

Nero su bianco
di Carrie Ann Ryan
©2021 Carrie Ann Ryan
Titolo originale: *Written in Ink*
Traduzione dall'inglese di Well Read Translations
http://wellreadtranslations.com

Prodotto negli Stati Uniti

PER MAGGIORI INFORMAZIONI, iscriviti alla MAILING LIST di Carrie Ann Ryan.

Per interagire con Carrie Ann Ryan, entra nel FAN CLUB su Facebook.

Stampato Sulla Pelle

Non c'è niente di peggio per uno scrittore che non rispettare una scadenza. Per Griffin Montgomery, il fallimento nel fare ciò che ama arriva in un colpo solo. Non capisce quanto questo stia influenzando la sua vita, fino a quando la sua famiglia benintenzionata non si intromette. Le sue sorelle hanno assunto per lui una nuova assistente personale e Griffin è furioso, almeno finché non scopre chi è.

Autumn Minor è una donna che ama muoversi in sordina, molte delle persone che la incontrano ne hanno un ricordo vago. Fa del suo meglio per mimetizzarsi ovunque viva, anche se si tratta di un breve periodo di tempo. Assicurarsi che nessuno si accorga di lei è l'unico modo in cui è sopravvissuta al suo passato. Solo quando incontra Griffin e il resto della famiglia Montgomery, per la prima volta ha paura di non riuscire a partire quando sarà il momento.

I due iniziano una relazione incerta ed esplosiva allo stesso tempo, ma sanno che non può durare per sempre. Nessuno dei due è votato alle relazioni a lungo termine, quando si tratta di amore e romanticismo. Quando i demoni del passato di Autumn la trovano e mettono a rischio le loro vite, Griffin non si fermerà davanti a nulla pur di proteggerla. Però alla fine sarà lui a chiederle una seconda possibilità.

Capitolo uno

A volte non c'è niente di meglio di un paio di jeans logori. Va beh, per dirla più precisamente non c'è niente di meglio di un paio di jeans logori indosso a un sedere bello sodo. Soprattutto se il proprietario di suddetto sedere lavora in un cantiere edile.

Autumn Minor si appoggiò al lato del camion e incrociò le braccia sul petto per apprezzare quel bel panorama prima di dover iniziare a lavorare. Almeno cinque uomini diversi lavoravano intorno a lei, ogni volta che si chinavano o sollevavano carichi pesanti, flettevano le cosce atletiche e i culi appetitosi. Le sembrava di essere entrata nel tempio degli uomini sexy in jeans.

Doveva iniziare a fermarsi più spesso nei cantieri della Montgomery Inc. Forse fermarsi per sbavare dietro agli uomini era un po' sessista, ma aveva notato anche gli sguardi di compiacimento di quelli che dovevano essere gli uomini single e disponibili. Non aveva fischiato né fatto apprezzamenti verso di loro, quindi si sentiva davvero un passo avanti nello sbirciare gli operai del cantiere.

"Stai guardando il fantastico culo del mio fidanzato?" le chiese Meghan Montgomery-Warren, che presto sarebbe diventata Montgomery-Dodd, mentre si appoggiava al camion accanto ad Autumn e incrociava le lunghe gambe una di fronte all'altra, indossando stivali infangati che sembravano vecchi ma tenuti con cura.

Autumn si allontanò dal camion, con la schiena un po' contratta, e si tirò indietro i lunghi capelli ramati in una coda di cavallo. "Sì, più o meno. È un problema?" Strizzò l'occhio alla sua amica da sopra la spalla e Meghan alzò gli occhi al cielo.

"Nessun problema. Finché ti limiti a guardare e non toccare." Meghan si morse il labbro e inclinò la testa, presumibilmente controllando le… doti di Luc. "Dannazione, amo il sedere di quell'uomo. Beh, lo amo in generale."

Autumn sorrise, ignorando il piccolo dolore dentro di lei che sperava non fosse gelosia. Non gelosia per Luc, ovviamente, ma per l'idea che qualcuno potesse amare un altro con così tanta intensità senza esserne spaventato. La profondità del cuore e dell'anima che vedeva sul viso dell'amica la sorprese, anche se non avrebbe dovuto. Meghan sembrava innamorata così follemente che i denti di Autumn rischiavano di cariarsi per la troppa dolcezza. Tuttavia lo sguardo negli occhi di Meghan, quando pensava che Luc non stesse guardando, valeva qualunque disagio. La sua amica era amata con passione e sincerità. E dopo il primo disastroso matrimonio pieno di violenza, Meghan si meritava quello e molto di più.

"Voi due siete perfetti insieme," dichiarò Autumn. Si mise le mani in tasca, cercando di riscaldarsi nel clima invernale di Denver. Non nevicava da un paio di giorni, quindi la coltre di polvere bianca e ghiaccio lasciata dall'ultima tempesta si era già sciolta grazie alle belle condizioni meteorologiche del Colorado. Ma non faceva ancora abbastanza caldo per lei, che preferiva un clima più temperato. Forse il posto successivo dove si fosse trasferita non avrebbe avuto inverni così freddi.

Autumn trattenne un sospiro. Pensare alla prossima tappa della sua infinita vita da nomade tendeva a rattristarla.

Basta con quei pensieri.

Le piaceva Denver, anche se il clima era sempre imprevedibile e non rimaneva mai stabile durante la giornata. Aveva imparato a vestirsi a strati e ne indossava sempre parecchi. Le piacevano anche i Montgomery. Non sapeva come fosse successo, ma in qualche modo era stata inclusa nella famiglia ed era diventata, se non una di loro, almeno una componente della cerchia più intima.

Meghan sfregò la spalla contro quella di Autumn e sorrise. Erano più o meno della stessa altezza, quindi fortunatamente Autumn non doveva alzare lo sguardo come era costretta a fare con tanti altri al cantiere. Non era lei a essere bassa, era nella media, ma gli uomini al lavoro erano tutti giganteschi, sensuali esemplari di uomini. Da lì la necessità di soffermarsi ad apprezzare i culi sodi avvolti in jeans attillati.

"È quasi ora di pranzo. So che alcuni dei ragazzi volevano andare al bar qui vicino," disse Meghan. "Vuoi unirti a noi o hai portato il pranzo?"

Autumn scosse la testa e poi trasalì. Scuotere la testa per rispondere a più di una domanda spesso portava a malintesi. Considerando che aveva passato la vita a studiare situazioni e persone, di solito se la cavava meglio in queste cose. C'era qualcosa in Denver, o forse erano i Montgomery che la facevano sentire... fuori fase.

"Non ho portato il pranzo e mi piacerebbe unirmi a voi se c'è posto." Rabbrividì un po', saltellando da un piede all'altro. "Ma i ragazzi di solito non portano il pasto da casa, in modo da non dover perdere così tanto tempo fuori dal cantiere?"

Meghan incrociò le braccia sul petto, presumibilmente per stare al caldo. "Sì, ma c'è un fronte freddo in arrivo con il rischio di una tempesta, quindi metteremo tutto dentro in anticipo."

"Sapevo che c'era una ragione per cui ho freddo fino alle ossa." Avrebbe giurato che le battevano i denti, ma non faceva *così* freddo.

Meghan alzò gli occhi al cielo. "Penso che abbia a che fare più con il fatto che stai da poco a Denver. Comunque, l'inverno è difficile per i ragazzi. Ovviamente è difficile anche la calura estiva. Ma dal momento che non vogliono rimanere intrappolati in un metro di neve, stiamo facendo le valigie."

Autumn aggrottò le sopracciglia. "Ancora non capisco perché hai bisogno del mio aiuto, o perché *tu* stai lavorando all'aperto in inverno. Lavori con le piante e i giardini."

La famiglia Montgomery era coinvolta in mille settori e tante professioni diverse, ma molti dei parenti lavoravano alla Montgomery Inc., la società di costruzioni, o alla Montgomery Ink, il negozio di tatuaggi. Quest'ultimo, ironia della sorte, era il luogo in cui Autumn aveva conosciuto i Montgomery la prima volta.

Ora, anche lei stava lavorando con l'altro ramo dell'azienda di famiglia. Meghan non era sempre stata nel settore edilizio, nell'impresa di famiglia, ma dopo il divorzio aveva trovato la sua strada e stava sempre con i gomiti nella terra a progettare giardini.

"Effettivamente non ho molto da fare in inverno quando si tratta di piantare, perché il terreno di solito è troppo umido o troppo ghiacciato. Ma c'è sempre da pianificare, fare manutenzione e altre cose di cui devo occuparmi. Ho bisogno di aiuto perché sto imparando a non fare tutto da sola." Le fece l'occhiolino. "Luc non vuole che mi stanchi troppo."

Probabilmente voleva essere lui a sfinire la sua fidanzata, ma Autumn non aveva intenzione di dirlo. Dallo sguardo acceso negli occhi di Meghan quando guardava in direzione di Luc, si capiva che i pensieri della sua amica erano già andati in quella direzione.

Come se lei lo avesse evocato soltanto con lo sguardo, Luc si guardò alle spalle e sorrise, fece un cenno a due degli altri ragazzi con cui stava lavorando e si avvicinò a Meghan e Autumn.

"Ho sentito i tuoi occhi su di me. Significa che sei pronta per il pranzo?" Sollevò un sopracciglio scuro, Meghan rise e tese una mano a Luc che la prese, per poi strattonarla e tirarla al suo petto.

A quella vista, Autumn trattenne un piccolo sospiro.

"Stavo solo ammirando le tue forme," disse Meghan dolcemente prima di baciargli il mento.

Luc abbassò la bocca sulla sua e le sfiorò delicatamente le labbra con un bacio. "Posso chinarmi di nuovo se vuoi vedere meglio."

"Forse più tardi," mormorò Meghan, affondando nell'abbraccio del suo uomo.

Questa volta, Autumn non si prese la briga di trattenere un sospiro.

"Quei due sono così schifosamente dolci, che mi fanno male i denti," disse Wes Montgomery mentre si avvicinava ad Autumn.

"Semplicemente non ti piace vedere tua sorella pomiciare con il tuo elettricista," ribatté Tabby Collins mentre si dirigeva verso il gruppo con Decker e Storm alle calcagna.

"È proprio così," disse Storm Montgomery mentre inclinava il mento verso Autumn. Quell'uomo era massiccio, barbuto e aveva un modo di atteggiare il mento incredibilmente sexy. Autumn avrebbe voluto esplorare quel suo lato sensuale, ma dal momento che lavorava con lui *e* non sentiva il bisogno opprimente di farsi vedere nuda, non faceva nulla.

Ovviamente *tutti* i Montgomery erano dannatamente sexy. Autumn era la vicina di casa di Meghan già da prima di lavorare con loro, quindi aveva incontrato la maggior parte della famiglia, chi prima chi dopo, e non ne aveva trovato uno che fosse brutto. Erano otto tra fratelli e sorelle, però, quindi non era facile tenerli tutti a mente. Forse avrebbe dovuto numerarli o qualcosa del genere. Wes e Storm erano gemelli e tra i più anziani dei fratelli Montgomery. Possedevano e gestivano la Montgomery Inc., Wes era il caposquadra di tutti i progetti e Storm era il capo architetto.

Evidentemente assumevano solo altri uomini sexy. Tabby era la loro receptionist principale, secondo Autumn, Tabby il collante che li teneva tutti insieme, anche se forse lei non se ne rendeva conto. Quando Autumn aveva iniziato a uscire con loro, pensava che potesse esserci qualcosa tra Tabby e Wes, ma ora che li conosceva meglio ci aveva ripensato.

Decker, il loro cantierista principale, inclinò la testa verso la coppia di innamorati di fronte a loro. "Pensavo che non gli avresti più permesso di pomiciare sul posto di lavoro."

Luc e Meghan tesero entrambi una mano mostrando il dito medio al gruppo, mentre continuavano a guardarsi negli occhi.

"Considerando che tu pomici con *nostra* sorella ogni volta che viene a trovarci, non hai proprio il diritto di lamentarti," disse Wes un po' ironicamente. Decker aveva da poco sposato la più giovane dei Montgomery, Miranda. Tuttavia, lui faceva parte della famiglia già da molto tempo; sebbene Autumn non fosse sicura delle esatte circostanze.

"E sia dannato se non continuerò a pomiciare con lei finché ne avrò voglia," disse Decker passandosi una mano sulla barba. A quel gesto il suo tatuaggio si fletté sui muscoli e Autumn non poté fare a meno di ammirare quell'opera d'arte. Tutti i Montgomery e i loro cari erano tatuati, alcuni più di altri, Autumn era abbastanza sicura che i due tatuatori della famiglia, Austin e Maya, ne fossero gli autori. Anche perché quei due non avrebbero permesso a nessun altro di toccare la pelle della loro famiglia. In effetti, anche Autumn avrebbe avuto difficoltà a trovare altri tatuatori, una volta che se ne fosse andata. D'altra parte non avrebbe potuto permettersi di tornare indietro a Denver solo per il talento di Maya o Austin. Per quanto amasse il loro lavoro, non valeva la pena metterli in pericolo.

Scacciò quel pensiero dalla sua mente. Quello non era né il momento né il luogo per preoccuparsi di cose del genere. Anche se, in tutta onestà, lei era *sempre* preoccupata.

"Comunque, una volta che la coppietta avrà finito, andremo a pranzo," disse Tabby con un sorriso. "Hai intenzione di unirti a noi? So che non lavori con Meghan a tempo pieno, quindi probabilmente hai altri piani."

Autumn si strinse nelle spalle. "Lavoro dove posso," disse vagamente. Si teneva sempre sul vago. "Ho fame. Pranzare mi sembra una buona idea." Rabbrividì di nuovo. "E se potessimo mangiare davanti a una bella stufa o magari a un fuoco scoppiettante, sarei ancora più felice."

"Non fa così freddo, dolcezza," disse Storm stuzzicandola.

"Non chiamarmi dolcezza." Autumn inarcò un sopracciglio, ma lui non si prese nemmeno la briga di fingersi pentito. Maledetti quei Montgomery.

Si voltò a guardare Meghan, che aveva la mano appoggiata leggermente sulla spalla di Luc e uno sguardo triste negli occhi. Autumn trattenne un altro brivido, ma questa volta non aveva niente a che fare con il freddo. Ricordava la prima volta che aveva incontrato Luc, anche se sapeva che lui non ne aveva memoria. Era sul pavimento, coperto del suo stesso sangue; anche allora la mano di Meghan era sulla sua spalla. Ma quella volta, la sua fidanzata stava cercando di tenerlo in vita.

Gli avevano sparato e Autumn non poteva fare nulla se non aiutare Meghan a mantenere la calma. Gli altri dicevano che era stato abbastanza, ma lei non ne era sicura. Riusciva ancora a ricordare le urla ... anche se non era certa se fossero le sue o quelle di Meghan.

Ingoiò il nodo che le si stava formando in gola e

cercò di scrollarsi di dosso quei ricordi, che era meglio dimenticare.

"Non stavi sollevando nulla, giusto?" chiese Meghan, con tono preoccupato.

"Meglio per lui se non ci prova," scattò Wes.

Luc scosse la testa. "Prima mi sono solo chinato per indicare qualcosa a un'altra persona. Sto solo osservando e ancora non mi fermo a lavorare per tutta la giornata." Prese il viso di Meghan. "Promesso."

"Bene." Meghan si alzò in punta di piedi e lo baciò di nuovo. Però fu Tabby a sospirare.

"Lo so, vero?" disse Autumn all'altra donna.

Tabby sbuffò. "Dovresti vedere quando Austin ha vicino Sierra, o quando Shep sta con Shea, Morgan con Callie, Decker con Miranda, e ora...Luc con Meghan. È come vedere l'amore, la passione e il romanticismo avvolti in fremiti e tatuaggi."

Autumn sorrise a quel pensiero. "Non credo di aver incontrato tutti quelli che hai nominato, ma posso immaginare come tutto insieme possa essere quasi troppo da sopportare."

Tabby si strinse nelle spalle. "Penso che una volta che gli altri Montgomery si saranno sistemati, Harry e Marie saranno nel paradiso delle famiglie e dei nipotini." Fece una smorfia mentre lo diceva, ma Wes le massaggiò la spalla. "Mi dispiace."

"Va tutto bene," disse Wes. "Papà sta migliorando." Dal modo in cui l'aveva detto, sembrava più una speranza forzata che non un fatto reale. Ma Autumn non aveva intenzione di commentare. "È inutile girarci intorno."

Sì, era vero. Harry Montgomery stava facendo la chemio e la radioterapia per il cancro. Evocare in quel modo il paradiso di un futuro così perfetto, o anche solo la parola paradiso, avrebbe potuto infastidire alcuni di loro. A volte anche solo una parola detta sbadatamente poteva ferire più del previsto.

"Va bene, basta pomiciare," mormorò Storm. "Portiamo la roba dentro e andiamo al Taboo."

Autumn sorrise. *Amava* il Taboo. La loro amica Hailey gestiva quel piccolo bar, che si trovava appena fuori dalla sedicesima strada nel centro di Denver. Inoltre, una porta laterale della Montgomery Ink dava direttamente nel bar, in modo che la famiglia potesse fare avanti e indietro facilmente. Dato che il cantiere era a Edgewater, si trovavano a soli quindici minuti di distanza. *E* la Montgomery Ink aveva un parcheggio nel retro. Non era una cosa facile da trovare.

"Andiamo, allora," disse Wes, avvolgendo il braccio attorno alle spalle di Tabby. Lei alzò gli occhi al cielo e fece un passo indietro, colpendolo nelle costole mentre lo faceva.

"Guido da sola, grazie mille. Dopo pranzo andrò direttamente a casa invece di tornare in ufficio."

Wes e Storm si accigliarono entrambi, con la simultaneità tipica dei gemelli che erano. "Perché?" domandarono all'unisono.

Tabby inarcò un sopracciglio. "Ho le mie ragioni e la settimana scorsa vi ho anticipato che avrei lavorato da casa il pomeriggio. Adesso andiamo a pranzo. Sto morendo di fame." Con quell'affermazione molto criptica, Tabby saltellò via, digitando freneticamente sul tablet allo stesso tempo. Autumn non riusciva a capire come quella donna riuscisse a non inciampare facendo mille cose insieme.

"Oh, smettetela di fare i rompicoglioni," brontolò

Decker. "Tabby si fa il culo al lavoro. Non dovete sapere *tutto* quello che fa."

"E se dovesse aver bisogno di aiuto?" chiese Wes, seguendo Tabby con lo sguardo. Una volta Autumn avrebbe pensato che quello sguardo significasse qualcosa di più, ma ora ci leggeva lo stesso tipo di preoccupazione fraterna che aveva per Meghan, Maya e Miranda.

"In quel caso ve lo chiederà," rispose Autumn con semplicità. Solo perché *lei* non sapeva come chiedere aiuto, non significava che fosse così per tutti gli altri. "Tabby sembra fidarsi di voi, abbastanza da chiedere aiuto se ne ha bisogno. Adesso sto congelando, cazzo. Possiamo andare per favore? O restiamo qui con la faccia da cuccioli tristi, mentre i piccioncini continuano a baciarsi e Tabby mangia *tutto* il cibo al calduccio del Taboo?"

I gemelli sbuffarono inclinando di nuovo il mento in quel modo particolare, per poi dirigersi verso le loro automobili. Dato che Autumn era arrivata con Meghan, saltò sul sedile posteriore della macchina, sapendo che Luc avrebbe preferito sedersi davanti. Non era ancora autorizzato a guidare poiché tecnicamente la sua spalla stava ancora guarendo, e Autumn sapeva che questo lo infastidiva a non finire. Ecco perché non lo prendeva in giro. Non era sicura che sarebbe mai riuscita a togliersi dal cervello l'immagine di lui che giaceva pallido per terra, in una pozza del suo stesso sangue; non importava quanto ci provasse.

Anche se forse era una cosa buona.

Era un monito severo del fatto che il passato può sempre tornare a vendicarsi e ferire le persone che si amano, non importa quanto si faccia per evitarlo. Ecco perché era una buona idea non affezionarsi mai troppo alle persone.

Autumn serrò le labbra mentre Meghan li portava al Taboo. Avrebbe fatto bene a ricordarsi di non legarsi troppo. O almeno a non farlo più di quanto fosse già accaduto. Sapeva che gli altri si facevano domande su di lei e probabilmente avevano notato come restasse sempre sul vago, quando parlava di quello che faceva e del perché si trovava a Denver. Non che volesse rivelare qualcosa, ma cominciava a logorarla il fatto di non *poter* dire nulla.

Entrarono nel parcheggio e trovarono il Taboo senza molto trambusto, per fortuna. Dato che tecnicamente era tardi per il pranzo, il posto non era troppo affollato. Hailey era in piedi dietro al bancone, intenta a parlare con un cliente. Il suo vaporoso caschetto biondo si spostò da un lato all'altro mentre scuoteva la testa. La frangia netta e le labbra rosso vivo la facevano sembrare una dell'epoca delle soubrette e delle star di Hollywood, piuttosto che una barista di Denver del ventunesimo secolo.

Gli occhi di Hailey si illuminarono quando li vide, e Autumn fece un piccolo cenno di saluto prima di sedersi al lungo tavolo nell'angolo. Prese il posto più vicino all'estremità e tenne le spalle al muro e gli occhi fissi sulla porta. Per lei era istintivo posizionarsi così, e sperava che nessuno si accorgesse che cercava di sedersi lì, o in posti come quello, ogni volta.

Finì per sedersi vicino a Tabby, che sedeva a sua volta accanto a Meghan. I ragazzi occuparono l'altro lato del tavolo, con Luc seduto a capotavola accanto alla sua fidanzata. Restava una sedia libera accanto ad

Autumn, ma non aspettavano l'arrivo di nessun altro, quindi avrebbe avuto più spazio a disposizione.

Hailey si avvicinò con un sorriso e alzando gli occhi al cielo. Distribuì dell'acqua a tutti, tenendo in equilibrio il pesante vassoio come se fosse una piuma. "Non riuscite proprio a starmi lontano?"

"Lo sai bene, dolcezza" disse Storm, e Hailey sbuffò.

"I soliti caffè per tutti?" chiese Hailey.

"Sì, grazie," dissero tutti all'unisono. Un po' inquietante, ma ad Autumn piaceva sentirsi parte di una squadra. Inoltre, Hailey sapeva *esattamente* come preparare tutti i loro caffellatte, cappuccini e caffè alla cicoria. Era solo uno dei tanti motivi per cui tutti andavano così spesso nel suo bar. Hailey sorrise e poi balzò via a preparare i loro drink.

"Non dire cose del genere davanti a Sloane, o probabilmente finirai con un occhio nero," mormorò Wes.

"Quali cose?" chiese Storm bevendo un sorso d'acqua. "Cercavo solo di essere gentile."

"E non nominare Sloane davanti a Hailey," disse Tabby a bassa voce. "Sai che è un tasto dolente."

Autumn aggrottò la fronte ma non fece le domande che aveva in testa. Tutti loro erano amici da molto prima che lei arrivasse in città, quindi non sapeva sempre *tutto* quello che succedeva. Ma a volte le sembrava di guardarli dall'esterno, con il naso premuto contro il vetro.

D'altronde, non era forse quello che voleva?

Era il posto più sicuro dove stare.

Doveva essere così.

"Come sta Alex?" chiese Tabby con un sussurro, mentre i ragazzi parlavano tra di loro.

Autumn si avvicinò a Tabby mentre quest'ultima parlava a Meghan di uno degli altri fratelli Montgomery. Alex era in un centro di recupero dopo aver avuto una crisi isterica al matrimonio di Decker e Miranda. Ad Autumn dispiaceva per lui, per i suoi guai, ma era contenta che ora stesse ricevendo l'aiuto di cui aveva bisogno.

Meghan incontrò gli occhi di Autumn, poi quelli di Tabby. "Sta bene. Credo." Fece una smorfia preoccupata e Luc si allungò a prenderle la mano senza che lei lo avesse neanche guardato.

"Non ci permette di visitarlo," disse Wes, dimostrando di prestare attenzione anche all'altro lato del tavolo.

"Ma lo farà," disse Meghan con fermezza. "Siamo una famiglia."

"Ci puoi giurare!" aggiunse Storm.

Autumn si appoggiò allo schienale della sedia e strinse le labbra. Dannazione, le mancava la sua famiglia. Le mancava com'erano le cose in passato, anche se sapeva che non sarebbero mai più state così. Le circostanze erano cambiate e con loro tutto il resto.

"Cosa sono queste facce serie?" disse una voce al suo fianco.

Autumn alzò lo sguardo in alto, molto in alto, verso l'uomo più sexy che avesse mai visto. Ed era tutto dire, considerando le bellezze che sedevano al tavolo in quel momento. Quel tipo aveva una mascella decisa con un'ombra di barba, zigomi affilati che sembravano in grado di tagliare il vetro. Era davvero bello, con uno stile ruvido che diceva "sono di cattivo umore, quindi non fatemi incazzare." I suoi capelli erano castano scuro come quelli degli altri Montgomery, portati più corti sui lati e lunghi e dritti sopra. Dal modo in cui puntavano in ogni direzione, sembrava anche che ci passasse spesso le dita. Anche gli occhi blu scuro erano un tratto distintivo dei Montgomery, ma per qualche ragione Autumn non poteva fare a meno di sentire che c'era qualcosa ...*oltre* il semplice blu. Anche se in quel momento non era sicura di cosa fosse.

Sembrava che avesse indossato al volo una camicia bianca formale, ma non si era preoccupato di abbottonarla fino in fondo o di infilarla nei pantaloni. Si era anche rimboccato le maniche, mostrando la pelle abbronzata e un tatuaggio intricato. Autumn avrebbe voluto leccare ogni centimetro di quel corpo e lui, dal modo in cui la guardava, sembrava saperlo.

Lei si schiarì la gola mentre Tabby le dava un colpetto.

"Autumn? Stai bene?" chiese Decker, lanciandole uno sguardo malizioso. Lei avrebbe voluto mandarlo al diavolo, ma non voleva suscitare ancora più domande sulla sua reazione all'uomo che aveva di fronte.

Era un Montgomery e dato che lei aveva già incontrato tutti gli altri tranne Alex, che era a disintossicarsi, doveva trattarsi di Griffin, lo scrittore, il fratello misterioso, che fino a quel momento l'aveva elusa. Perfino in ospedale, quando era andata a trovare Meghan e Luc, non l'aveva mai incontrato e non era sicura se fosse stata o meno una coincidenza.

Quella reazione di sicuro non era una cosa buona per lei.

"Sto bene." Si affrettò a bere un sorso d'acqua, dato che la sua voce suonava un po' troppo rauca. "Che succede?"

Storm ammiccò. "Beh, dolcezza, volevamo presentarti Griffin, ma sembravi persa tra le nuvole."

"Non chiamarmi dolcezza," disse lei distrattamente, poi si voltò di nuovo verso Griffin e gli tese la mano. "Piacere di conoscerti, Griffin."

Lui serrò la mascella e poi le strinse la mano. Autumn cercò di non pensare al calore del suo palmo o allo shock del contatto con la sua pelle. Non era nulla. Solo una momentanea mancanza di giudizio nel corso dei suoi pensieri.

"Dolcezza?" chiese lui, mentre si allontanava e prendeva l'ultimo posto al tavolo...quello più vicino a lei, ovviamente.

"Storm è un uomo morto che crede di essere divertente," disse lei seccamente, distogliendo gli occhi da quel viso fin troppo bello.

"Sono sicuro..." iniziò Griffin.

Ma Hailey arrivò in quel preciso momento a servire i drink e prendere gli ordini, salvando Autumn dal dover affrontare qualunque cosa fosse appena accaduta. Aveva già incontrato uomini sexy, quindi non era una novità. Ma di sicuro non aveva mai avuto *quella* reazione prima d'allora. Forse era solo affamata e persa nei suoi pensieri.

Perché non c'era una sola possibilità che finisse per mettersi con un Montgomery. Non quando loro erano gli unici a farla sentire al sicuro mentre attraversava le ombre della sua vita. E comunque se ne sarebbe andata presto. Perciò non l'avrebbe aiutata guardare troppo da vicino un uomo che aveva fatto reagire il suo cervello e il suo corpo come se l'avessero collegata a una presa elettrica.

"Piacere di conoscerti, Autumn," le sussurrò Griffin all'orecchio. Lei trattenne un brivido nel sentire il suo respiro sul collo.

Quello poteva diventare un problema.

"O forse dovrei chiamarti Autunno."

Lei lo guardò sbattendo le palpebre, restando a bocca aperta per quella battuta sciocca.

O forse non sarebbe stato affatto un problema.

Capitolo due

Scrivere un libro non era cosa da sani di mente. Griffin Montgomery considerò di sbattere la testa sulla scrivania, ma ci aveva già provato un paio di volte e tutto ciò che aveva ottenuto era stato un mal di testa e l'accenno di un livido, di certo non le illuminate parole necessarie per scrivere un libro. O almeno quella che poteva definire illuminazione nel suo lavoro.

Si passò di nuovo la mano tra i capelli e aggrottò la fronte.

Quando li aveva lavati l'ultima volta di preciso?

Si era allenato due giorni prima. Credeva. Forse. E dopo doveva aver fatto la doccia, perché era impossibile non farla dopo un duro allenamento. Ma da allora aveva mai pensato di trovare un attimo per fare la doccia? Farsi la doccia richiedeva tempo. Stare sotto il getto d'acqua e strofinarsi costava minuti preziosi che potevano essere usati per scrivere. Se non si fosse seduto immediatamente alla scrivania o sulla poltrona da meditazione, non avrebbe lavorato. Avrebbe trovato qualcos'altro da fare.

Allora quando aveva fatto la doccia l'ultima volta?

Beh, merda. Se doveva porsi quella domanda, probabilmente era in ritardo di un giorno o due sull'igiene personale.

Griffin Montgomery era proprio un capolavoro d'uomo.

Si passò le mani sul viso. Ah, sì, *dovevano* essere due giorni perché erano passati due giorni anche da quando si era reso completamente ridicolo con l'amica di Meghan, Autumn, quando erano al Taboo.

Cosa diavolo gli era preso per chiamarla Autunno? Di tutte le battute più infantili e immature dell'universo, aveva scelto *Autunno*.

Sbatté la testa sulla scrivania nonostante le sue precedenti riflessioni sul non voler danneggiare il suo cervello. A quel punto era comunque già cerebralmente morto, a giudicare dalle parole che gli uscivano di bocca e *non* sulla pagina.

Aveva già sentito parlare di Autunno, *Autumn*, prima d'allora. Era da un po' che si era inserita lentamente nel clan Montgomery, conoscendoli uno dopo l'altro. Era stato un caso che lui non avesse avuto la possibilità di incontrarla di persona. Quando Luc era stato in ospedale, caso aveva voluto che la visita di Autumn non avesse coinciso con la sua. I ragazzi gliel'avevano descritta vagamente durante una chiacchierata, ma dannazione...

Non avevano accennato al fatto che fosse stupenda.

Labbra carnose e fianchi ancora più carnosi, sembrava una dannata sirena destinata ad attrarre verso la morte gli uomini che bramavano per avere un suo dolce assaggio. Con i suoi capelli ramati era la perfetta incarnazione di una sensuale ninfa acquatica, pronta a far cadere in tentazione il più casto dei marinai. Aveva una spruzzata di lentiggini sul naso e sulle spalle, e lui bramava di vedere dove altro punteggiassero la sua pelle color avorio.

Gemette e si aggiustò le mutande ormai strette. Cavolo. Non aveva tempo di farsi venire un'erezione per una delle amiche di Meghan. Soprattutto per una che lo guardava come se volesse allo stesso tempo studiarlo al microscopio e voltargli le spalle con disinteresse.

Autumn lo incuriosiva.

Quell'interesse poteva essere molto pericoloso per uno scrittore.

Soprattutto per uno scrittore che era ufficialmente in ritardo sulla scadenza.

Griffin emise un altro gemito, ma non aveva nulla a che fare con l'essere arrapato, era tutto dovuto al suo fallimento nell'unica cosa in cui pensava di essere bravo. Tutti i Montgomery avevano talento. Erano artisti, studiosi, insegnanti, educatori e molto altro ancora.

Lui era semplicemente un creatore di mondi, ma era dannatamente bravo in quello.

O almeno lo era stato.

Ultimamente era in ritardo su una scadenza quando se ne avvicinava già un'altra. Perché diavolo aveva provato a scrivere due serie? La maggior parte degli scrittori di gialli ne scrive solo una. Gli autori normalmente si rendono riconoscibili al pubblico con una serie, o almeno con il personaggio principale, e continuano fino a quando la casa editrice glielo permette.

Evidentemente Griffin era diverso.

Aveva due serie di lunga durata che occasionalmente entravano nella classifica dei best-seller e andavano ragionevolmente bene. Non era uno dei grandi nomi del settore, ma era rispettabile, considerando la sua età. Di solito preferiva mettere da parte una serie e immergersi nell'altra. Gli manteneva vivo l'entusiasmo. Era come tornare indietro e visitare un vecchio amico, quando si dedicava di nuovo alla serie precedente.

Pubblicava due o tre libri all'anno, che in effetti era parecchio rispetto ad altri autori. Ma dannazione, a volte gli sembrava che fossero venti libri all'anno, invece di quelli che in realtà scriveva.

Era *stanco*.

Inoltre non aveva idea di cosa fare con l'ultimo libro a cui stava lavorando. I suoi personaggi non gli parlavano; dannazione, non erano nemmeno seduti nella stessa stanza con lui. Al contrario, aveva la sensazione che entrambi i gruppi di personaggi fossero andati insieme in vacanza, nascondendosi da lui e ridendo alle sue spalle.

Le sue serie non erano in realtà collegate, ma gli piaceva pensare che poiché ognuna era ambientata in una città diversa, appartenessero allo stesso universo. Forse i suoi due personaggi principali, Jensen e Will, si incontravano per un caffè ogni tanto. Ovviamente, dopo l'ultima cosa che Griffin aveva fatto a Jensen, non era sicuro che il personaggio gli avrebbe *mai* rivolto la parola di nuovo.

Non scriveva storie d'amore. I suoi libri non erano autoconclusivi e non avevano mai avuto il classico lieto fine, ma nei cinque libri su cui Griffin aveva lavorato, Jensen era *sempre* stato in una relazione seria. Nell'episodio più recente, Starr, la ragazza ufficiale di Jensen destinata a diventarne presto la fidanzata, era morta per mano di un serial killer deciso a torturare Jensen.

I lettori avevano allo stesso tempo amato e odiato

Griffin per quella morte e per il modo in cui Jensen era crollato sotto il peso della tragedia. Griffin non aveva iniziato a scrivere il libro con quel tipo di dolore in mente, ma poi aveva visualizzato nella sua mente cosa era necessario che accadesse.

Invece Will, l'altro suo personaggio principale, non aveva mai avuto una relazione seria e non aveva una famiglia vera e propria, quindi il suo arco narrativo era abbastanza diverso e immergeva la testa di Griffin in uno spazio totalmente nuovo. Griffin avrebbe iniziato quel libro subito dopo.

Ma prima doveva finire il nuovo libro di Jensen.

Solo che non aveva idea di come riuscirci.

Il fatto che entrambi i suoi personaggi principali fossero in uno stato di mutamento per quanto riguardava le relazioni, unito al modo in cui questo cambiamento influiva sulle loro interazioni col mondo, avrebbe dovuto rivelare a Griffin qualcosa su se stesso.

Ma lui non voleva ascoltare.

Salvò sul computer la pagina quasi vuota, per ogni evenienza, poi si allontanò dalla scrivania facendo roteare i polsi intorpiditi. Stavano iniziando a far male sul serio, pensò di essere sulla buona strada per il tunnel carpale se non avesse iniziato a prendersi cura di se stesso.

Si guardò intorno, osservando il groviglio di carte che dominava la sua stanza, con le tazze di caffè vuote e il cibo da asporto a sporcare ogni superficie.

Forse avrebbe dovuto estendere il concetto di cura di se stesso anche ad altre aree della sua vita.

Ma in quel momento voleva soltanto degli orsetti gommosi e un'altra tazza di caffè, per ricevere un'altra carica e darsi una mossa con il suo libro. Lo zucchero e la caffeina erano il carburante di uno scrittore. Griffin non scriveva da ubriaco facendo le correzioni da sobrio come si narrava che Hemingway avesse confessato una volta, ma forse avrebbe dovuto aggiungere un po' di bevute al suo lavoro.

Forse sarebbe stato d'aiuto.

Ripensò a suo fratello e al dolore che Alex stava provando in quel momento, Griffin avrebbe voluto immediatamente prendersi a calci.

Bere non lo avrebbe aiutato. Non aveva mai aiutato nessuno. Evidentemente aveva bisogno di trovare le parole e la voglia di scrivere in altri modi. Il pensiero di Autumn e delle sue curve deliziose gli riempì la mente e lo fece gemere. Fare sesso *avrebbe potuto* aiutarlo a schiarirsi le idee, ma non sarebbe stato con Autumn. Griffin conosceva le sue tre sorelle abbastanza bene da sapere che se avesse osato toccare una delle loro amiche, si sarebbe ritrovato con un labbro spaccato grazie a Maya, un pugno nello stomaco per gentile concessione di Miranda e lo sguardo più torvo mai concepito da occhi umani da parte di Meghan.

Le dannate sorelle di Griffin sapevano esattamente come far sanguinare un uomo.

Si mise le mani sui fianchi e si guardò intorno nell'ufficio, ignorando il casino come faceva sempre. Avrebbe affrontato il disordine una volta finito il libro. Ovviamente lo diceva dopo ogni libro, e dopo ogni libro diventava solo più disordinato e un po' più disperato. A un certo punto aveva assunto un servizio di pulizia professionale, ma aveva dovuto rinunciarvi perché interrompevano continuamente il suo lavoro.

Dato che viveva da solo e non aveva nessuno che facesse affidamento su di lui, nessuno di cui dovesse prendersi cura, Griffin lavorava secondo i suoi ritmi personali. Quindi il servizio di pulizie non era stato in grado di fissare un orario plausibile per presentarsi e iniziare a pulire a fondo. Dopo la terza volta che Griffin aveva perso la testa e aveva urlato contro gli operatori, erano stati loro ad annullare il servizio.

La sua famiglia non conosceva i dettagli esatti di come fosse finita, ma lui sapeva che i parenti erano delusi dal fatto che non riuscisse a comportarsi come una persona civile in seno alla società.

Beh, fanculo. Era uno scrittore. Non aveva il dovere di essere civilizzato.

E guarda un po', ecco un nuovo slogan per il sito web che il suo editore gli aveva chiesto di aggiornare un anno prima.

Onestamente non era messo poi *così* male. Aveva frequentato delle donne quando ne aveva avuto voglia e aveva partecipato a cene di famiglia e altri eventi. Ogni poche settimane buttava via la maggior parte della spazzatura in casa e fino a poco tempo prima aveva avuto sotto controllo il lavoro e tutto il resto. Il problema era che, dopo alcuni libri, si era reso conto che scrivere non era più solo scrivere. Doveva avere a che fare con...persone.

Sì.

Persone.

Lui poteva sembrare un tipo socievole, considerando che era in grado di sorridere e divertirsi una volta fuori casa, ma in verità preferiva stare da solo, confinato sulla sua poltrona da meditazione con un buon libro. O meglio, a *scrivere* un buon libro.

Non aveva avuto tempo di occuparsi dei social media, dei tour nelle librerie, dei contratti e di altre cose importanti che facevano parte del lavoro dello scrittore, ma aveva comunque fatto quello che poteva. Dopo aver avuto il suo successo, la maggior parte delle persone nel suo ambito lavorativo avrebbe assunto un assistente personale o una squadra che potesse aiutare con parte delle incombenze, ma lui non aveva mai sentito il bisogno di assumere un'altra persona. Era in grado di fare quello che doveva. Da solo. Non aveva bisogno di nessun altro.

Si guardò intorno nella stanza lercia e pensò al libro che faticava a partorire, al sito web obsoleto, al mucchio di lettere che sapeva essere nella sua casella postale che non controllava da quattro mesi, e a varie altre cose su cui sapeva di essere gravemente indietro, infine imprecò.

Forse non sapeva gestire tutto.

Forse non sapeva gestire proprio niente.

Ma dannazione, non *voleva* fare affidamento su un'altra persona. Perché non poteva semplicemente scrivere ciò di cui i suoi personaggi avevano bisogno e finirla lì? Da quando scrivere era diventato un *lavoro*?

Probabilmente all'incirca dal periodo in cui aveva ottenuto il suo primo anticipo e aveva capito che con la scrittura poteva guadagnarsi da vivere, piuttosto che riempire infiniti quaderni sotto il letto.

Ma era sicuro che se avesse potuto soltanto *scrivere* come voleva, la scrittura sarebbe davvero tornata a essere un divertimento e non un lavoro? Le pagine bianche che lo fissavano con aria critica erano la prova che forse non era bravo come pensava di essere. Forse faceva schifo e gli sarebbe toccato entrare nell'azienda di famiglia.

Certo, non sapeva disegnare un cazzo, e sebbene amasse farsi tatuare, non gioiva alla vista del sangue.

Quindi, unirsi ad Austin e Maya nel loro negozio di tatuaggi era fuori discussione. E poi c'era stata quella volta con la sega circolare che era meglio non menzionare mai più, quindi non poteva neanche unirsi ai gemelli e alla squadra della società di costruzioni. Aveva già chiaro che non gli piacevano molto le persone; di conseguenza diventare un insegnante per lavorare con Miranda e i bambini non avrebbe funzionato. Poteva scattare una fotografia decente, ma non aveva il talento di Alex quando si trattava di essere un fotografo, quindi Griffin era praticamente fottuto se si parlava di entrare in una delle aziende di famiglia.

Amava scrivere. Gli piaceva per davvero.

O forse amava aver scritto. Era il processo della scrittura che faceva schifo.

Schifo sul serio.

"Toc."

Griffin si girò su se stesso nel sentire la voce di sua madre alla porta d'ingresso e di nuovo si chiese perché avesse dato ai suoi genitori la chiave di casa. Tutti i giovani Montgomery avevano fatto lo stesso, in caso di emergenza, ma di solito i suoi genitori bussavano e addirittura chiamavano in anticipo prima di presentarsi. Tuttavia, sua madre lo conosceva bene. Lo conosceva abbastanza da rendersi conto che probabilmente non avrebbe risposto alla porta, se fosse stato nella sua caverna da scrittore. Era una cattiva abitudine, ma non intendeva cambiarla molto presto.

Griffin diede un'occhiata al disordine dell'ufficio dietro le sue spalle, sapeva che il resto della casa non era in condizioni migliori. La casa non era in uno stato così pietoso da un po' di tempo, ma stava scrivendo un libro difficile, con una scadenza ancora più difficile da rispettare.

Era un uomo di trent'anni e passa e ancora si preoccupava di come la madre avrebbe reagito, vedendo il casino che lui aveva combinato a casa sua. Non era sicuro che la camera da letto che aveva condiviso con i suoi fratelli in passato fosse stata così terribile, ma diavolo, con la mamma non sarebbe finita bene.

"Avanti," disse con la gola secca, mentre si faceva strada nel soggiorno. Si fermò di colpo quando vide che sua madre non era sola.

Le M&M's erano con lei: Maya, Miranda e Meghan. L'unica Montgomery assente era Sierra, ma immaginava che fosse a casa con il neonato.

Quando la maggior parte delle donne della sua vita si presentavano senza preavviso con il viso accigliato e le mani sui fianchi, non poteva finire bene per Griffin.

"Sul serio, Griffin?" Maya fece schioccare il piercing sulla lingua contro i denti e alzò un sopracciglio. Il gioiello luccicava alla luce del sole che faceva capolino attraverso le persiane scure.

Il fratello si ficcò le mani in tasca e si appoggiò all'indietro sui talloni. Era grosso, barbuto, tatuato e poteva tenere testa a chiunque in una rissa, ma dannazione, sua madre e le sue sorelle sapevano come farlo sentire di nuovo bambino. Bastavano due parole e uno sguardo e sapeva di essere nella merda.

"Perché siete venute?" chiese, già esausto.

"È questo il modo di salutare tua madre?" chiese Marie Montgomery con un sorriso, poi gli aprì le braccia e lui si trascinò verso di lei, abbracciandola forte. Anche se poteva essere nei guai, non aveva intenzione di rifiutare un abbraccio alla madre.

"Ciao, mamma," borbottò e la baciò sulla fronte.

"Così va meglio," gli disse lei dandogli una pacca sulla schiena. "Dunque, siamo qui per un motivo, anche se siamo contente anche solo di vederti."

Griffin si raddrizzò e alzò un sopracciglio verso Meghan e Miranda, che non avevano ancora proferito parola, ma avevano le sopracciglia sollevate e un sorriso a increspare un angolo della bocca, proprio come la madre.

"Ho immaginato che non foste passate a trovarmi solo per cazzeggiare."

"Modera il linguaggio," scattò Marie con un sorriso.

Lui alzò gli occhi al cielo verso Miranda e lei si coprì la bocca, presumibilmente per trattenere una risata. Marie Montgomery imprecava più di loro, ma si divertiva comunque a comportarsi da genitore con i figli, quando poteva.

"Allora, che c'è?" chiese Griffin, cercando di non incrociare lo sguardo di Miranda. Se lo avesse fatto sarebbe scoppiato a ridere, e aveva la sensazione che sua madre non avrebbe apprezzato.

"Sei un disastro, Grif," disse Meghan a bassa voce.

Lui trasalì. "E questa sarebbe una novità?"

Miranda sbuffò. "Non ti prendi nemmeno la briga di negare di essere un disastro."

Lui allargò le braccia e si guardò intorno nella stanza. Vestiti e piatti sporchi erano disseminati su ogni superficie. La polvere si era accumulata al punto tale che era abbastanza sicuro che lo sporco si fosse fuso insieme ai coniglietti della sua trama, per dare vita a spaventose creature ibride. Era anche praticamente certo che le uniche cose che aveva nel frigorifero fossero uova scadute, del burro e la birra che Storm e Wes avevano lasciato la settimana prima. In realtà, forse aveva finito la birra la sera prima.

"Griffin, tesoro, hai bisogno di aiuto." Sua madre sospirò ma non cercò di aiutarlo a pulire. Aveva smesso di farlo anni prima, e lui ne era contento. Poteva essere uno sciattone riguardo le scadenze, ma non era compito di sua madre stare dietro alle sue pulizie. Aveva già abbastanza di cui occuparsi senza dover includere la vita incasinata del figlio.

"Una volta ho provato ad assumere un servizio di pulizia e non ha funzionato. Pulirò dopo aver finito il libro. Lo prometto."

Maya sbuffò. "Ricominci sempre a pulire e a mangiare bene dopo aver finito un libro. È il tuo modus operandi. Ma questa volta è diverso. Sei in ritardo sulla scadenza."

Griffin fece un passo indietro e spalancò gli occhi. "Come diavolo fai a saperlo?"

"Ce l'hanno detto i gemelli," rispose Meghan. Griffin sollevò un sopracciglio. "L'ultima volta che siete usciti insieme eri ubriaco e te lo sei fatto sfuggire. Non avevo davvero idea che la birra ti sciogliesse la lingua in quel modo. Comunque, so che ero solita venire a dare una mano quando potevo, ma non posso più. Nessuno di noi può."

Ecco un modo di farlo sentire un perdente. "Non vi ho mai chiesto di aiutarmi, ma ve ne sono sempre stato grato. Ora, perché non mi dite il vero motivo per cui siete qui, invece di criticarmi per tutto?"

"Oh, sta' zitto," disse Marie. "Siamo qui per aiutarti e dovrai accettarlo. So che ti piace fare tutto da solo, ma non dovresti."

"Quindi abbiamo deciso di intervenire."

Griffin si accigliò, mentre una sensazione sgradevole gli risaliva lungo la schiena. "Mi avevate appena detto che non l'avreste più fatto."

"Non ti aiuteremo personalmente, ma in un certo senso lo faremo lo stesso," disse lentamente sua madre. Lui aprì la bocca per parlare, ma lei alzò la mano. "Fammi finire. Sei un uomo adulto e lo capisco. Lavori come un pazzo e sai usare le parole in modo straordinario. Sei uno dei miei figli e quindi una delle stelle che illumina la mia vita. Ma non sai come chiedere aiuto. In effetti, sono abbastanza sicura che nessuno dei miei figli lo sappia fare. Forse è colpa mia, ma almeno sei indipendente, giusto?"

"Mamma..." sussurrò Griffin.

"Silenzio! Allora, dov'ero rimasta? Ah sì...sei uno scrittore brillante, Griffin. I tuoi libri vanno bene e hai un aspetto straordinario. Ma sei indietro su tutto il resto. So che sei indietro anche con le tue parole adesso, ma questo dovrebbe essere un campanello d'allarme per te. Quindi, quello che faremo è aiutarti."

"L'hai già detto, ma non capisco cosa intendi."

"Ti abbiamo trovato un'assistente personale," rivelò Maya.

Lo sguardo di Griffin si spostò sulle sue sorelle. "Che cazzo avete fatto? Lo sapete che è una cosa che devo decidere io. Non potete semplicemente assumere qualcuno a caso e catapultarlo nella mia vita e nel mio lavoro."

"Possiamo e l'abbiamo fatto," disse Miranda con semplicità. "Lei ti piacerà."

"È una lei?"

"Sì, è una donna," aggiunse Meghan. "Sarà qui per aiutarti a pulire e cucinare, visto che non sei più in grado di farlo. Anche se, in quanto adulto, potresti voler imparare a prenderti cura di te stesso. Ma so che forse è chiedere troppo."

"Non ho bisogno di una domestica," scattò Griffin.

"Invece sì, tesoro. Ma non vivrà qui," disse sua madre. "Ti aiuterà a organizzare il tuo ufficio secondo i tuoi bisogni e i tuoi desideri. Sa anche programmare, quindi aggiornerà il tuo sito web. Gestirà i tuoi social media per te, in modo che tu abbia effettivamente una presenza online."

"Almeno sai cosa sono i social media?" le chiese Griffin, con il cervello che schizzava in cento direzioni diverse.

"So twittare e postare su Facebook come nessun altro, giovanotto. Ora fammi finire."

Lui abbassò la testa davanti al tono di sua madre. Cazzo, gli sembrò davvero di essere tornato ragazzino.

"Comunque, ti aiuterà a gestire la tua vita. Il tuo cervello sta soffrendo in questo momento e sedere nella tua stessa sporcizia mentre sei in ansia per la scadenza non ti aiuta. Quindi siamo subentrate per dimostrarti che puoi vivere da adulto."

"E non puoi tirarti indietro," sospirò Miranda. "Non importa quanto tu lo desideri."

"Un'assistente ti aiuterà a gestire la tua vita, perché Dio solo sa quanto non sai farlo da solo," aggiunse Maya.

"E non puoi licenziarla perché siamo *noi* ad averla assunta," precisò Meghan, che poi aggrottò la fronte. "Anche se sarai tu a pagarla visto che guadagni più di noi, ma non importa."

Griffin si pizzicò la base del naso. Non voleva un'assistente personale o chiunque altro in casa sua quando aveva bisogno di lavorare. Il problema era che *non* stava lavorando. *Sapeva* di aver bisogno di aiuto, ma questo non significava che volesse affrontare la questione.

"Chi avete assunto?" chiese a voce bassa. "Chi pensate che sia adatta a lavorare per me e a prendere il controllo della mia vita? Perché qui stiamo parlando di qualcuno con molte capacità diverse. In effetti, sembra un lavoro che richiede più di una persona."

"Beh, non puoi fare tutto tu, anche se pensi di poterlo fare," disse Maya. "E lei ti piacerà." Lui alzò lo sguardo su sua sorella e vide un ampio sorriso sul suo volto. "In effetti, penso che *già* ti piaccia."

"Chi è?" chiese Griffin di nuovo, stringendo i pugni.

"Autumn, ovviamente," disse Meghan con un sorriso. "Chi altri sarebbe in grado di tener testa a te e al tuo cattivo umore se non la tua *Autunno*?"

"E non puoi dire di no," gli ricordò sua madre. "È già tutto organizzato. Accetterai di stare con lei e la tratterai con rispetto. Capito, ragazzo?"

Griffin chiuse gli occhi e gemette. Beh, cazzo. "Autumn? Dimmi che stai scherzando. E poi non lavorava con Meghan?"

"È vero," rispose Meghan, "ma lavorerà anche con te. E ne sarai felice. Perché se ti comporterai male e la farai incazzare, ti prenderà a calci in culo. E poi ti prendo a calci in culo anch'io, perché è mia amica."

Griffin voleva cacciare le ragazze e tornare nella sua stanza. Non c'era verso che questa cosa funzionasse. Ad Autumn sarebbe bastata un'occhiata in casa per darsela a gambe. Non c'era una sola possibilità che accettasse di restare a lavorare per lui. E anche per lui non sarebbe stato assolutamente possibile concentrarsi su che cazzo fare con il suo libro, se ce l'avesse avuta sempre al fianco.

Forse era quella la soluzione. Mostrarle cosa l'aspettava e lasciarla andare via. Perché in ogni caso, Autumn non poteva essere la sua assistente personale. Nessuno poteva. Lui viveva da solo, lavorava da solo e respirava da solo. Era il modo in cui aveva funzionato fino a quel momento, e dannazione, era così che avrebbe continuato a funzionare.

Non c'era un'altra opzione.

Autumn non sarebbe durata a lungo, e poi sarebbe stata fuori dalla sua vita per sempre.

E perché diavolo quel pensiero gli dava i crampi allo stomaco? Ecco un altro motivo per cui sapeva di dover trovare una via d'uscita. Solo che non era sicuro di quale fosse la via d'uscita, visto come le donne della sua vita lo stavano fissando. Volevano che Autumn entrasse nella sua vita e quella dannata ragazza aveva detto di sì. Sembrava che Griffin non avesse voce in capitolo.

Ah, merda.

Capitolo tre

Cosa diavolo le prendeva? Autumn non reagiva d'impulso quando si trattava della sua vita. Non poteva permetterselo. Poteva sembrare che passasse da un lavoro all'altro, da un posto all'altro, senza ripensamenti o preoccupazioni, ma aveva lavorato sodo per dare quell'idea sbagliata di sé. Non si trasferiva in un posto senza aver fatto tutte le ricerche necessarie per assicurarsi di non essere seguita, o almeno per esserne ragionevolmente sicura. Inoltre non accettava lavori a caso, nonostante ne avesse svolti così tanti dai tempi del liceo che il suo curriculum sembrava compilato da quattro persone diverse piuttosto che da una sola. O almeno così sarebbe stato, ovviamente, se avesse *davvero* avuto un curriculum...

Eppure, quando Meghan le aveva proposto con disinvoltura di aiutare Griffin, lei aveva detto di sì. La sorella di Griffin aveva sempre cercato di aiutare il fratello, ma sapeva di non poter gestire tutto. Se da un lato Autumn era felice che Meghan non stesse prendendo tutto il carico di lavoro su di sé, dall'altro sapeva che non avrebbe dovuto accettare.

Era un'assurdità.

Era vero che sapeva pulire, cucinare, organizzare, programmare e fare quasi tutte le cose di cui Griffin aveva bisogno secondo Meghan, ma non avrebbe dovuto dire di sì. Quel maledetto l'aveva chiamata *Autunno*.

Certo, aveva alzato gli occhi al cielo dopo averlo detto, quindi almeno non era troppo serio nel chiamarla così. E onestamente, lei aveva un po' riso alla battuta proprio perché era *davvero* terribile, ma in ogni caso non avrebbe dovuto diventare così intima dei Montgomery. Al contrario, era ora di recidere i legami, in modo da poter fare i bagagli e andarsene il prima possibile. Dannazione, in passato aveva sempre fatto del suo meglio per assicurarsi che nessuno la conoscesse davvero. Così facendo, nel momento in cui se ne fosse andata, la gente avrebbe ricordato solo un debole sussurro della sua presenza. A differenza di qui, dove le erano stati affibbiati dei soprannomi e in un modo o nell'altro aveva lavorato con tutta la famiglia.

Di certo i dannati Montgomery sapevano come avviluppare una persona nella loro rete familiare, fatta di legami, affetto e felicità.

Era abbastanza per far venire un'ulcera a una ragazza in fuga.

Non voleva lavorare per Griffin. Quell'uomo era decisamente troppo sexy. L'ultima volta che l'aveva visto, a momenti soffocava, invece si era impegnata ad andargli persino in casa. Ogni giorno. Per ore. Da soli. Soltanto lui e lei. E le voci nella testa di Griffin che sarebbero diventate un libro. Doveva ammettere che era affascinata dal suo processo creativo, poiché in realtà non ne capiva nulla. Autumn avrebbe sempre voluto sapere come qualcuno potesse scrivere un libro. Anche se lei stessa amava leggere e a volte aveva idee per una storia, non sarebbe mai stata capace di sedersi davanti a un computer o a un quaderno per ore e cercare di costruire una storia.

Autumn aveva letto i libri di Griffin, anche se non glielo aveva mai detto. Lo riteneva un uomo di talento e sebbene fosse abituata a risparmiare il più possibile del suo prezioso stipendio, non esitava a tirare fuori i soldi non appena uno dei suoi libri veniva pubblicato.

Ma non gli avrebbe detto nemmeno questo.

Non quando non riusciva a smettere di fissare quegli occhi dell'azzurro tipico dei Montgomery che le sembravano così sexy. Anche se gli altri Montgomery avevano occhi simili, secondo lei nessuno li aveva belli come quelli di Griffin.

Ecco perché non poteva lavorare per lui.

Avrebbe dovuto pulire il suo disordine, organizzare la sua vita, insomma mettersi in mezzo… Non c'era modo di farlo rimanendo professionale. In realtà, a voler essere obiettiva, aveva lavorato senza problemi con uomini sexy per tutta una vita. Semplicemente le sarebbe passata. Non aveva ancora avuto una relazione seria e non ne avrebbe iniziata una in quel frangente, non nelle condizioni in cui versava la sua esistenza. Quindi non si sarebbe innamorata di un uomo, soprattutto non di uno che aveva osato chiamarla *Autunno*.

La vera ragione per cui non poteva lavorare per lui era che si stava affezionando troppo a tutta la famiglia. Sarebbe stato più difficile andarsene quando fosse giunto il momento, e sarebbe accaduto presto. Avrebbero potuto sentire la sua mancanza o volere il suo nuovo indirizzo. Non poteva permettere che accadesse nulla di tutto ciò.

Ma dato che lei era un'idiota, invece di fare le valigie e lasciare la città, si fermò davanti alla porta di Griffin, con la chiave di riserva in mano e la gola secca come un deserto.

Perché aveva perfettamente senso.

Si aggiustò la tracolla della borsa che indossava sempre di traverso, indipendentemente dall'abito che indossava, e alzò la mano per bussare. Non avrebbe ancora usato la chiave che Marie Montgomery le aveva dato. La settimana prima, quando Autumn era stata assunta, la signora Montgomery le aveva accennato che Griffin avrebbe potuto essere non proprio entusiasta all'idea di avere un'assistente personale, motivo in più per non accettare il lavoro; Marie aveva dato ad Autumn una chiave nel caso Griffin non avesse risposto al campanello. Aveva anche detto che il fatto che lui non rispondesse alla porta poteva essere dovuto a una serie di ragioni: forse stava lavorando, o dormendo, o era occupato in altro modo. Oppure semplicemente non *voleva* aprire la porta per farla entrare.

Ecco perché tanti Montgomery entravano nelle case dei parenti ogni volta che ne avevano voglia. Era come se si fidassero l'uno dell'altro nel cercare di rispettare la loro idea di spazio e confini personali.

Un concetto così strano.

La porta si aprì mentre Autumn aveva ancora la mano in aria, in bilico appena fuori dalla porta, proprio quando considerava la possibilità di tornare di corsa alla macchina e lasciare Denver una volta per tutte. Autumn sbatté le palpebre e la bocca le si seccò di nuovo alla vista di Griffin.

Lui era sulla soglia, con i capelli scompigliati come se si fosse appena svegliato e non si fosse preso la briga di passarci le mani nel tentativo di domarli. Aveva anche le pieghe del cuscino stampate sul viso e gli occhi erano solo parzialmente aperti, come se la luce del primo mattino fosse troppo intensa per lui.

Lo sguardo di Autumn si spostò dal suo viso al torace nudo e dovette sforzarsi di non leccarsi le labbra, che diventavano più secche ogni minuto. Griffin aveva un accenno di peli sul torace, nessun accenno a depilarsi, tatuaggi su petto, fianchi e parte del collo. I suoi addominali scolpiti erano il frutto di ore passate in palestra, ma non esagerati come quelli di certi uomini eccessivamente muscolosi. La profonda V sui fianchi finiva su una traccia di peluria che scompariva nella parte superiore dei jeans, che lui aveva lasciato sbottonati. A giudicare dall'aspetto, si era affrettato a mettere un paio di pantaloni per arrivare alla porta, ma non si era preso la briga di abbottonarsi la patta... o di indossare la biancheria intima.

Stava iniziando a fare caldo, fuori? Perché Autumn era abbastanza sicura di poter sentire il sudore che le scivolava lungo la schiena, davanti a quello spettacolo di uomo.

"Tu." La voce di Griffin era roca, come se fossero le prime parole della giornata.

Lei gli puntò lo sguardo sul volto, mentre lui si passava la mano sulla barba. "Io."

Ah, bell'inizio. Bella risposta. Matura. Professionale.

C'era una fossa in cui poteva seppellirsi per un po'? Una qualunque, non c'era bisogno che fosse profonda.

"Mi sembrava di aver sentito qualcuno sotto il portico," mormorò Griffin. "Ho bisogno di un caffè." Si fece indietro, poi si voltò e si diresse verso l'interno della casa.

Autumn sbatté le palpebre. Uhm...che significava? Che avrebbe dovuto seguirlo? Che Griffin non era una persona mattiniera? Forse che non era una persona socievole. Di nuovo, perché aveva accettato quel lavoro? Ah già, chiaramente lei andava pazza per i Montgomery.

Fece un passo avanti esitante, poi si fermò. No, non poteva mostrarsi insicura. Doveva essere energica, autoritaria. Doveva trasformare quell'uomo in uno scrittore migliore e in un individuo più organizzato; agire come un una timida gattina non avrebbe funzionato con lui. Doveva alzare il mento ed entrare con passo deciso.

Autumn raddrizzò le spalle e fece un altro passo nella stanza, solo per rimanere paralizzata un attimo dopo.

Diamine. Dio santo.

La tana del maschio era esplosa, lasciando una landa desolata di disordine e sporcizia. C'erano vestiti sparsi su ogni mobile esistente. La polvere copriva i tavoli e il tavolino da caffè, anche se non ce n'era un granello sulla gigantesca tv a schermo piatto fissata al muro. Il che aveva perfettamente senso, di certo lui non voleva essere disturbato dalla polvere mentre guardava la TV. A giudicare dalle magliette di cotone ammassate nel mobile sotto il televisore, Autumn immaginò che lui le usasse per rimuovere lo sporco dallo schermo quando diventava insopportabile.

Per fortuna non sembrava esserci altra spazzatura o piatti incrostati, a parte le tazze di caffè lasciate in giro.

Quindi forse non era sporco, era solo disordinato. Ma comunque...

Come poteva vivere così?

Oh, per non parlare dei libri.

Così. Tanti. Libri.

Tascabili, copertine morbide o rigide. Pile di fogli che potevano essere un vecchio manoscritto rilegato. E quello sembrava... sì, quello era un e-reader infilato tra le pagine di un librone a mo' di segnalibro.

Diamine. Dio santo.

Era evidente che Griffin amava leggere, ma non amava rimettere i libri sugli scaffali. D'altra parte, a giudicare dagli scaffali allineati alle pareti, non era sicura di *dove* potesse mettere il resto dei suoi libri. Erano così strapieni che Autumn temeva avrebbero potuto cedere, se non fossero stati fatti di legno così robusto. Conoscendo il resto dei Montgomery, probabilmente Griffin si era fatto fare le mensole da Storm o da Decker.

Ed era solo la parte della casa che poteva vedere.

Non voleva nemmeno *pensare* al bagno.

Il bagno che lei avrebbe dovuto pulire.

Rabbrividì.

"È così terribile?" le chiese Griffin, porgendole una tazza di caffè. "Mi pare di ricordare che avessi messo zucchero e panna nel tuo caffè al Taboo. Non ho la panna fresca, quindi ti tocca quella in polvere. Scusa."

Autumn prese dalle mani di lui una tazza che sembrava pulita e piena di caffè appena fatto. Griffin sollevò un sopracciglio, poi bevve un sorso dalla sua tazza dopo averci soffiato sopra.

"Ahh..." sussurrò, guardando il suo caffè come se fosse opera degli dei, piuttosto che di una macchinetta.

"Non ho quasi mai qualcosa da offrire in questa casa, ma ho sempre il caffè. Prima mi facevo consegnare la spesa, ma poi sono rimasto bloccato con il mio libro e mi sono dimenticato di ordinare di nuovo. Ma per il caffè? Ho la consegna programmata." Le sorrise con aria d'intesa; Autumn era abbastanza sicura che il suo ventre si fosse contratto.

Sul serio. Il suo ventre.

Come diavolo era possibile? A pensarci bene, quel tipo di sensazione non era affatto sexy. Quell'uomo era in grado da solo di bruciarle tutti i neuroni. Presto le sarebbe rimasto un unico neurone, a cantare una melodia triste sulla solitudine.

"Capisco," sillabò Autumn lentamente, che poi bevve un sorso di caffè, pregando che lui non l'avesse avvelenata o qualcosa del genere, poi sospirò. "Accidenti."

Il sorriso di Griffin si allargò. "Lo so, vero? Vivo di questa roba. Il miglior caffè del mondo. In cucina c'è una macchina espresso di lusso che macina i chicchi, ma nel mio ufficio ho una di quelle macchinette da una tazza per non dovermi alzare tutte le volte."

Evidentemente, il miglior caffè del mondo era necessario a Griffin per far uscire le parole. Certo, dopo aver assaporato quella delizia, probabilmente anche lei stessa avrebbe potuto formulare una o due frasi. Non voleva pensare al costo di quel caffè. Ma forse poteva stringere a sé la tazza mentre lui non guardava e coccolarla un po'. D'altro canto sarebbe stato un comportamento bizzarro.

"Allora sei qui," disse Griffin, dondolandosi sui talloni.

Autumn non aveva dimenticato che lui era estremamente sexy e a torso nudo di fronte a lei, ma si costrinse a guardarlo solo dal mento in su. Non era facile, dato che era dannatamente alto, ma ora era il suo capo. C'erano delle regole da rispettare. Galateo o qualcosa del genere.

Non che riuscisse a ricordarlo bene, a quel punto, dannazione, ma avrebbe fatto del suo meglio.

"Sono qui." Guardò da sopra le spalle di lui l'orologio appeso al muro. "Sono in anticipo, ma non sapevo quale fosse il programma della giornata. La tua famiglia mi ha assunto, ma tecnicamente lavoro per te, quindi ho pensato che potremmo trovare una routine che funzioni per entrambi e poi possiamo vedere come va."

"Hai ragione. Non ti ho assunta io. Non sono nemmeno sicuro di aver bisogno di te."

Autumn si trattenne dal dire quello che pensava davvero, dopo aver visto quella casa, ma si lasciò sfuggire un sospiro. "Sei in ritardo sulla scadenza e la tua casa è un disastro. Penso che tu abbia bisogno di me più di quanto tu creda."

Griffin sbuffò. "E tu pensi di poter sistemare tutto? Mi dispiace, ma finora me la sono cavata bene da solo. Non ho *bisogno* di te."

Ahi. Autumn non sapeva perché quella frase le facesse tanto male, ma la ignorò. Apparentemente, condividere l'amore per il caffè non era abbastanza perché lui le rendesse più facile la giornata. Beh, Griffin avrebbe dovuto accettare la cosa. Perché lei sapeva di commettere un errore, ma non si era mai tirata indietro quando si trattava di fare ciò che andava fatto.

Posò la tazza di caffè sul tavolino polveroso e alzò un sopracciglio. "Davvero? Te la stai cavando bene da solo? Allora perché non riesci a fare la spesa come un qualunque adulto? Perché non riesci a spolverare la casa? Oppure, che so, a tenerti un servizio di pulizia? Ho sentito che è perché non ti piace che gli altri debbano dipendere da te e altre sciocchezze. Penso che in realtà sia perché credi di poter fare tutto da solo, e *vuoi* fare tutto da solo, ma non ci riesci. Lo capisco. Ma non sei costretto. Hai abbastanza successo da poter assumere qualcuno. E la tua famiglia l'ha fatto per te. Quindi cambia atteggiamento e lascia che ti aiuti. Vuoi concentrarti sul tuo libro e riuscire a scrivere davvero? Allora fallo. Io mi occuperò del resto. Perché vivere in mezzo alla polvere e ai vestiti sporchi senza un pasto decente non ti sta aiutando."

Griffin sollevò un labbro ringhiando, sembrava che si stesse trattenendo dal gridarle contro. Bene, era buon segno. Lei non aveva intenzione di dirgli tutto in quel modo così diretto. Di solito era un po' più gentile quando si trattava dei sentimenti altrui, ma c'era qualcosa in Griffin che andava abbastanza vicino a farle saltare i nervi, tanto da farla diventare imprevedibile nelle sue reazioni. Era una reazione dannatamente pericolosa per una ragazza come lei.

Griffin si passò la lingua sui denti e poi fece scivolare la mano nella tasca dei jeans. E no, Autumn non approfittò per sbirciare se quella mano cambiasse in qualche modo il rigonfiamento sotto la sua patta. Assolutamente no. Non lei. Lei era una professionista.

Quasi.

"Cosa farai per me? Mi terrai la mano quando proverò a scrivere?"

Lei lo guardò costernata. "Oh, falla finita, scrittorino. Non sbircerò alle tue spalle mentre cerchi di mettere le parole su carta perché, diavolo, sono un disastro quando si tratta di scrivere. Ma posso aiutarti con altre cose. Prima di tutto, casa tua è un disastro. Come tu riesca a respirare qui è un mistero per me. E mi auguro che tu incontri le donne a casa loro, o in un hotel o qualcosa del genere, perché basta uno sguardo a questo posto per far venire voglia di scappare urlando."

Autumn chiuse la bocca e spalancò gli occhi. Non era proprio il caso di pensare a lui con altre donne. Dopo quella tirata, invece, non poteva fare altro che immaginarlo nudo sopra una ragazza, ovviamente lei stessa, mentre scivolava dentro e fuori di lei, molto lentamente, senza mai distogliere gli occhi dai suoi. Poi avrebbe contratto i glutei per inclinare lentamente i fianchi verso l'alto, scopandola con una seduzione così dolce che lei sarebbe venuta dolorosamente e a lungo sul suo uccello prima che lui la riempisse, mormorando il suo nome mentre cadeva dall'alto della scogliera insieme a lei.

Le guance di Autumn si colorarono e Griffin inclinò la testa, studiandola. "Non porto qui le donne che vedo. Ma pagherei qualunque cifra per scoprire cosa ti è passato per la testa proprio in questo momento, Autunno."

Questo la fece uscire dal suo imbarazzo. "Autunno? Davvero? Ma cos'hai, dodici anni? Pensavo fossi uno scrittore. Non puoi inventare qualcosa un po' più intelligente?"

"Potrei, ma mi piace la faccia che fai quando lo dico. È un misto di irritazione e divertimento che non riesco a identificare. Quindi ti tocca quel nome, oppure puoi andartene."

"Non me ne vado."

"Va bene. Ma non so a cosa possa servire pulire casa

mia. Non porto qui le ragazze perché questo è il mio rifugio. Quello che tu stai invadendo in questo momento. E mentre sono qui ho bisogno di lavorare, ma non credo che le tue pulizie mi aiuteranno."

"Di certo non ti faranno male." La parola *invadere* la infastidì, ma decise di ignorarla. Lui doveva solo darsi una calmata.

"Lo pensi tu. Ma ho licenziato gli altri servizi di pulizia perché disturbavano i miei momenti di scrittura."

"Allora mettiti le cuffie. Perché pulirò. E cucinerò, perché non puoi sopravvivere a lungo con caffè, cibo da asporto e le cene saltuarie dai tuoi familiari. Hai trent'anni e passa. Devi prenderti più cura di te stesso."

A giudicare dalla sua forma fisica, la genetica e l'allenamento aiutavano, ma comunque quel dannato uomo aveva anche bisogno di vitamine.

Basta pensare al suo corpo.

"Quindi hai intenzione di cucinare e pulire, e io devo accettarlo e basta?" Griffin inspirò profondamente. "E tutto ciò dovrebbe darmi del tempo libero così posso scrivere?"

Autumn avrebbe voluto urlare davanti a quell'atteggiamento, ma si fermò quando vide lo sguardo nei suoi occhi. Quell'uomo era spaventato. O qualcosa di molto simile. Autumn sapeva che Griffin era in ritardo sulla scadenza del libro, perché la sua famiglia gliel'aveva detto, ma *perché* era indietro? Non riusciva a scrivere affatto? Perché in quel caso sarebbe stato un peccato. Lei amava i mondi che lui aveva creato, il modo in cui scriveva e tutto ciò che riguardava i suoi libri. E se fosse riuscita ad aiutarlo almeno un po', sarebbe valsa la pena di sopportarlo.

"Non vedo come non possa aiutare. Inoltre, ho intenzione di rinnovare il tuo sito web." Autumn corrugò la fronte. "Parola sbagliata. Da quello che posso vedere, il tuo sito ha un template decente. Devo semplicemente tenerlo aggiornato e fare in modo che i tuoi lettori siano informati sulle tue attività. Cose così. E metterò in moto i tuoi social media perché i lettori devono sapere chi sei."

Griffin strinse gli occhi. "Non ce n'è bisogno. Hanno bisogno solo dei miei libri. Tutto qui."

Lei fece un cenno con la mano. "Sei uno scrittore di gialli, tesoro, concentrati solo su questo. Io ti aiuterò e mi assicurerò di non metterla troppo sul personale, ma abbastanza da renderlo interessante per i lettori." Quell'ultima parte era ciò in cui lei eccelleva nella vita reale. Non poteva essere più difficile farlo su Internet, dove c'era un computer a proteggerla.

"Non voglio che sappiano tutto della mia vita."

"Ma non sarà così. Devono sapere che esisti. Almeno un po'. Inoltre, ti aiuterò a organizzare un prontuario di scrittura o qualsiasi altra cosa di cui hai bisogno."

"Non toccare i miei libri."

Autumn alzò le mani. "Non toccherò mai i tuoi libri mentre li scrivi. Né danneggerò le tue parole. Voglio solo renderti le cose più facili. È per questo che la tua famiglia mi ha assunto. Quando capirò come funzionano le cose, saprò meglio di cosa hai bisogno, ma devi accettare che non sei più solo. Ho intenzione di aiutarti."

"E se nonostante tutto non volessi il tuo aiuto?"

"Fattene una ragione, fiorellino. Sono qui per restare." *Almeno finché non mi trasferisco di nuovo.*

"Fiorellino? Sei seria, Autunno?"

Lo aveva fatto arrabbiare. Il modo perfetto per ingraziarsi il capo. "Adesso vai in ufficio o fai qualunque altra cosa necessaria per iniziare la giornata. Io mi occuperò del bucato. O di spolverare. O di qualcos'altro che mi permetta di respirare in casa tua senza sentire il bisogno di farmi la doccia."

Lo sguardo di lui le passò in rassegna il corpo e i capezzoli di Autumn si indurirono all'istante, facendo pressione nel reggiseno e diventando di sicuro ben visibili attraverso la camicia.

"Se hai bisogno di fare la doccia, Autunno, vai pure."

Lei sbuffò e si gettò i capelli dietro le spalle. "Non finché non la pulisco. Non so dove tu possa essere stato." E su quelle parole tirò fuori un taccuino e una penna, pronta a prendere appunti in modo da sapere esattamente cosa doveva fare e di quali prodotti avrebbe avuto bisogno. Perché la casa di quell'uomo si preannunciava come un lavoro a tempo pieno, e Griffin stesso lo sarebbe stato ancora di più.

Forse stava commettendo un errore, ma almeno avrebbe fatto un buon lavoro. E forse, ripetendoselo abbastanza spesso, avrebbe potuto tentare di ignorare il fatto che la sola presenza di quell'uomo le faceva venire voglia di allargare le gambe e sedurlo.

Ma non sarebbe successo.

Mai.

Capitolo quattro

Griffin era all'inferno. Un inferno rovente in cui le voci nella testa non gli parlavano più e ce l'aveva così duro che aveva paura di strapparsi i jeans e mettersi in imbarazzo.

Perché aveva detto a sua madre che avere Autumn in casa era una buona idea? Ah già, non l'aveva fatto. Si era vagamente arreso, ma non del tutto. Non che potesse davvero dire di no a sua madre. E con le sue tre sorelle a spalleggiarla, lui era fondamentalmente fottuto. Non gli piaceva avere persone nel suo spazio mentre lavorava. Beh, non gli piaceva avere gente intorno nemmeno nei giorni in cui non lavorava.

Ospitava la famiglia quando doveva e lasciava persino che i suoi cugini restassero a dormire, dato che aveva spazio in abbondanza per loro. Ma non significava che gli piacesse. Ovviamente, niente di tutto questo aveva a che fare con il *vero* motivo per cui al momento si sentiva bruciare all'inferno.

No, quel privilegio apparteneva alla donna che

proprio in quell'istante stava canticchiando nel suo soggiorno.

Canticchiava. Come se fosse davvero felice di pulire il suo lerciume. Dannazione. Griffin si sentiva un animale. Un maiale. Un adolescente che si rifiutava di pulire la sua stanza perché era un fottuto pigro buono a nulla.

Certo, non ne aveva preso coscienza finché una certa donna che non conosceva, ma che trovava sexy da morire, gli era piombata in casa guardandosi intorno con aria disgustata. Griffin non era una persona sporca. Non c'era spazzatura in giro infestata di insetti e merda, ma comunque era disordinato. E sapeva di esserlo. Dava una rassettata quando poteva e onestamente in quel momento la casa era nelle peggiori condizioni in cui si fosse mai trovata.

Ed era tutto a causa di quel libro.

Quel dannato libro che lui non riusciva a scrivere.

Naturalmente, anche in quell'istante non lo stava scrivendo come avrebbe dovuto, a causa di *lei*.

Autunno.

Autumn.

Lei.

Non riusciva a concentrarsi quando l'aveva così vicina. Poteva ancora percepire la fragranza della crema sulla sua pelle, riusciva a sentire il suo calore anche senza toccarla. Voleva sapere se la sua pelle era morbida come sembrava, voleva sapere se le sue labbra si sarebbero inturgidite succhiandole, forse addirittura rosicchiandole. Voleva sapere il colore dei suoi capezzoli, vedere se aveva due fossette sulla parte bassa della schiena dove il sedere iniziava a curvarsi in quella forma sensuale.

Non poteva farlo. Non *doveva* farlo. Pensare a lei in quel modo era irrispettoso. Adesso Autumn *lavorava* per lui, era materia proibita, eppure il suo uccello non aveva recepito il messaggio. Al contrario, si tendeva contro la cerniera, e sapeva che avrebbe finito per causarsi delle cicatrici su quella dannata cosa se a un certo punto non l'avesse spostato e non avesse fatto qualcosa al riguardo.

Ovviamente non aveva intenzione di masturbarsi in ufficio: un uomo doveva avere dei limiti. Ma non poteva nemmeno occuparsene sotto la doccia con Autumn in casa. Per fortuna aveva fatto la doccia la sera prima, quindi almeno non somigliava troppo a un lercio accumulatore compulsivo.

Quando Autumn lo aveva spinto a forza in ufficio, lui aveva pescato una camicia dalla pila di biancheria pulita e si era guadagnato un'adorabile occhiatina di approvazione. Aveva la sensazione che la tecnica di gestione dei vestiti, con cataste di biancheria sporca e pulita, sarebbe stata boicottata, con Autumn intorno. Sapeva che avrebbe dovuto apprezzare il suo aiuto, ma ancora gli sembrava che lo avessero preso a calci in culo.

Autumn lo aveva esiliato tre ore prima e lui aveva scritto una pagina.

Una sola pagina.

Voleva piangere di gioia, perché quella pagina era il più grande mucchio di stronzate che avesse mai scritto. Ma almeno aveva scritto.

Una pagina in tre ore. Ne mancavano solo quattrocento e poi forse non avrebbe più dovuto sbattere la testa contro il muro. Un leggero bussare alla porta dell'ufficio lo distolse dalla seconda pagina vuota, Griffin si schiarì la gola.

"Avanti." Si guardò rapidamente intorno nell'ufficio

e sussultò. Almeno lì non c'erano vestiti sporchi. Doveva pur contare qualcosa.

Autumn entrò con un vassoio di cibo e un sorriso stampato sul volto. Griffin si alzò velocemente e le prese il pesante vassoio dalle mani. Forse era un disastro di uomo, ma non era uno stronzo, quasi mai. Sua madre lo aveva educato a dovere.

"Ti ho ordinato il pranzo, visto che avevi quella bella lista delle consegne attaccata al frigorifero. Domani andrò a fare la spesa, una volta capito esattamente di cosa hai bisogno per la pulizia e per il cibo. Avevi un intero armadietto pieno di detergenti, per tua informazione." Autumn alzò un sopracciglio. "Lo strato di polvere sui flaconi era a dir poco paradossale."

Lui scrollò le spalle e appoggiò il vassoio sul tavolino, cercando di non incrociare gli occhi di lei. Sì, era in imbarazzo, ma dannazione, doveva mettersi a lavorare. E a volte cose come docce, pulizie e pasti saltavano completamente, quando le scadenze si facevano pressanti.

Il suo stomaco brontolò e lui abbassò lo sguardo sul cibo che lei gli aveva portato. Burrito e insalata di taco. Fantastico.

"Grazie. Quanto ti devo per questo?" Griffin si accigliò. "Come devo pagarti esattamente? La mamma non l'ha specificato." Mise alcuni libri sul pavimento accanto alla scrivania, in modo che lei avesse un posto dove sedersi se per caso avesse voluto mangiare con lui.

Autumn agitò una mano. "Ci ha pensato tua madre. Oggi mi ha dato dei soldi per comprare da mangiare, ma altrimenti avrei pagato io e ti avrei fatto una ricevuta. Per quanto riguarda la mia retribuzione, le tue sorelle hanno firmato un contratto a cui probabilmente dovresti dare un'occhiata." Sbuffò. "Te l'hanno mandato per e-mail, ma immagino che tu non abbia tempo di controllare regolarmente la posta elettronica visto che sei così indietro col lavoro, quindi posso stampare quello che ti serve. Per quanto riguarda i pagamenti, possiamo parlarne dopo aver mangiato."

Autumn non incrociò lo sguardo di Griffin, che inclinò la testa. Interessante. Sembrava che Autumn avesse dei segreti, segreti che lui voleva scoprire. Segreti che probabilmente avrebbero dovuto restare tali, perché lui non *voleva* che lei fosse intrigante.

Autumn prese la sua insalata di taco e andò a sedersi sulla grande poltrona di pelle di Griffin, e lui emise una specie di suono strozzato.

Lei si bloccò, con il delizioso sedere in bilico sulla sedia. "Che diavolo era quello?"

Lui si schiarì la voce. "Non lì. È la mia sedia da meditazione." E ora stava facendo la figura di un fottuto idiota. Oppure di uno scrittore pazzo e solitario, cioè quello che stava lentamente diventando secondo i suoi familiari, quando erano in vena di burle.

Lei si rimise in piedi. "Vaaaa beneee, allora. Posso andare a sedermi in soggiorno e mangiare là."

Lui chiuse gli occhi e si pizzicò il dorso del naso. "No, puoi sederti alla mia scrivania o su una delle sedie al tavolo. Sono stranamente geloso di quella poltrona, capisci? Giuro che non sono un serial killer o nulla del genere. E neanche pazzo. Volevo solo..."

"Non ti piace che qualcun altro usi quella sedia. Capito." Lei scrollò le spalle, ma lui vide una risata danzare nei suoi occhi. Autumn si sedette su una delle sedie libere e le spalle di Griffin si rilassarono un po'. Sì, era matto da legare.

"Grazie," le mormorò. "E grazie per il cibo." Si sedette sulla sedia della scrivania, lasciando la poltrona da meditazione vuota, e si mise a mangiare. Il sapore di spezie e formaggio gli esplose sulla lingua e gli sfuggì un gemito.

"Buono?" chiese Autumn con un sorriso.

"Ci puoi scommettere! Adoro questo ristorante." Prese un altro morso, abbastanza grande da farlo sembrare un uomo delle caverne, ma non gli importava.

"Allora, Griffin Montgomery, parlami di te." Autumn scavò nella sua insalata di taco. Lui trattenne un sorriso. Come Sierra e le sorelle di Griffin, Autumn mangiava con grande gusto, invece di mordicchiare della lattuga e chiamarla pasto. Buon per lei.

"Cosa vuoi sapere?" le chiese, cercando di dialogare educatamente. Era ancora risentito del fatto che lei fosse lì, ma non poteva comportarsi come uno stronzo per *tutto* il tempo. Era diventato stancante.

"Non lo so," rispose lei. "Dimmi qualunque cosa."

Per esempio come voleva sdraiarla sulla scrivania e scoparla? No, probabilmente non quello. Dannazione, non gli piaceva la piega presa dai suoi pensieri in quel momento. Era un fottuto coglione e lo sapeva.

"Sono uno scrittore."

Autumn sbatté le palpebre, abbassò la forchetta e poi applaudì lentamente. "Dio mio. È così... è proprio un *thriller* sentirtelo dire. Insomma, sei uno scrittore? Chi l'avrebbe mai detto?"

Griffin sollevò una mano per mostrarle il dito medio, poi si ricordò che non era di famiglia e finse di voler passare la mano tra i capelli. Bella mossa.

"Aspetta. Hai appena usato la parola *thriller* di proposito?"

Lei alzò gli occhi al cielo. "Non ti sfugge niente."

"Beh, Autunno, sono uno scrittore di libri thriller. Come ben sai. Ne hai mai letto uno?" Sorrise mentre lo chiedeva e notò il modo in cui Autumn distolse gli occhi dai suoi.

Interessante. Di nuovo.

"Probabilmente sì," rispose lei vagamente.

Griffin non sapeva perché quella domanda la infastidisse, ma era così. Quindi Autumn non si ricordava se aveva letto o meno uno dei suoi romanzi. Non che lui avesse problemi a vendere i suoi libri.

No, semplicemente non riusciva a scriverli.

Dio, quanto la voleva fuori di casa, così da poter pensare di nuovo. Odiava essersi messo in quella posizione.

"Sono il sesto figlio dei Montgomery," sbottò, volendo distogliere la mente dal fatto che in quel momento odiava la sua vita.

"Sei uno dei piccoli, allora." Lei leccò la panna acida dalla forchetta e lui dovette sbattere le palpebre per pensare. Dannata lingua di Autumn. Adesso *lavorava* per lui. Anche se in realtà sarebbe stato corretto dire che lavorava per sua madre, ma dannazione, non avrebbe dovuto avere pensieri sconci su Autumn. Non era giusto verso di lei, maledizione, e non era giusto neanche per lui.

"Alex e Miranda sono più giovani, ma sì, immagino di essere tra i piccoli." Griffin scrollò le spalle. Adesso erano tutti adulti, quindi l'età non aveva più importanza per quanto riguardava le loro interazioni. Sì, Miranda era ancora considerata la bimba adorata, ma ormai era felicemente sposata. Alex era stato uno dei primi a sposarsi e ora viveva in un centro di riabilitazione, cercava di rimettere in sesto la sua vita. Griffin... beh, Griffin era semplicemente Griffin. E forse era per quello che il suo cervello aveva smesso di funzionare.

Adesso basta pensarci.

"Non so ancora come tu sia finita qui," le disse, cercando di spezzare la tensione crescente nella stanza.

Lei irrigidì la schiena. "Che intendi dire con *qui*?"

Lui si accigliò. "Intendo a lavorare per me. Cosa pensavi volessi dire?"

Lei agitò una mano. "Niente. Meghan mi ha messo alle strette e ho avuto un attimo di debolezza. Ho le capacità per aiutarti e una volta capito come stanno le cose ti farò sapere cosa sto facendo."

Lui sollevò un sopracciglio. "Non dovrei essere *io* a dirti di cosa ho bisogno?"

"Forse. Ma se tu fossi in grado di accorgertene, te ne staresti già occupando da solo, giusto?"

Eh no, basta così. "Vaffanculo. Vattene a casa, va bene? Grazie per le pulizie e il pranzo, ma non ho bisogno di aiuto."

Lei si alzò lentamente, pulendo metodicamente i suoi resti. "Sei un idiota, Griffin, e non puoi licenziarmi. Ma puoi abbassare la cresta e accettare il fatto che hai bisogno di aiuto. Mi dispiace per quello che ho detto. Era decisamente inopportuno. È normale che tu non riesca a fare tutto, del resto non dovresti. Questo è il motivo per cui sono qui."

Griffin si passò una mano sul viso e le diede le spalle per riuscire a riflettere. I suoi occhi si posarono sulla schermata bianca nel monitor; naturalmente, invece di incolpare se stesso di non essere riuscito ad andare avanti, reagì come un idiota. Si voltò verso di lei e si mise le mani sui fianchi.

"Vai a casa, Autumn. Non ti conosco. So che dici di essere una persona capace, ma cosa ne so io, giusto? Pensi di poter piombare qui e prendere il controllo della mia vita? Non penso proprio. Non sono un ragazzino che ha bisogno di una babysitter. Sono un fottuto uomo che ha un lavoro da finire, e non posso farlo con te sempre tra i piedi."

Le guance di Autumn si imporporarono a quelle parole, e lui le guardò il petto che si alzava e si abbassava per prendere respiri profondi.

"Sei uno stronzo."

"Sì. Lo sono. Per questo non dovresti starmi intorno."

"Ho finito per oggi, ma tornerò."

"Non serve." Vedi? Stronzo.

Lei si gettò i capelli ramati oltre le spalle e lo fissò. "Hai bisogno di tutto l'aiuto possibile, e il fatto che non te ne renda conto mi rende solo triste. Ti aiuterò perché, dannazione, voglio che tu finisca il tuo fottuto libro. Quindi datti una calmata e impara ad accettare che non devi fare tutto da solo. Che non *puoi* fare tutto."

Detto questo, Autumn sbatté la porta dell'ufficio dietro di sé. Lui contò fino a cinque e poi la sentì sbattere anche la porta d'ingresso.

Beh, era davvero riuscito a farla incazzare. Ma non poteva lavorare con lei presente. Ovviamente, Griffin stava deliberatamente ignorando di aver scritto un'intera pagina con lei in casa, più di quanto avesse scritto in una settimana. Ma quello non contava. Avrebbe cancellato quella pagina in ogni caso. Non sapeva dove stesse andando il suo personaggio ed era dannatamente sicuro di non sapere dove stesse andando lui stesso.

Essere nella merda fino al collo non era che un eufemismo per descrivere la sua vita in quel momento.

Ed era tutta colpa sua. Non di Autumn. Non della sua famiglia. Soltanto sua.

E cosa avrebbe fatto al riguardo?

Proprio un bel niente, a quanto pareva.

Un atteggiamento fottutamente maturo.

Guardò l'ora sul telefono e imprecò. A cosa diavolo stava pensando? Ah, giusto. Non sapeva più pensare. Salvò rapidamente quell'unica pagina sul computer nel caso in cui fosse successo qualcosa e si ficcò il telefono in tasca. Si infilò le scarpe, prese il portafoglio e le chiavi e uscì di casa, chiudendo le mandate dietro di sé. Si fermò sulla veranda, aggrottò la fronte, poi aprì la porta d'ingresso e fece un passo all'interno.

Santo cielo.

Era un imbecille.

Uno stronzo.

Un indegno, ingrato pezzo di merda.

Attraversò il soggiorno con gli occhi spalancati.

Autumn era stata a casa sua soltanto per tre ore e aveva già fatto miracoli. Il soggiorno e la sala da pranzo risplendevano. Cazzo, letteralmente risplendevano. L'aria sapeva di limone e lavanda, non di sudore e pantaloncini da ginnastica. Autumn aveva spolverato, passato l'aspirapolvere (lui non si capacitava di non essersene neanche accorto) e gli aveva ripulito i vestiti e gli occhiali di scorta. Aveva spostato tutti i libri di lato vicino agli scaffali, e Griffin immaginò che avesse intenzione di tornare per organizzarli. Trasalì. Avrebbe dovuto aiutarla in quello. Poteva non sembrare, ma lui aveva un sistema per catalogarli, un sistema che era andato perso con l'aumentare dei libri. Avrebbe dovuto chiedere a Decker o Storm di costruirgli altri scaffali un anno prima, ma aveva continuato a rimandare.

Inviò rapidamente un messaggio a Decker per chiedergli di realizzare più scaffali come quelli che già aveva, poi si ficcò il telefono in tasca ancora una volta. Quella dannata donna aveva cancellato settimane di disordine in poche ore. Sembrava che fosse in procinto di affrontare la cucina, prima di portargli il pranzo. E invece di ringraziarla per tutto quel lavoro, lui le aveva fatto una scenata.

Non c'era da meravigliarsi che fosse solo soletto.

Si passò una mano tra i capelli e girò sui talloni, camminando attraverso la stanza ormai pulita fino alla porta d'ingresso. Autumn aveva detto che sarebbe tornata, e lui l'avrebbe ringraziata. Aveva pulito tutto il suo casino e aveva fatto un lavoro migliore di quanto lui potesse mai sperare di fare da solo.

Grazie a lei, ora aveva la pancia piena, una casa parzialmente pulita e una nuova pagina del libro. Era decisamente un progresso. Eppure aveva gridato e messo il broncio. Cosa cazzo gli era successo? E anche se si fosse preso una cotta per lei? Non era colpa di Autumn se lui la desiderava, ma non poteva averla. E non era colpa sua neanche che lui fosse in ritardo sulla scadenza, anche se gli sarebbe piaciuto incolpare chiunque tranne se stesso.

Griffin odiava avere altre persone in casa sua, ma quella dannata donna era non era una persona qualsiasi. Lo incuriosiva, lo eccitava e lo infastidiva allo stesso tempo. Forse aveva solo bisogno di scopare. Era passato così tanto tempo che temeva di aver dimenticato come si faceva, se ne avesse avuto l'occasione.

Il suo telefono vibrò e lui lo tirò fuori di nuovo, grugnendo al messaggio di Decker.

Era ora, cazzo. Chiamami più tardi e discuteremo i dettagli. Ora sono al lavoro.

Griffin rispose al suo migliore amico con un messaggio affermativo ed era in procinto di mettere di nuovo via il telefono, quando questo iniziò a squillare. A quanto pareva, quel giorno era molto richiesto.

Vide il nome di Maya sullo schermo e rispose. "Ciao."

"Ciao anche a te. Verrai oggi per il tuo appuntamento, o continuerai a grattarti le palle per il resto della giornata?"

Lui imprecò. "Cazzo. L'avevo dimenticato."

"Beh, forse impostare una notifica sul calendario ti renderebbe meno idiota. Chiedi ad Autumn di farti un calendario per cose del genere. Ti terrà in riga."

Se prima non si fosse licenziata.

"Ancora non riesco a credere che tu abbia assunto qualcuno per me," disse lui con voce roca.

"Beh, non sei qui, e scommetto che non stavi neanche lavorando, dato che hai risposto al telefono così velocemente, quindi forse avevi proprio bisogno di lei. Ora porta qui il culo, così posso iniziare il tuo tatuaggio. Non farmi incazzare, Griffin."

Lei riattaccò e lui sorrise. Sua sorella era quasi sempre una donna insolente e scorbutica, e lui l'amava ancora di più per questo. E un giorno, se Maya avesse mai visto l'uomo che lei chiamava il suo migliore amico per quello che era veramente, sarebbe diventata una donna molto felice. Ovviamente non erano affari suoi, quindi si sarebbe tenuto da parte. Per il momento.

Sarebbe andato a farsi tatuare, lasciando che il

ronzio dell'ago e il dolore del tatuaggio lavassero via un po' della sua rabbia e della sua autocommiserazione. E una volta tornato a casa avrebbe scritto.

Come si era ripetuto ogni dannato giorno negli ultimi tre mesi.

Ma forse avrebbe anche allontanato Autumn dai suoi pensieri e avrebbe fatto il suo dovere. E la mattina dopo si sarebbe scusato per essere stato uno stronzo e le avrebbe permesso di aiutarlo.

Perché poteva anche non piacergli che lei fosse lì, ma almeno era riuscito a scrivere.

Era riuscito a *scrivere*.

Era un buon segno.

Forse.

Sperava.

E se non fosse così? Beh, non voleva pensarci. Non poteva permetterselo. Mai.

Capitolo cinque

Autumn non era certo violenta con gli uomini. Non era una che picchiava, ma Griffin avrebbe potuto diventare l'eccezione alla regola. Quel maledetto le causava costante frustrazione e non aiutava il fatto che avesse un'aria tremendamente sexy e un carattere scontroso e testardo. In combinazione a un velo di sudore e a quello sguardo ombroso, la costringeva a fare respiri profondi per tenersi sotto controllo.

Chiaramente lei si sentiva attratta dagli stronzi.

Buono a sapersi.

Dover lavorare per lui non facilitava le cose. Era il primo giorno di lavoro e lei stava già uscendo di corsa, arrabbiata oltre misura e sinceramente sconvolta per aver ceduto alla richiesta di andarsene. *Sapeva* che Griffin non aveva mai voluto una vera assistente personale che lavorasse con lui, ma non immaginava che avrebbe osteggiato con ogni mezzo l'idea di farsi aiutare. Griffin ne aveva un disperato bisogno, se non altro per riuscire a organizzare il disordine che gli confondeva la mente. Ma lui non voleva. Voleva fare tutto da solo.

Eppure non lo stava facendo, giusto?

Che soggetto.

Con un sospiro, Autumn spinse le porte della Montgomery Ink e lasciò che le sue spalle si rilassassero, almeno un po'. Gli amici e un tatuaggio avrebbero aiutato. Andava sempre così.

Le risate, il ronzio degli aghi e il profondo ringhio nella voce di Austin le riempirono le orecchie, Autumn si lasciò sfuggire un altro sospiro, stavolta più felice. Sarebbe stata totalmente a suo agio a lavorare in un negozio di tatuaggi. Se solo avesse saputo farne uno. Sapeva disegnare, ma non come gli artisti immensamente talentuosi che aveva di fronte.

"Autumn!" Callie, una tatuatrice, le si avvicinò a braccia aperte. Autumn si rifugiò in quell'abbraccio, inalando il dolce profumo floreale di Callie. Quella donna rimbalzava in giro come se avesse tutta l'energia del mondo, e aveva un'aria molto figa mentre lo faceva. Aiutava il fatto che fosse una delle persone più giovani nell'universo dei Montgomery. Aiutava anche il fatto che Callie fosse sposata con un uomo fantastico, che faceva del suo meglio per prendersi cura di ogni sua esigenza.

No, non era gelosa. Neanche un po'. Anzi, beh, forse un po'.

"È bello vederti, Callie." Autumn si appoggiò allo schienale e studiò il viso dell'amica. "C'è qualcosa di diverso in te."

Callie arrossì e distolse gli occhi con aria vaga. "Sono solo...felice."

Uhm...interessante. Beh, sembrava che l'altra donna avesse dei segreti da custodire, e ad Autumn andava bene così. Dopotutto, lei stessa aveva abbastanza segreti da riempire l'intero negozio e qualche succursale.

"Si vede," disse Autumn onestamente.

"Grazie al cielo sei qui!" gridò Maya, che veniva dalla stanza sul retro. Sembrava stanca da morire, ma comunque incredibilmente sexy. Se ad Autumn fossero piaciute le donne, era abbastanza sicura che Maya sarebbe stata il suo tipo. La frangetta corta e scura le incorniciava perfettamente il viso con il piercing al sopracciglio. Il contrasto delle labbra rosso vivo contro il pallore della sua pelle la faceva sembrare una pin-up con una marcia in più. La maggior parte dei tatuaggi che aveva sul corpo erano realizzati dal fratello Austin, gli altri li aveva fatti lei stessa. Scherzi a parte, era una donna ricca di talento. Aveva anche un bel caratterino. Per questo era una delle amiche più intime di Autumn, per quanto Autumn le permettesse di entrare in intimità con lei.

"Anch'io sono contenta di vederti," disse Autumn, alzando un sopracciglio. "Che succede?"

"Austin e le sue grosse dita imbranate hanno di nuovo incasinato il computer," ringhiò Maya in direzione del fratello. Austin, continuando a prestare attenzione al suo cliente, usò la mano libera per mandare a fanculo la sorella.

C'era una ragione per cui i Montgomery erano i suoi preferiti.

"Smettila di fare lo stronzo," disse Callie. "Posso sistemare tutto."

Maya scosse il capo. "Hai un cliente tra cinque minuti. O forse no. Non sono sicura, dato che non riesco a far funzionare quel canchero di un computer."

"Non è colpa mia," ringhiò Austin, con gli occhi sempre fissi sul tatuaggio di fronte a lui. "Ho premuto 'Salva' e non ha salvato. È colpa del computer. Se non avessi licenziato la fottuta receptionist che miracolosamente era riuscita a durare due settimane, non saremmo in questa dannata situazione."

Autumn strinse le labbra, cercando di trattenere una risata. Quei due si parlavano *sempre* in quel modo, entro i confini del negozio di cui erano entrambi i proprietari. Ovviamente, Autumn era abbastanza sicura che si parlassero in quel modo anche da qualsiasi altra parte. Se non avesse saputo che uno dei due avrebbe dato la vita per l'altro, avrebbe pensato che avessero seri problemi di compatibilità.

"Ho licenziato la fottuta receptionist perché continuava a strusciarsi contro la tua gamba!"

Autumn strinse la mano di Callie ed evitò di guardarla negli occhi. Se *una* di loro avesse riso proprio in quel momento... beh, Autumn non voleva pensare alle conseguenze.

"Come se l'avessi mai lasciata avvicinarsi abbastanza da strofinarsi," borbottò Austin.

"Una volta ci è andata molto vicino," aggiunse Sloane, da classico maschio qual era. Maledettamente bravo a interpretare la parte del maschio. Spalle larghe e cosce muscolose, con la testa rasata e un cipiglio perenne. L'uomo sorrideva sinceramente solo ad Hailey, anche se la proprietaria del bar non se n'era mai accorta. O forse aveva fatto del suo meglio per *non* accorgersene. Sul serio, a volte lì dentro era come una telenovela, e Autumn l'adorava. Se solo avesse potuto lavorare alla Montgomery Ink e non per lo scrittore bastardo che si rifiutava di chiedere aiuto.

"Sì, e l'ho spinta via senza farla piangere, come ha fatto *qualcun'altra*."

"Se lo meritava!" gridò Maya.

Autumn fece un respiro profondo e si intromise tra i due fratelli. Certo, Austin era seduto sul suo sgabello e non si era mosso, anche se aveva smesso di tatuare una volta che aveva rivolto la sua attenzione a sua sorella. Il cliente si limitò a sorridere, la sua schiena completamente tatuata sembrava venire da parecchie sedute. Ormai doveva essere abituato ad Austin e Maya. Maya aveva le mani sui fianchi e la sua mascella sembrava pronta a disintegrarsi, per quanto l'aveva serrata.

"Ok, ragazzi, lasciatemi dare un'occhiata al computer e sistemo tutto io," disse Autumn con calma. "Ve l'avevo già detto che posso aiutarvi con queste stupidaggini."

Maya aggrottò la fronte, poi strinse gli occhi. "Aspetta. Non dovresti essere da Griffin adesso? Pensavo avessi iniziato oggi."

Autumn sollevò il mento. "Il ringhio di tuo fratello fa sembrare Austin un cucciolo indifeso."

Austin scoppiò in una risata. "Fanculo quel ragazzo, a volte. Che cos'ha combinato?"

"Non vuole un'assistente."

"Questo avrei potuto dirtelo anch'io," disse Austin, con una risata negli occhi. "Ma questo non significa che non ne abbia bisogno. A volte è solo un bastardo. Ignoralo e fai quello che sai fare meglio. Anche se non è felice che le ragazze e la mamma ti hanno assunta alle sue spalle, penso che gli farai il culo."

"Ogni maschio Montgomery ha bisogno di un bel calcio nel culo a volte," disse Maya.

Austin inarcò un sopracciglio. "Le donne ne hanno bisogno ugualmente, tesoro. Vogliamo parlare di Jake?"

"È solo mio amico!" gridò Maya. "Quante volte devo ripeterlo?"

"E direi che possiamo finirla qui," intervenne Autumn. "Tornate ai vostri angoli. Entrambi."

Maya sorrise ad Austin, ma somigliava più a un ringhio che a un sorriso. Austin fece un sorrisetto, con le labbra appena visibili sotto la barba.

"Pensate che potremmo avere una conversazione senza imprecare?" chiese Callie, spalancando gli occhi luminosi e innocenti.

Maya sbuffò. "Questo dalla donna che mi stava raccontando proprio adesso come Morgan l'abbia legata al letto e non le abbia permesso di venire finché non ha ammesso di essere una ragazza tanto cattiva."

Le spalle di Austin tremarono e Sloane ridacchiò quando Callie, nonostante il suo viso fosse diventato paonazzo, sollevò il mento.

"Beh, *ero stata* una cattiva ragazza e meritavo di essere punita. E te l'ho detto in confidenza, stronzetta. Forse sei *tu* la cattiva ragazza e dovrei convincere Jake a *punirti*." Fece un sorriso malvagio e Autumn dovette spostarsi alla scrivania per non cadere dalle risate.

"La prossima persona che fa commenti su Jake si becca un calcio in culo."

"Qualcuno ha detto Jake?" chiese Griffin mentre entrava nel negozio. "Finalmente ci sei riuscita, Maya cara?"

Maya ringhiò mentre Autumn si immobilizzò. Che diavolo ci faceva lì? Avrebbe dovuto essere tornato a casa, a fingere di scrivere e a riflettere sui suoi comportamenti da stronzo.

Maya si lanciò contro Griffin con i pugni alzati. Invece di schivarla, lui afferrò la sorella e la fece volteggiare per il negozio.

"Ti ucciderò," disse Maya.

"Sono sicuro che ci proverai. Ma prima di farlo, devi lavorare sul mio prossimo set di tatuaggi. Il mio appuntamento, ricordi?"

Maya brontolò. "Mi ricordo, ma sono sorpresa che anche tu te ne sia ricordato. Anzi, mi chiedo come tu possa ricordare qualcosa, dato che stai buttando fuori la tua assistente prima ancora che possa iniziare."

Autumn raddrizzò le spalle mentre Griffin alzò lo sguardo dalla sorella e la guardò negli occhi, deglutì a fatica, poi serrò la mascella. La barba di un paio di giorni aveva sempre un effetto molto sexy su di lui. Non che fosse stata lontana da lui per molto tempo. Com'era possibile che avesse un aspetto ancora *migliore* di prima?

Era ufficiale: doveva essere impazzita. Passo successivo: malata di mente con bava alla bocca. E non la bava causata dall'aspetto delizioso dell'uomo. *Non* l'avrebbe permesso. Mai.

"Non sapevo di trovarti qui," disse Griffin con noncuranza.

"Non me lo hai chiesto."

"Non mi hai dato molto tempo per farti domande, giusto?"

Autumn aprì la bocca per sbraitare, poi si ricordò dov'era e chi li stava osservando, mentre si comportavano come bambini di sei anni che litigavano per un giocattolo rubato.

"Non sapevo che oggi avessi un appuntamento qui," gli disse. Con pochi tocchi sulla tastiera, aprì l'agenda delle sedute e individuò l'appuntamento che Griffin aveva fissato molto tempo prima con Maya.

"L'avevo appuntato su un'agenda nel mio ufficio," disse tranquillamente Griffin. "Non dimentico i tatuaggi."

"No, dimentichi soltanto tutto il resto." Lei sussultò. Dannazione. Quell'uomo era *ancora* il suo capo. Doveva cercare di ricordarlo.

Maya sbuffò. "Questo è vero. Tatuaggi o morte. Giusto, fratellino?"

Griffin scosse la testa. "Sei solo un gradino più in alto, Maya. Non sei molto più grande di me."

"Comunque conta." Maya si accigliò. "Almeno finché non arrivo al punto in cui dirò di avere ancora ventotto anni o giù di lì. Allora sarai più vecchio tu. A ogni modo, siediti sulla poltroncina e togliti la camicia, così possiamo lavorare per finire la tua spalla. Non flettere troppo i muscoli però, fratello caro. In questo momento le uniche persone con il seno nella stanza sono imparentate con te, oppure sposate, o sembrano detestarti." Lanciò un'occhiata ad Autumn e le fece l'occhiolino.

Ah, perfetto. Non sarebbe finita bene. Ora era costretta a stare nella stessa stanza di un Griffin a petto nudo, mentre il ronzio degli aghi le riempiva le orecchie e la faceva eccitare *ancora di più* quando si trattava della rovina della sua esistenza: i Montgomery.

Autumn riportò la sua attenzione al computer e fece del suo meglio per dargli una parvenza di organizzazione. Austin e Maya erano assolutamente metodici e gestivano un'azienda infernale che aveva una lista d'attesa lunga tre anni per i tatuaggi più grandi e per le opere d'arte personalizzate. Ma la mancanza di una receptionist, su cui stavano scherzando prima, non poteva rendere le cose facili. Ai tempi in cui Callie era stata l'apprendista di Austin e non un'artista a tempo pieno, la giovane donna era in grado di aiutare di più, ma ora che si stava spargendo la voce sul suo talento,

Callie non aveva più tempo per certe cose. Autumn aveva sempre aiutato dove poteva e rifiutato di essere pagata. Soprattutto perché essere pagati portava a più scartoffie, e meno lasciava tracce di sé, meglio era. In passato non aveva dovuto compilare nulla con Griffin, ma sapeva che sarebbe successo. *Odiava* mentire, ma onestamente non aveva idea di cos'altro fare. Se le cose si fossero fatte troppo appiccicose, sarebbe scappata come aveva sempre fatto.

Anche se ormai sapeva che scappare sarebbe stato più doloroso di tutte le altre volte.

Accidenti a quei Montgomery.

Fece un respiro profondo, poi si voltò verso la postazione di Maya, quasi ingoiandosi la lingua mentre lo faceva.

Griffin sedeva al contrario contro lo schienale della sedia, con le imponenti cosce divaricate in modo da poter stare a cavalcioni su quella dannata cosa. Aveva le braccia incrociate davanti al viso, anche se non ci si appoggiava. Invece, aveva la testa girata per guardare Maya da sopra la spalla mentre parlavano di dove posizionarlo o altro.

Autumn si ripromise di *non* avere un orgasmo alla sola vista di quel maschio. *Non* sarebbe successo.

Strinse le cosce e maledisse il giorno in cui era nato Griffin Montgomery.

Non era sicura di cosa avrebbe fatto Maya quel giorno alla spalla e alla schiena di Griffin, non era sicura di avere l'energia per restare lì a guardare. Doveva tenere… certe cose per sé. Era inutile desiderare l'uomo per cui lavorava, un uomo che alla fine avrebbe dovuto lasciare, quando fosse diventato troppo pericoloso restare.

Invece di rimanere lì a desiderarlo, tornò al computer e fece pulizia per quello che poteva. Non ci volle molto tempo, presto si ritrovò in piedi a girarsi i pollici, sapendo che doveva andarsene. Era venuta in negozio per sfogarsi o almeno per calmarsi. Ma ora che la fonte dei suoi guai non era solo nella stessa dannata stanza, ma a torso nudo con la giusta quantità di peli sul petto per farle desiderare di accarezzarlo fino a quando non avessero implorato entrambi di averne di più, sapeva che doveva andarsene.

"Ehi, Autumn, vieni qui subito," gridò Austin.

Lei chiuse gli occhi e contò fino a cinque. "Certo."

Fece del suo meglio per non guardare la postazione di Maya e comportarsi in modo disinvolto. Aveva la sensazione che stesse fallendo miseramente. Ma che diavolo le prendeva? Poteva incolpare gli ormoni. Forse aveva solo bisogno di scopare e tutto quel marasma sarebbe finito. Ovviamente, con quel pensiero, non fece altro che immaginare Griffin in piedi dietro di lei, che le alzava la gonna sui fianchi e la piegava sulla sedia da meditazione per scoparla da dietro.

Accidenti a quel Montgomery.

Accidenti a tutti loro.

"Che succede?" Visto? Era tutto normale.

Austin inclinò la testa, studiando il viso di Autumn. "Il mio cliente non era di turno, ma ha dovuto comunque mettersi al lavoro."

Autumn corrugò la fronte.

"Vigile del fuoco."

Le sopracciglia di Autumn si inarcarono. "Va tutto bene?"

Austin scosse la testa. "Non ne sono sicuro. Spero che la sua divisa non gli rovini l'inchiostro, ma combattere un incendio è più importante di qualsiasi cosa io faccia sulla sua pelle. Comunque, adesso ho un'ora libera. Sierra non è nel suo negozio dall'altra parte della strada, altrimenti andrei lì per vedere mia moglie. Cosa ne pensi di sederti qui e lasciarmi lavorare su quel pezzo sul tuo fianco?"

"Ma che diavolo? Non dovevo essere io la prossima a lavorare su di lei?" gridò Maya dalla sua postazione.

Autumn trattenne un sorriso. Amava il modo in cui quei due litigavano sempre, ma di solito accadeva per la famiglia e non per i clienti. Sentì un certo tepore salirle dall'interno. Forse si stava avvicinando troppo a quella famiglia...

Dannazione. Non andava bene. Doveva lasciare la città al più presto.

Ma prima di farlo, poteva almeno farsi un nuovo tatuaggio.

"Mi sembra una buona idea," rispose dolcemente.

"Ottimo. Questo ti ripagherà per averci aiutato così tanto, dal momento che non accetti i nostri soldi."

"Ma... non so se posso pagare." Non aveva a disposizione grandi somme, ma era in grado di pagare per ciò di cui aveva bisogno.

Austin strinse gli occhi. "Non discutere. Ora siediti, tirati su la camicia e infilala sotto il reggiseno. Mettiamoci al lavoro."

Autumn aprì comunque la bocca per discutere, ma l'uomo barbuto e minaccioso davanti a lei alzò un sopracciglio. Bene, allora.

Fece come le era stato detto, consapevole che *qualcuno* la stava fissando. Anche se una parte di lei avrebbe potuto desiderare che ci fosse eccitazione nello sguardo di Griffin, aveva la sensazione che l'attrazione non avesse nulla a che fare con quel momento. Quando finì di mettersi a cavalcioni sulla sedia, posizionata in diagonale di fronte alla stazione di Maya, voleva avere un'espressione accigliata.

Ovviamente, doveva fronteggiare Griffin e le sue braccia sexy mentre lei aveva la camicia rimboccata. Perché mai i numi del cielo avrebbero dovuto permettere qualcos'altro?

Griffin incontrò il suo sguardo e fece un sorrisetto. "Non è così che ti aspettavi il tuo pomeriggio, eh?"

Autumn strinse i denti. "Non esattamente." Inspirò mentre Austin la toccava con l'ago per la prima volta. All'inizio faceva sempre un male infernale, poi si trasformava in un ronzio allegro che le inviava scosse di piacere miste a dolore fino alle dita dei piedi. Allora Griffin le sorrise, sempre con quel suo sguardo strano.

Lei si leccò le labbra, con il cuore che batteva all'impazzata.

Gli occhi di Griffin caddero sulla bocca di lei e le sue pupille si dilatarono.

Oh, accidenti. Non era proprio il posto giusto. O il momento giusto. Di certo non il ragazzo giusto.

Piuttosto che far sapere a qualcuno cosa le provocava, Autumn abbassò la testa e appoggiò la fronte sulle braccia. Austin le parlava ogni tanto, ma sembrava capire che lei avesse bisogno di tempo per se stessa, anche in un negozio di tatuaggi affollato.

Quarantacinque minuti passarono in un batter d'occhio mentre si concentrava sul *non* concentrarsi su Griffin. Presto sentì Austin che le asciugava il fianco per l'ultima volta e le spiegava come prendersi cura del tatuaggio.

"Penso che riusciremo a finirlo con un'altra sessione," le spiegò Austin. "Avrei potuto terminare l'ombreggiatura finale oggi, ma c'era un po' di gonfiore e voglio assicurarmi che sia perfetto."

Autumn lasciò che Austin le prendesse la mano per sostenerla mentre la conduceva allo specchio a tutta altezza. Il suo sguardo percorse l'insieme dei diversi mazzi di fiori lungo il suo fianco: ogni fiore rappresentava un nuovo posto che era stata costretta a raggiungere, senza mai trovare uno spazio che fosse unicamente suo.

"È perfetto," sussurrò. In effetti, sembrava finito. Se avesse dovuto filarsela in fretta da Denver, non avrebbe dovuto farlo ritoccare da nessuno, non che avrebbe mai permesso a nessuno di toccare un tatuaggio della Montgomery Ink. Solo l'occhio di un perfezionista avrebbe potuto notare che c'era bisogno di ombre o linee aggiuntive.

"È quasi finito," disse lui dolcemente. "Ora, non dimenticare di prenderti cura di te stessa." Austin guardò Maya e Griffin. "E prendilo a calci in culo, se serve," sussurrò, mentre con la barba le solleticava l'orecchio.

Lei alzò gli occhi al cielo, poi fece scivolare con cautela la camicia sulla pellicola di plastica che lui aveva messo sul tatuaggio ancora fresco. Quando Autumn si voltò verso la stazione di Maya, fu solo per vedere su di sé gli occhi di Griffin, che la fissava con le palpebre socchiuse. Non era sicura se quello sguardo fosse solo per lei, o fosse un misto di dolore e piacere provocato da Maya che lavorava al tatuaggio sulle sue spalle.

"L'ho visto solo di sfuggita, ma sembrava fenomenale, cazzo," disse Griffin passandosi la lingua sulle labbra. "Ci vediamo domani?" chiese con voce esitante.

Lei deglutì. Poteva farlo. Poteva aiutarlo e poi andarsene come doveva. "Va bene." Dopo di che, Autumn salutò tutti e lasciò il negozio, mentre la fredda aria di montagna del Colorado le gelava le guance rosse. Le sarebbe mancato soprattutto il profumo di fresco e pulito...

Autumn guidò verso casa ed entrò nel vialetto; era pronta per mangiare e farsi una lunga doccia. Non poteva immergersi nella vasca a causa del nuovo tatuaggio, e non le piaceva bere alcolici finché il suo tatuaggio non fosse guarito un po' di più, perché l'alcol le fluidificava il sangue.

Quando uscì dalla macchina, con la sua immancabile borsa in mano, si bloccò di colpo e le venne un pessimo presentimento. Deglutì a fatica, poi fece del suo meglio per sembrare disinvolta mentre osservava l'ambiente circostante. Anche se Autumn non aveva visto nessuno, di sicuro aveva la certezza che qualcuno la stesse guardando.

Conosceva bene quella sensazione.

L'aveva già provata innumerevoli volte.

Entrò rapidamente in casa, con le chiavi e lo spray al peperoncino in mano nel caso qualcuno l'avesse attaccata. Chiuse la porta e mise il catenaccio, poi corse in cucina per afferrare il grosso coltello da macellaio che sapeva benissimo come usare e perquisì il resto della sua piccola abitazione.

Sola.

Era al sicuro.

Almeno per il momento.

Ma sapeva che il suo tempo a Denver stava per finire. Era rimasta già troppo a lungo... abbastanza da creare dei rapporti che non aveva mai avuto intenzione di coltivare.

Autumn avrebbe mantenuto la promessa fatta ai Montgomery e a se stessa di aiutare Griffin, ma poi se ne sarebbe andata.

Sarebbe stato più sicuro per tutti. Perché se fosse rimasta, sarebbe stata responsabile di una carneficina.

Come succedeva sempre.

Capitolo sei

"Hai un aspetto più vigoroso," commentò Griffin con un piccolo sorriso mentre suo padre lo avvolgeva in un grande abbraccio. Il padre poteva anche non essere imponente come una volta, gli abbracci non così energici come in passato, ma non si poteva negare che Harry Montgomery fosse una forza con cui fare i conti. Griffin era andato per uno spuntino pomeridiano, ma anche solo per vedere i suoi genitori.

"Mi sento meglio," disse sommessamente suo padre. "Sei qui per un motivo particolare, o solo per controllarmi?" Sorrise e si appoggiò allo schienale. "È il tuo turno, non è vero?"

Griffin alzò gli occhi al cielo. Beccato. Non importava. I giovani Montgomery non volevano altro che il meglio per i loro genitori, e gli ultimi anni erano stati una vorticosa tempesta di merda. Tra la diagnosi di cancro al padre e le successive cure, il dramma di Austin con Sierra dei loro figli, il turbolento fidanzamento tra Decker e Miranda e il matrimonio quasi rovinato per gentile concessione di Alex, più tutto l'inferno passato da Meghan prima di poter finalmente vivere con Luc, Griffin aveva avuto parecchio di cui preoccuparsi.

Si preoccupava sempre di tutto. Era semplicemente fatto così.

"Noi figli non riusciamo a nasconderti niente. È il mio turno, ma comunque mi piace venire qui."

"Perché tua madre ti dà da mangiare, molto probabilmente."

Griffin scrollò le spalle con un sorriso impenitente. "Beh, quello è sicuramente un incentivo."

Marie entrò in soggiorno con un vassoio di bevande e un piatto di antipasti tra le mani. Griffin le andò rapidamente incontro e le prese il vassoio.

"Avresti dovuto dirmi di portare il culo in cucina per aiutarti," la rimproverò e appoggiò il vassoio sul tavolino da caffè.

"Non mi sento stanca," rispose lei, poi gli baciò la guancia mentre lui le offriva da bere. "Ma apprezzo comunque il tuo aiuto."

Griffin si chinò e appoggiò la fronte su quella della mamma, come aveva fatto innumerevoli volte in passato. Ricordava ancora quando era bambino ed era lei a doversi abbassare. Il tempo volava, si sapeva, ma dannazione, Griffin non voleva che andasse troppo in fretta; non quando suo padre non era ancora fuori pericolo.

Griffin fece un respiro tremante, troppe emozioni in una volta, poi si alzò: "Devi solo chiedere. Quando vuoi. Va bene?"

Marie lo guardò negli occhi e annuì: "Va bene, Griffin caro."

Griffin si sistemò su uno dei divani, poi i suoi genitori fecero lo stesso sull'altro; bevvero e mangiarono mentre parlavano dei loro problemi e dei loro successi quotidiani. A lui piaceva passare così le giornate, quando poteva semplicemente sedersi e ascoltare le due persone che lo avevano cresciuto e lo avevano amato con ogni fibra del loro essere. La vita non era perfetta, tutt'altro, ma a volte anche Griffin poteva dimenticare le sue preoccupazioni e limitarsi ad *ascoltare*.

Ovviamente, non poteva ignorare lo sguardo tirato sul viso della madre. Sapeva che non stava dormendo bene come una volta. Non poteva. Non con l'amore della sua vita che soffriva davanti ai suoi occhi. Ma le cose stavano migliorando, tutto sommato. Almeno è quello che gli avevano detto. Pregava che non gli avrebbero indorato la pillola se le cose si fossero messe al peggio. Era più forte di così. O almeno sperava di esserlo.

"Hai avuto notizie di Alex?" chiese infine Griffin, tenendo le mani intorno al bicchiere. La condensa gli scivolò sulle dita e lui rafforzò la presa. Ricordava l'ultima volta che aveva visto suo fratello, lo sguardo folle negli occhi di Alex. Poteva ancora sentire il rumore dei vetri rotti mentre Alex urlava in preda alla furia. A causa sua, la festa del matrimonio di Miranda e Decker era finita inaspettatamente; i suoi demoni personali erano troppo opprimenti per essere sopportati da una sola persona. Però Griffin non sapeva cosa avesse spinto Alex a bere. Nessuno lo sapeva.

Harry sospirò. "Sì, finalmente ci ha permesso di parlare con lui al telefono."

Griffin appoggiò con cura il bicchiere e incontrò gli occhi di suo padre. "E quindi?"

"E quindi resta in riabilitazione, almeno per il momento," disse mestamente Harry. "Penso che stia ricevendo l'aiuto di cui ha bisogno. Finalmente."

Griffin chiuse gli occhi e sospirò. Il suo fratellino stava male, eppure non c'era niente che Griffin potesse fare per lui. Una volta che Alex fosse uscito dalla riabilitazione, Griffin sperava di trovare un modo per aiutarlo, ma non era sicuro che fosse possibile.

"Un passo alla volta, tesoro," sussurrò Marie. La madre si schiarì la gola e la sua voce era più ferma quando aggiunse: "Tornerà a casa quando ne avrà bisogno. E, si spera, ci permetterà di andarlo a trovare. Forse pensa di essere da solo, o almeno questa è l'impressione che ho ricevuto da quella telefonata, ma noi siamo i Montgomery. Non lasciamo nessuno indietro, non importa quanto proviamo ad allontanarci a vicenda."

Griffin sorrise suo malgrado. Sì, era proprio così. Bevve un altro sorso della sua limonata e annuì. "Non riuscirà a sbarazzarsi di noi così facilmente."

"Puoi dirlo forte," concordò suo padre.

Dopo che ebbero finito di mangiare, si salutarono e Griffin si diresse a casa, con lo stomaco pieno e la mente carica di pensieri. Sapeva di dover lavorare, dato che non aveva scritto una parola quella mattina e aveva passato il pomeriggio con i suoi genitori. Doveva *sempre* lavorare. Il risentimento derivante da quel pensiero non lo fece sentire meglio.

Quando entrò nel vialetto, non vide l'auto a lui sempre più familiare che apparteneva ad Autumn. Non era sicuro del perché si fosse aspettato di trovarla, dato che lui stesso non era stato a casa, ma fu difficile ignorare la fitta di delusione quando si rese conto che lei non c'era.

Erano passati quattro giorni da quando l'aveva incontrata al negozio di tatuaggi. Quattro giorni in cui avevano lavorato insieme a casa sua in completo silenzio. Lei puliva, faceva la spesa e gli preparava da mangiare.

Non si era ancora avventurata nel suo ufficio per aiutarlo effettivamente con il suo lavoro.

Aveva la sensazione che l'avrebbe già fatto, se lui non fosse stato un tale stronzo. Solo che a volte era fottutamente difficile *non* essere uno stronzo. Appoggiò la fronte contro il volante e lanciò un'imprecazione. Aveva bisogno di aiuto.

Lo *sapeva*.

Però non significava che dovesse fare i salti di gioia, cazzo.

Con un altro respiro profondo, scese dalla macchina e si diresse verso la porta d'ingresso. Non appena la aprì, credette di essersi sbagliato. Il profumo della zuppa e del pane appena sfornato assalì i suoi sensi e il suo stomaco già pieno iniziò a brontolare. Il leggero profumo floreale di Autumn si mescolava all'odore sostanzioso del cibo e il suo cazzo si indurì.

A cuccia, ragazzo.

Era strano che lei fosse lì quando lui non c'era. Sapeva che Autumn aveva una chiave, grazie alle sue amorevoli e sempre irritanti sorelle, ma non pensava che l'avrebbe effettivamente usata. Inoltre lui non aveva lasciato scritto dove sarebbe stato, dato che lei non c'era quando era uscito di casa. Non che avrebbe dovuto preoccuparsene, in realtà. Lei non *viveva* con lui.

Lei lavorava per lui.

O almeno ci provava.

Autumn entrò con aria spensierata in soggiorno e si bloccò quando lo vide. Aveva un cesto della biancheria sotto un braccio e il telefono nell'altro.

"Ah, sei a casa."

Lui chiuse la porta dietro di sé senza badarci, tenendo invece lo sguardo fisso su di lei. Indossava un tipo di abito lungo che abbracciava le sue forme, ma senza dare l'impressione che avesse cercato quell'effetto di proposito. In effetti, sembrava piuttosto che l'avesse scelto per stare comoda. Non era sicuro che lei avrebbe mai potuto nascondere le sue curve, la sensualità della sua persona. I seni erano alti, più grandi dei palmi di Griffin e dannazione, lui voleva afferrarli, strizzarli, sperimentare la consistenza e la forma dei capezzoli... scoprirne il colore e il sapore.

Ma non lo avrebbe fatto, ovviamente.

Griffin era un professionista, anche se non si comportava sempre come tale.

Distolse lo sguardo dai seni di Autumn e si accorse del rossore sulle guance di lei. Cazzo. Non se la stava cavando molto bene. Invece di scusarsi come avrebbe dovuto, considerando che avrebbe reso le cose ancora più imbarazzanti per loro due, lì in piedi, si schiarì la gola.

"Non ho visto la tua macchina."

Lei annuì, con gli occhi che seguivano il corpo di Griffin. Quando gli occhi di Autumn si fermarono sulla zona inguinale, lui fece tutto il possibile per non darsi una sistemata proprio lì. Sapeva che il suo cazzo stava premendo contro la cerniera, poteva addirittura sentirlo, ma non voleva che Autumn *sapesse* che lui si era accorto di quello sguardo.

Dannazione.

"La mia macchina non partiva." Un'ombra le passò sul viso e lui si chiese di cosa si trattasse. Era sempre incuriosito dalle espressioni di Autumn e si interrogava su di *lei*. "Meghan mi ha dato un passaggio. Ha detto che sarebbe venuta a prendermi o che avrebbe mandato Luc, nel caso tu non possa riportarmi a casa." Autumn sussultò. "Mi dispiace di essere una scocciatura."

Lui scosse il capo. "Non è colpa tua se la macchina non è partita. Ti porto a casa io quando sei pronta ad andare." Griffin si mise le mani in tasca, consapevole di aver appena istigato Autumn a guardare di nuovo il suo cazzo. "Fammi sapere. Hai bisogno che qualcuno controlli la tua macchina? O almeno che ti porti dal meccanico?"

Lei scosse il capo. "Me ne occupo io. Solo che stamattina non potevo proprio." Fece una pausa. "Comunque grazie."

"Va bene, allora."

"Va bene."

Si fissarono per almeno un minuto in un silenzio imbarazzato. Griffin non aveva idea di cosa dire a quel punto, di cosa fare. Era un adulto, cazzo, eppure non riusciva a dare voce ai suoi pensieri. Avrebbe dovuto almeno allontanarsi e sedersi al computer o qualcosa del genere. Sicuramente meglio che fissarla come un idiota arrapato.

"Stavo finendo di fare il bucato," disse infine Autumn.

"Me n'ero accorto." Lui tirò fuori la mano dalla tasca e indicò il cestino. "Ehm, posso aiutarti?"

Autumn sbatté le palpebre. "No, ce la faccio," poi gli sorrise ironicamente. "Naturalmente, se tu avessi fatto il bucato fin dall'inizio, non saremmo in questa situazione e io non sarei così indaffarata."

Griffin sbuffò, grato che lei avesse spezzato la tensione crescente. "Ricevuto. Beh... credo che andrò in ufficio."

Allora lei sorrise e lui dovette deglutire a fatica davanti a tale bellezza. Non aveva idea da dove provenisse quel pensiero, e non era esattamente a suo agio.

"Mi sembra una buona idea. So che hai mangiato a casa dei tuoi genitori, almeno così mi ha detto Meghan, ma se hai fame, ho messo la zuppa di manzo e orzo nella pentola, e dato che possiedi una macchina per il pane, ho fatto una pagnotta di lievito madre."

Di nuovo Griffin sentì l'acquolina in bocca. "Ho una macchina per il pane?"

Autumn alzò gli occhi al cielo. "Sì, ce l'hai. Ho dovuto pulirla perché non era nella scatola, ma la base era ancora imballata con plastica e cartone."

"Ah. Fantastico. Sono sazio, ma questa roba ha un odore dannatamente buono, quindi forse ne approfitterò tra un paio d'ore."

Lei sorrise di nuovo e lui dovette sbattere le palpebre. "È quello che immaginavo. Quindi su, vai nel tuo ufficio e scrivi. Io finisco il bucato. Una volta finito, però, pensi che potrò avventurarmi nella tua caverna da scrittore e lavorare su un prontuario per i tuoi libri?"

Lui si accigliò. "Ho già un prontuario."

Lei annuì. "È quello che ha detto la tua editrice."

Le sopracciglia di Griffin si inarcarono. "Hai parlato con la mia editrice?"

Autumn annuì di nuovo, ma abbassando lo sguardo. "Sì, lei, uhm, mi ha mandato un'e-mail oggi. Stava parlando con Maya, e Maya ha fatto il mio nome."

Griffin chiuse gli occhi. Accidenti alle sue sorelle. Sapeva che la sua editrice non avrebbe detto nulla sulle scadenze o altro di confidenziale, ma il suo essere amica di Maya non era una cosa che lo rallegrasse.

"Va bene, credo. Ma se ha detto che ho già un prontuario, perché tu dovresti lavorarci su?"

Finalmente Autumn posò il cesto della biancheria e lui avrebbe voluto prendersi a calci per non averla aiutata, come aveva invece aiutato sua madre con il vassoio. Autumn aveva semplicemente il potere di metterlo in difficoltà, e non era sicuro di come gestire questa cosa.

Lei emise un respiro e lo fissò. "Ti ho letto, Griffin. Te l'avevo mai detto prima?"

Non ne era sicuro, ma gli piaceva il fatto che lei lo leggesse. Anche se il pensiero lo faceva sentire anche un po' vulnerabile. "Non me lo ricordo."

Lei agitò una mano. "Non importa. Ma ti ho letto. In realtà mi piacciono i tuoi libri, Griffin."

Lui si riempì di orgoglio, ma continuò a non dire niente.

"E da persona a cui piace il tuo lavoro, voglio assicurarmi che tu possa concentrarti. Per questo sono qui. Quindi prenderò il tuo prontuario e vedrò cosa posso farci. Non dovresti occuparti di tutto. Dovresti poter consultare il prontuario, prenderne le informazioni che ti servono e continuare a scrivere. Voglio che tu sappia che tutto ciò di cui hai bisogno sarà lì e che sarà organizzato in modo da non dovertene preoccupare. Ricordi ogni singolo personaggio secondario dei tuoi libri? Ricordi il colore di un vestito a caso a pagina settanta che potrebbe essere importante per il prossimo libro della serie? Perché questo è il genere di cose con cui posso aiutarti. Se tu riuscissi a concentrarti sulla scrittura, forse sarebbe d'aiuto."

Lui sapeva esattamente cosa lo stesse aiutando,

anche se era troppo stanco e troppo testardo per ammetterlo.

Lei.

Autumn.

La sua sola presenza lo aiutava a scrivere e lo uccideva allo stesso tempo. Aveva scritto di più negli ultimi giorni con lei accanto di quanto non avesse fatto negli ultimi due mesi. Non sapeva se fosse perché lei aveva pulito e cucinato, o per una ragione molto più profonda a cui preferiva non pensare per il momento, o forse mai.

E se Autumn avesse iniziato a gestire il sito web che lui aveva ignorato per troppo tempo, allora forse sarebbe stato d'aiuto anche quello. Griffin amava i suoi fan, i suoi lettori. Sapeva che loro erano la ragione per cui lui poteva svolgere il lavoro che amava. Il fatto che lui detestasse pensare al sito in quel momento non significava che non lo amasse affatto. Era una relazione di amore/odio che di solito fungeva da stimolo per il suo cervello di scrittore.

Solo che ormai era *Autumn* a stimolarlo.

E questo era dannatamente pericoloso.

"Griffin?"

Lui scosse la testa, cercando di schiarirsi i pensieri. "Ti mostrerò quello che ho già fatto quando verrai nel mio ufficio. Me ne occupo da alcuni anni, ormai, quindi anche se potrebbe sembrare che io non sappia cosa sto facendo, in realtà non sono messo poi così male."

Lei sospirò. "Lo so che non sei un incapace. Ho letto il tuo lavoro, ricordi? Ti sento quando batti furiosamente i tasti nel tuo ufficio, quindi so che puoi lavorare sodo. Mi stai permettendo di aiutarti a poco a poco, quindi continuerò a insistere fino a quando non ne saremo stufi entrambi."

Lui annuì e fece un cenno col mento verso la cucina. "Vado a bere qualcosa. Entra pure in ufficio quando sei pronta per lavorare."

La superò, attento a non sfiorarla mentre le passava accanto. Non appena entrò in cucina, il profumo appetitoso di manzo e orzo gli fece venire voglia di cadere a terra ai piedi di Autumn e implorarla. Implorarla di dargli... beh... ancora una volta era meglio non pensarci. Ma dannazione, si odiava ancora di più per tutta la situazione. Aveva la dispensa piena, il cibo in pentola e aveva scoperto di avere una fottuta macchina per il pane solo grazie a quella donna nel soggiorno. Era ovvio, *non* era capace di prendersi cura di se stesso come un adulto. Era un dannato idiota, egoista e pigro.

"Perché ti stai accigliando? Non ho comprato quello che ti serve per preparare il tuo drink?"

Griffin imprecò sottovoce e alzò la testa in modo da poter vedere Autumn per intero. Lei aveva le mani vuote ma le stava torcendo davanti a sé. Non l'aveva mai vista farlo prima, le dava un'aria così insicura. Ed era stato lui a farle questo. Aveva fatto torcere le mani a quella donna forte e assolutamente fantastica, cazzo.

"Sono solo incazzato che la mia casa sia così fottutamente pulita e piena di cibo solo perché sei tu a occupartene. Non io. Mi sento uno stronzo pigro." Non sapeva perché quelle parole gli stessero uscendo di bocca e, a giudicare dagli occhi spalancati e dalla bocca aperta, aveva la sensazione che Autumn ne fosse ugualmente sorpresa.

"Non sei uno stronzo pigro. Tutto quello che hai detto è la ragione per cui sono qui. Per darti la possibilità di pensare ad altre cose. Dannazione, Griffin, ti sei guadagnato questo diritto."

Lui sbuffò. "Guadagnato? Mi stai prendendo per il culo? Ho solo messo qualche parola nero su bianco. Come puoi chiamarlo guadagnarsi qualcosa."

Autumn gesticolò davanti a lui. "Oh, sta' zitto. Fai più di quanto non pensi. Non puoi quantificare il modo in cui qualcuno si sente quando legge un tuo libro, quando i lettori riconoscono un aspetto di sé in un personaggio. Oppure qualcosa che desiderano essere. Vedo quello che fai, vedo come ti sforzi per assicurarti che il libro *ti appartenga,* anche se il lettore lo considera ugualmente suo. Non sono solo parole, Griffin. È una storia, un'idea. È una vita. Fai molto di più di quanto pensi di fare."

Lui inclinò la testa, studiando il modo in cui le guance di lei si erano arrossate con quel discorso appassionato, il modo in cui i suoi seni si alzavano e si abbassavano mentre prendeva respiri profondi. Amava il fuoco nei suoi occhi, il fatto che lei *sapesse* così tante cose su di lui, il modo in cui lui lavorava e pensava, anche se non si era mai reso conto di essere così. Le scure pupille di Autumn erano dilatate e quando lei si leccò le labbra, lui perse definitivamente la testa per lei. Si era accorto che lei lo desiderava altrettanto, eppure si erano allontanati a vicenda più e più volte, ignorando ciò che era proprio di fronte a loro perché era la cosa più saggia da fare.

Ma nonostante i suoi successi, Griffin sapeva di non essere un uomo saggio.

Nemmeno per sogno.

La voleva tutta: corpo, mente e forse anche l'anima. In quell'esatto momento, voleva solo *lei*.

"Al diavolo, Autunno," ringhiò. Percorse i due passi che li separavano, le avvolse una mano intorno alla nuca aggrovigliando le dita tra i suoi capelli e schiacciò le labbra contro le sue. Autumn ansimò nella bocca di lui e poi gli circondò la schiena con le braccia, affondando le unghie nella pelle attraverso il cotone della camicia. Griffin spostò la mano libera lungo il fianco di lei, percorse tutto il braccio con le dita e poi le afferrò la guancia, facendole inclinare il viso in modo da baciarla più in profondità. Le loro lingue si incontrarono, spingendosi l'una contro l'altra mentre lottavano per dominare. Anche se lui la teneva tra le braccia nella posizione che preferiva, in verità era lei che lo controllava, che gli passava le unghie lungo la camicia e la pelle e lo spingeva ad andare più in profondità, a baciarla finché entrambi non avessero potuto più respirare o pensare ad altro che ad andare *oltre*.

Era Autumn.

La donna che voleva.

La donna che desiderava.

La donna che *lavorava* per lui, cazzo.

A quel pensiero, si staccò di colpo da lei, con il petto ansante. Fece un passo indietro, si passò una mano tra i capelli ed emise un respiro tremante. "Cazzo."

"Io... Griffin..."

Lui sollevò una mano, notò che tremava e la abbassò di nuovo. "Mi dispiace. Mi dispiace tanto, cazzo. Dimentica quello che è successo. È stata solo una follia momentanea."

Autumn inclinò la testa ma non sembrava ferita da quelle parole. Meno male, cazzo. "Va bene. Ora devo tornare a casa." Gemette. "Ma ho ancora bisogno che tu mi dia un passaggio." Chiuse gli occhi e gemette di nuovo. "Hai ragione tu. È meglio dimenticarci che sia mai accaduto, ma..."

Lui imprecò di nuovo. "Fammi prendere le chiavi. Prendi quella borsa con cui ti vedo sempre e muoviamoci." Griffin incontrò lo sguardo di lei. "Mi dispiace."

Lei socchiuse gli occhi. "Dì che ti dispiace di nuovo e inizierò a sentirmi male."

Lui fece un rapido cenno col capo. "Capito."

Lei prese rapidamente la sua borsa e lui afferrò le chiavi. Presto furono sulla strada per casa di lei, chiusi nell'auto in un silenzio pieno di imbarazzo. L'aveva baciata, cazzo.

No, non era giusto. Non era stato solo un bacio. L'aveva divorata, un incontro fatto di labbra, respiri ed eccitazione che stringevano l'anima. E lui non poteva farlo di nuovo. Non se voleva restare sano di mente. Non sapeva niente di lei, tranne che nascondeva dei segreti, ma la desiderava comunque. Quel desiderio era più pericoloso di qualsiasi altra cosa a cui potesse pensare in quel momento.

Le sue mani strinsero il volante. "Autumn..."

"No, Griffin. Domani mi assicurerò che qualcuno mi accompagni a casa tua per lavorare. Inoltre spero di riuscire a portare la mia macchina dal meccanico domani. Lavoreremo solo sul tuo prontuario e poi mi metterò a lavorare sul tuo sito. Come hai detto tu, non è successo niente."

Griffin aprì la bocca per ripetere quanto gli dispiacesse di aver combinato un casino. Tuttavia, non sapeva se era davvero quello che volesse dirle. Mentre rifletteva sulla scelta delle parole, la sentì urlare e si voltò alla sua sinistra.

Venne accecato da luci abbaglianti e lo stridore del metallo che si accartocciava e le urla di Autumn furono le ultime cose che sentì, prima che un dolore incandescente gli riempisse il corpo. Griffin cercò di allungare un braccio nel tentativo di proteggere in qualche modo la donna accanto a lui, ma non ci riuscì.

L'oscurità lo avvolse, trascinandolo in un dolce abisso di agonia infernale.

Capitolo sette

Autumn non voleva morire, non voleva esalare il suo
ultimo respiro urlando per un uomo che conosceva a
malapena, ma che sentiva di conoscere da tutta la vita.
Così non fu. Invece si ritrovò nella sala d'attesa di un
ospedale, coperta di bende ed escoriazioni e circondata
da un numero imprecisato di membri della famiglia
Montgomery. Si scoprì anche incapace di parlare,
temendo che non appena lo avesse fatto sarebbe crollata.

Non aveva lasciato cadere una sola lacrima, ma
aveva paura che, non appena avesse parlato, le avrebbe
lasciate cadere *tutte*.

Gli altri l'avevano guardata solo una volta, avevano
annuito e poi si erano seduti accanto a lei o nelle vicinanze, aspettando con calma.

Probabilmente avrebbero dovuto aspettare ancora
un po', perché lei non aveva la più pallida idea di cosa
diavolo avrebbe potuto dirgli. Come poteva confortarli?
Dicendo loro che il figlio, fratello e amico sarebbe
guarito, quando neanche lei era sicura di cosa fosse
successo esattamente?

L'altra auto era spuntata dal nulla. Aveva ignorato un segnale di stop ed era andata a schiantarsi contro la portiera del conducente. La polizia aveva accennato alla guida in stato di ebbrezza, e poiché Autumn sapeva per certo che Griffin non aveva bevuto, dovevano riferirsi all'altro guidatore. Il suo cervello si era concentrato solo su Griffin e sul sangue che le imbrattava i vestiti. Tutto quel sangue non poteva essere soltanto il suo, e non sapeva nemmeno se l'altro automobilista fosse vivo. I Montgomery avrebbero potuto parlare con la polizia e con i medici per conoscere certi dettagli. Lei sarebbe stata inutile finché non fosse riuscita a raccogliere il poco coraggio che aveva e capire cosa diavolo avesse intenzione di fare.

Ancora una volta si trovava in presenza di rappresentanti della legge a cui avrebbe dovuto mentire sul suo nome e sui fatti, oppure dire la verità. A dispetto di come si sentiva a volte, in realtà non era in fuga dalla polizia, quindi in privato avrebbe potuto anche confessare il suo nome, se glielo avessero richiesto. Era tutto così... *invischiato*.

Per l'ennesima volta, quella sera, scacciò dalla mente la paura di ciò che sarebbe potuto accadere se avesse detto troppo e si concentrò su ciò che contava.

Griffin.

Non era in stato cosciente quando i paramedici li avevano tirati fuori dai rottami di quella che una volta era stata l'auto di Griffin. I medici avevano detto che era un miracolo che Autumn non si fosse rotta qualche osso o non avesse subito una commozione cerebrale. In effetti, a parte alcuni piccoli tagli qua e là e il corpo che doleva come un unico livido gigante, non si era ferita affatto.

Avrebbe dovuto essere grata; invece, riusciva solo a pensare a Griffin.

Jake scivolò sul sedile che Luc aveva appena lasciato vuoto e le prese la mano tra le sue. Autumn guardò quelle grandi mani, notò i granelli di argilla nelle pieghe e sotto le unghie, e si concentrò su quei dettagli piuttosto che sulla mancanza di notizie riguardo Griffin.

"Penso che tu l'abbia già capito, ma quando ti senti pronta a parlare, noi siamo qui."

Lei guardò quell'uomo attraente dagli occhi verde brillante, che considerava Maya la sua migliore amica.

"Grazie," sussurrò con voce roca.

"Ecco." Autumn alzò lo sguardo mentre Maya le porgeva un bicchiere di carta pieno d'acqua. Aveva gli occhi socchiusi e la mascella serrata, ma non sembrava arrabbiata. No, Maya sembrava preoccupata da morire e stava facendo del suo meglio per cercare di mascherarlo. Non ci stava riuscendo minimamente.

"Grazie," sussurrò di nuovo Autumn, prendendo la tazza dalle mani di Maya. Ne trangugiò metà velocemente, lasciando che l'acqua a temperatura ambiente le lenisse la gola dolorante.

"Ultimamente ci ritroviamo in sale d'attesa come questa troppo spesso, cazzo," ringhiò Austin dalla sedia dall'altra parte della stanza.

Autumn strinse le labbra e annuì, mentre anche gli altri si mostravano d'accordo. Tutti intorno a lei iniziarono a parlare delle occasioni recenti in cui erano stati in ospedale per gli altri fratelli Montgomery, e Autumn dovette fare dei respiri profondi per trattenere le lacrime. Vederli insieme in quel modo le ricordò quanto fosse profondamente *sola*.

Non aveva nessuno.

Naturalmente era soltanto colpa sua. Era stata lei a scappare, ma era sempre meglio che restare. Anche se le mancavano i suoi genitori e suo fratello più di ogni altra cosa al mondo, loro non le avevano creduto. Non le erano stati accanto quando lei aveva più bisogno di loro. Ecco perché non aveva potuto affidarsi a loro quando avrebbe contato davvero. Certo, guardando indietro alla giovane donna che era quando se n'era andata, con la paura che le scorreva nelle vene, ora si rendeva conto che forse le avevano *creduto*, ma avevano scelto di ignorare il problema a causa delle *loro* stesse paure.

Ormai non aveva importanza. Se n'era andata per proteggere loro e se stessa. Non sarebbe stata al sicuro, rimanendo con loro. Guardò tutti i Montgomery intorno a lei e si rese conto che presto avrebbe dovuto partire di nuovo. Non era sicuro neanche per loro.

Non era mai al sicuro.

Le porte della sala d'attesa si aprirono e un'infermiera spinse dentro Griffin. Autumn si alzò bruscamente e il bicchiere vuoto cadde a terra. Jake le strinse la mano una sola volta e poi la lasciò per avvolgere il braccio intorno alle spalle di Maya, e Autumn non era sicura se la stesse semplicemente abbracciando o trattenendo. Né le importava in quel momento.

Le importava solo di Griffin.

Pericoloso.

Gli avevano messo un camice molto simile a quello che indossava lei stessa in quel momento, visto che i suoi vestiti erano ricoperti da sangue e detriti. Griffin si appoggiava allo schienale della sedia a rotelle e il suo corpo appariva ferito e contuso come quello di Autumn, ma i suoi occhi sembravano vigili. Il suo sguardo scrutò la stanza mentre la famiglia gli si avvicinava, ma non si fermò su nessuno finché non si posò su di lei. Non appena i loro occhi si incontrarono, le spalle di lui si rilassarono e la mascella si allentò.

Autumn sbatté le palpebre, incapace di esprimere la sua preoccupazione, sollevata che lui stesse bene. Distolse subito gli occhi da lui, incerta su cosa fare sotto quello sguardo attento. Gli occhi le si posarono sulla mano destra di Griffin e lei barcollò di nuovo contro il solido petto di Storm. Il gesso sulla mano di Griffin le fece venire voglia di vomitare e quasi rabbrividì. La pelle divenne viscida dal sudore e la bocca si seccò.

La mano di Griffin.

Il suo lavoro. La sua vita. Dio santo.

Griffin.

Incontrò di nuovo lo sguardo di Griffin e questa volta ci lesse tutto il dolore, un dolore che non aveva niente a che fare con il corpo, ma con la *consapevolezza*.

"Tutto a posto?" chiese lui.

La stanza divenne silenziosa.

Autumn annuì, ancora incapace di esprimersi compiutamente, a parte i pochi sussurri che era riuscita a emettere poco prima.

La gola di Griffin si mosse quando deglutì di nuovo e si voltò a guardare i suoi genitori. "Sto bene."

"Oddio, Griffin," Marie prese delicatamente le guance del figlio tra le mani. "Cos'è successo?"

Griffin si appoggiò ai palmi di sua madre mentre parlava dell'automobilista che gli era venuto addosso. Autumn voleva andarsene. In presenza di quella famiglia così unita si sentiva un'intrusa, qualcuno che non avrebbe dovuto essere lì. Se non avesse avuto bisogno di un passaggio, se avesse reagito diversamente al bacio di Griffin, lui ora non si sarebbe trovato lì, ferito e fratturato. La sua fonte di sostentamento non sarebbe stata a rischio per colpa di una bugiarda egoista, che non meritava nessuna delle occhiate di preoccupazione e conforto che stava ricevendo. Si voltò per andarsene, ma Storm le mise le mani sulle spalle. Autumn si fece sfuggire un leggero gemito e Griffin si voltò di nuovo verso di lei, puntando lo sguardo nel punto in cui Storm l'aveva toccata.

"Merda," sussurrò Storm. Allontanò lentamente le mani. "Scusami, tesoro. Avevo dimenticato che la cintura di sicurezza ti avesse fatto male."

"Dovresti sederti," le disse Griffin a voce bassa.

"Sto bene, Griffin," gli rispose lei, con la voce un po' più alta di prima.

"Tornerai a casa con noi, Griffin," disse Austin dopo alcuni attimi di silenzio.

"No, voi avete i bambini a casa, può venire a stare da me," disse Wes.

Presto ogni singolo Montgomery si offrì, o meglio annunciò che Griffin sarebbe rimasto con lui o con lei. Quella dimostrazione di amore e compassione quasi la fece cadere a terra dalla commozione.

Griffin scosse la testa e poi sussultò. Autumn aveva involontariamente fatto un passo verso di lui e poi si era fermata improvvisamente.

"Voglio solo andare a casa mia," disse infine Griffin.

"Hai bisogno di qualcuno che ti svegli a intervalli regolari," disse Meghan dolcemente. "Non puoi restare da solo stasera."

La bocca di Autumn si aprì prima ancora di rendersi conto che stava per offrirsi lei. "Mi occuperò io di lui."

I Montgomery si voltarono all'unisono verso di lei. Un atto piuttosto intimidatorio.

La bocca di Griffin tremò e lei vide il sollievo nei suoi occhi. Lui non voleva avere tutti attorno mentre era in quelle condizioni. Autumn non sapeva cosa significasse, Griffin sembrava volerla accanto, ma l'avrebbe accettato. Era il minimo che potesse fare.

"Passo comunque la maggior parte del tempo a casa sua," insistette. "Non ho le vostre stesse responsabilità per quanto riguarda bambini, problemi di salute o lavoro."

Storm le posò una mano sulla parte bassa della schiena e lei vide gli occhi di Griffin socchiudersi ancora una volta. "Mi sembra una buona idea. Però ti do un passaggio io, so che non sei venuta in auto."

Autumn avrebbe voluto prendersi a sberle. Dannazione. La sua macchina era fuori uso, il che la spaventava a morte dal momento che ne aveva bisogno per scappare, e l'auto di Griffin era inservibile.

"Chiederemo a qualcuno di controllare la tua macchina, Autumn. Così che tu abbia un mezzo di trasporto," aggiunse Wes.

"E io passerò domani mattina per aiutarti, o per portarti a casa se hai bisogno di prendere le tue cose," aggiunse Storm. "Nel caso tu abbia intenzione di restare la notte. Pensi di sì?"

Per qualche motivo Autumn arrossì, anche se era stata lei stessa a offrirsi di restare la notte. "Dormirò sul divano."

Griffin emise un ringhio.

Un vero e proprio ringhio.

Forse gli antidolorifici lo stavano rendendo più

possessivo del solito. O forse era *lei* ad aver bisogno di un pisolino.

"Sto bene," disse Autumn.

"Ma anche tu avrai bisogno di riposo," disse piano Miranda.

"Allora imposterò una sveglia. Andrà tutto bene."

Griffin la fulminò con lo sguardo. "Non sul divano."

Lei arrossì di nuovo, ma poi si ricordò di quanto fosse grande la casa. "Posso dormire nella stanza degli ospiti. Va bene?"

"Va bene."

Autumn emise un sospiro, poi lasciò che gli altri Montgomery facessero le varie domande del caso e si salutassero. Ognuno di loro la abbracciò dolcemente e poi aiutò lei e Griffin a raggiungere la macchina di Storm. Autumn si sedette in silenzio con Griffin sul sedile posteriore; era consapevole che lui continuava a fissarla come se stesse cercando le parole giuste. Non che lei stessa sapesse cosa dire.

Storm la aiutò a portare Griffin in camera da letto e Autumn sbuffò quando Storm commentò la pulizia del posto. Almeno lì aveva fatto un buon lavoro. Storm li salutò con un cenno della testa e si chiuse dietro la porta, lasciando Griffin nel suo letto e Autumn che si torceva le mani accanto a lui.

"Sono contento che tu non sia ferita," sussurrò Griffin.

Istantaneamente le lacrime le riempirono gli occhi, ma si rifiutò di lasciarne cadere anche soltanto una. Doveva allontanarsi prima che lui la vedesse piangere.

Griffin allungò la mano sinistra e le toccò la guancia. "Autumn..."

Lei si sporse in avanti e gli baciò la tempia. "Buona-notte, Griffin. Ti sveglierò presto."

"Autumn..." le ripeté.

Lei si ritrasse dal tocco di lui, soffrendone la mancanza come se si fosse ustionata col ghiaccio. "Buonanotte."

Autumn si girò di schiena quando cadde la prima lacrima, pur sapendo che Griffin l'aveva vista comunque. Era ferito a causa sua, soffriva a causa sua. E non avrebbe dovuto neanche essere sorpresa.

Tutti finivano sempre per farsi male quando le si avvicinavano troppo.

<hr>

Griffin si guardò le mani e aggrottò la fronte. Una aveva solo uno o due graffi. L'altra era completamente ingessata. I medici gli avevano detto che se lui non avesse teso il braccio sul corpo di Autumn come aveva fatto, forse non se lo sarebbe rotto. La situazione non richiedeva un intervento chirurgico, ma ci era andato dannatamente vicino.

La sua mano non aveva salvato la vita di Autumn, ma in quell'istante aveva sentito di *dover* proteggere in qualche modo la donna sul sedile del passeggero.

Era stato un gesto stupido, ma non era sicuro che avrebbe agito diversamente se avesse avuto la possibilità di farlo di nuovo.

Ovviamente era davvero nella merda per quanto riguardava la scadenza del libro. La sua editrice si era mostrata comprensiva e aveva prorogato la data pattuita, visto che avevano ancora tempo a disposizione. Infatti di solito era così in anticipo con la consegna dei suoi manoscritti, che in teoria avrebbe ancora potuto farcela a rispettare la data di uscita prevista.

Doveva solo *scrivere*.

Ma non era esattamente sicuro di come avrebbe potuto farlo con una mano sola.

Aveva passato tutta la notte tra intervalli di sonno e veglia, grazie ad Autumn che entrava nella sua stanza a svegliarlo con carezze gentili e parole dolci. Lei voleva solo assicurarsi che la piccola commozione cerebrale non peggiorasse, ma per lui era una nuova forma di agonia averla così vicina mentre lui era costretto a letto e non era in grado di approfittarne. Imprecò contro se stesso. Dannazione. Non aveva alcun diritto di desiderarla. Si era ridotto così proprio perché l'aveva baciata.

Non l'avrebbe baciata di nuovo.

E se avesse continuato a ripetersi quella bugia, magari un giorno ci avrebbe anche creduto.

"Griffin?" Autumn entrò nella camera da letto con un vassoio in mano. "So che sei stato al telefono tutta la mattina, ma ti ho preparato la colazione."

Lui studiò attentamente il viso e le occhiaie di lei, avrebbe voluto abbracciarla e dirle che andava tutto bene. Ma sapeva che non era del tutto vero. Non era sicuro di cosa diavolo stesse succedendo tra loro, né aveva idea di cosa avrebbe fatto con il suo dannato libro. Ma oltre a quello, sapeva che Autumn nascondeva segreti che forse non avrebbe mai condiviso con nessuno.

Griffin si schiarì la gola. "Non dovevi prepararmi la colazione."

Lei posò il vassoio sul tavolo vicino al letto e si mise le mani sui fianchi. "E invece dovevo. Fa parte del mio lavoro."

Lui non sapeva perché quell'affermazione lo avesse ferito, quando non ce n'era la minima ragione.

Autumn emise un sospiro. "Inoltre volevo farlo. È meglio che tu ti muova il meno possibile, dal momento che il tuo cervello probabilmente ancora non funziona a dovere."

Lui sollevò un sopracciglio. "Grazie," disse con tono quasi sarcastico.

Lei alzò gli occhi al cielo. "Oh, sta' zitto. Volevo... beh... non ho idea di cosa intendessi dire in realtà. Comunque, ecco la tua colazione. E sono sicura che la tua famiglia presto accorrerà qui in massa, oppure uno alla volta secondo un programma prestabilito. Quindi, dopo aver mangiato, ti faremo la doccia e ti vestiremo e poi cercheremo di capire come farti scrivere."

Griffin si leccò le labbra al pensiero di fare la doccia insieme a lei, immaginò di passarle le mani su tutto il corpo e assicurarsi che ogni singolo centimetro fosse perfettamente pulito.

"Smettila di fare pensieri perversi, scrittorino. Ti sei rotto una mano, non una gamba. Non hai bisogno di me per farti la doccia."

Griffin incontrò lo sguardo di Autumn. "Potrebbe essere necessario..."

"Griffin."

Lui chiuse gli occhi. "Scusa. So che abbiamo detto che non avremmo parlato di quello che è successo in cucina, ma..."

"Ma è proprio quello che stai facendo," lo interruppe lei.

"Sul serio, dovremmo parlarne prima o poi." Chi era questo tizio che aveva appena parlato? Diavolo, Griffin non parlava mai di relazioni. Sin dai tempi di

Lauren, aveva sempre evitato di invocare sentimenti e stronzate del genere, a meno che non fosse in un libro.

Al pensiero di Lauren si irrigidì. Cosa cazzo gli prendeva? Quel nome non gli passava più per la testa da secoli. Si sforzò in tutti i modi di non pensarci. Forse la botta in testa era stata più violenta di quanto pensasse. O forse era tutto a causa della donna che aveva di fronte.

"Oppure possiamo farci gli affari nostri." Lo sguardo di Autumn si posò sul petto nudo di lui e ci rimase. Quando lei si leccò le labbra, Griffin dovette aggiustarsi i boxer. A quel movimento le guance di Autumn si colorarono di rosso e lo guardò di nuovo in faccia. "Dobbiamo."

Lui inclinò la testa. "Perché dobbiamo?"

"Perché lavoro per te. Non posso semplicemente venire a letto con te e poi avere gli obblighi di un'impiegata. Finirei per sentirmi ferita nei sentimenti, oltre a creare vari altri problemi. Inoltre c'è la questione delle tue ferite; dobbiamo capire se puoi usare un software per il tuo lavoro, o scrivere con una mano sola, o se posso aiutarti in qualche modo. Ancora non so. Ma tutto questo messo insieme significa che non posso baciarti di nuovo. Va bene?"

"Sono stato io a baciarti," le ricordò Griffin, sapendo che era una forzatura.

Lei scosse il capo. "Ti ho baciato anch'io."

"Possiamo comportarci da adulti al riguardo." Autumn gli si avvicinò e Griffin si chiese se ne fosse accorta.

"Adulti su cosa? Sono amica della tua famiglia e passo a casa tua la maggior parte del tempo. Non funzionerebbe, Griffin." Lei si sporse in avanti e posò la mano sul letto accanto a lui. "Non funzionerebbe."

Lui sollevò la mano incolume e le prese il viso. Autumn spalancò gli occhi e si guardò i piedi prima di lanciargli uno sguardo di rimando.

"Come sono finita qui?"

Lui sorrise dolcemente. "Sei venuta qui vicino tutta da sola. Il tuo cervello sta dicendo una cosa, il tuo corpo un'altra. Non mi approfitterò di te, Autumn, ma devi sapere che hai delle alternative."

Lei deglutì a fatica e una leggera sfumatura di paura le offuscò lo sguardo, cosa che preoccupò Griffin. "Non ho mai alternative."

"Dimmi, Autunno. Dimmi cosa ti preoccupa."

Lei si allontanò bruscamente. "Non posso."

Ma la sua voce era fredda, l'emozione che trapelava prima era svanita. "Lascia che ti metta il vassoio sul letto così puoi mangiare."

Griffin grugnì, incerto su cosa fare o dire. Voleva sapere cosa la tormentava, ma lei continuava ad allontanarsi. Era solo una novità eccitante per lui? Un mistero da risolvere? Non lo credeva, ma non voleva farle del male in caso si fosse sbagliato sui suoi sentimenti. Quella donna poteva essere dannatamente forte, ma aveva anche un lato fragile che non tutti erano in grado di vedere.

"Autumn." Griffin allungò una mano e le afferrò il polso in una stretta delicata.

Lei sussultò, ma lui non la lasciò andare. Dannazione. Le era successo qualcosa, qualcosa che lui non riusciva a identificare.

"Autumn," ripeté, questa volta più dolcemente. "Sono qui se hai bisogno di me."

"Sono io quella che dovrebbe aiutarti," disse lei senza guardarlo. "Sei ferito a causa mia. Stai soffrendo a causa mia."

Lui imprecò e la attirò più vicino a sé. Autumn finì per trovarsi sul bordo del letto, e lui si alzò a sedere in modo da poter appoggiare la fronte su quella di lei.

"Autunno."

"Odio quel soprannome."

"Lo so. Non pensare *mai* che questo sia colpa tua. È stato un automobilista ubriaco a venirci addosso. Saresti potuta *morire* a causa sua. *Non* è stata colpa tua. Siamo intesi?"

Lei si appoggiò a lui solo leggermente, e già la tensione nelle spalle di Griffin si allentò un poco. "La tua mano, Griffin," sussurrò Autumn con voce appena udibile da lui.

"Lo so. È un casino, ma andrà tutto bene."

Lei sbuffò a quelle parole e lui dovette sorridere. "Devo andare, Griffin."

Lui usò la mano sinistra per inclinare il viso della donna verso il suo e i loro occhi si incontrarono. "Lo so. Ma il discorso non finisce qui. Tutto il contrario." Griffin le sfiorò le labbra con le sue, una volta, due volte, un tocco appena percettibile. Tenne gli occhi aperti per vedere la sua reazione e non rimase deluso. Le pupille di Autumn si dilatarono mentre la preoccupazione e l'eccitazione si davano battaglia.

Lui non aveva idea di cosa stesse facendo né del perché lo stesse facendo, ma *sapeva* che non poteva fermarsi. Desiderava quella donna, aveva bisogno di saperne di più su di lei, aveva semplicemente bisogno di lei.

E presto avrebbe capito tutto. Perché se non l'avesse

fatto, aveva la sensazione che avrebbero finito entrambi per farsi del male. Già in passato Griffin era stato lasciato col cuore a pezzi, e credeva che *nessuno* di loro due sarebbe sopravvissuto se avessero avuto il cuore spezzato un'altra volta.

Capitolo otto

Autumn non aveva idea del perché avesse accettato l'invito. Forse era impazzita. O forse era stata lei a sbattere la testa nell'incidente, non Griffin. Non riusciva a capacitarsi di come fosse finita nel bel mezzo di un barbecue al coperto, organizzato dalla famiglia Montgomery, con un vestito semi-elegante e tacchi.

Erano passati tre giorni dall'incidente e a parte la mano di Griffin, loro due erano quasi tornati alla normalità, in termini di salute. La normalità in termini di qualsiasi altra cosa era andata fuori dalla finestra, così tanto che lei non ricordava nemmeno quale fosse la versione di loro due da normali.

Lui non aveva provato a baciarla di nuovo e lei non si era avvicinata a lui per sollecitare quel bacio. Certo, *voleva* quel bacio, ma desiderare qualcosa di sbagliato era la norma in quel periodo. Per lei, Griffin era il capo, il fratello dei suoi amici, niente di più.

E se continuava a dirlo, forse ci avrebbe creduto davvero, piuttosto che fare qualcosa come, ah già... venire al suo barbecue in famiglia. In un vestito formale.

Sul serio, cosa diavolo le prendeva?

"Perché sei così accigliata?" le chiese Griffin avvicinandosi, poi le porse un drink che teneva nella mano non ingessata. "Ti ho preso una limonata, dato che sarai tu a guidare fino a casa." Le fece l'occhiolino mentre lo diceva, e lei si trattenne dall'alzare gli occhi al cielo.

La casa di lui, ricordò a se stessa. Non la propria. Contrariamente a quanto volevano i suoi ormoni, Autumn non aveva dormito da lui dopo quella prima notte. Storm aveva sostituito la batteria alla sua auto, in modo che potesse andare dove voleva e fare da autista a Griffin quando non aveva uno degli innumerevoli membri della famiglia a portarlo in giro.

"Grazie," disse Autumn prendendo la limonata. "E tu non bevi niente?"

Lui sorrise e Storm si avvicinò con un drink per il fratello. Storm sbuffò e poi fece quel gesto col mento tipico dei ragazzi Montgomery. "Ecco il mio drink."

"Ma ... ma perché non ti sei limitato a tenere questo e non hai lasciato che Storm mi desse quello in più che aveva in mano?"

Storm sbuffò di nuovo. "Per caso soffri di qualche allergia, fratello?" chiese Griffin. "Quanto a te, avrei voluto portarti io il tuo drink, ma invece di rischiare di rovinare i tappeti di mia madre, ho chiesto a Storm di aiutarmi."

Autumn non capiva gli uomini. E capiva *ancora meno* gli uomini Montgomery.

"Sei strano, ma come ti pare."

"Ti piaccio come sono."

Storm sbuffò. Di nuovo.

"Seriamente, hai bisogno di un antistaminico per il naso?" gli chiese Griffin, Autumn trattenne una risata.

"Sto bene," disse Storm con noncuranza. "Mi sto solo godendo lo spettacolo."

Autumn socchiuse gli occhi. "Non c'è nessuno spettacolo."

"Certo che no, tesoro." L'uomo ammiccò.

"Non chiamarla tesoro," disse Griffin. "Preferisce Autunno."

Autumn chiuse gli occhi e pregò di avere la pazienza di sopportarlo. La maggior parte dei giorni, Griffin era tollerabile, ma bastava metterlo in una stanza con i suoi fratelli quando era dell'umore giusto e improvvisamente diventava di nuovo un ragazzino, determinato a torturare chiunque nelle sue vicinanze. Se solo fosse riuscita a farlo bere di più.

C'erano così tanti lati in Griffin. C'era quello divertente che stuzzicava lei e i suoi fratelli. Quello iperprotettivo, che a quanto pareva aveva preso a pugni Decker per aver osato toccare Miranda. Quello cupo e tenebroso, che si rivelava tra le pagine del suo libro. Poi c'era quello possessivo, che l'aveva presa per i capelli e le aveva infilato la lingua in bocca, facendola soffrire dal desiderio tanto da supplicarlo di averne di più.

Era abbastanza per farle girare la testa.

"Penso che tu le abbia fatto venire il mal di testa," disse Storm, interrompendo i pensieri di Autumn. Le sorrise con gli occhi pieni di gioia. "Non so come tu riesca a lavorare con lui tutti i giorni. Sei decisamente più forte di me."

"Non sono così terribile," si intromise Griffin.

Autumn si morse il labbro e fece l'occhiolino all'uomo che continuava a invadere i suoi pensieri. "Cosa? Ah… dato che il mio datore di lavoro è proprio

accanto a me, probabilmente dovrei parlarne solo bene.
"

Griffin sbuffò ma si avvicinò a lei; Autumn poteva sentirne il respiro caldo contro il collo. "Adesso ti piace venire a casa mia, vero? Non è più come prima."

Lei non poté trattenere un brivido nel sentirlo così vicino a sé, capì che nemmeno a Storm era sfuggito quel dettaglio. Un sopracciglio dell'uomo in effetti si alzò, ma lui non fece commenti. Per fortuna.

"Di cosa state parlando qui?" chiese Wes mentre si avvicinava. Il gemello di Storm sorrise e si passò una mano lungo la cravatta. Autumn amava il fatto che i gemelli fossero così diversi, anche se sembrava che avessero un legame speciale, un legame che nessuno degli altri Montgomery aveva. O meglio, un legame più forte degli altri: non aveva mai visto una famiglia così unita.

"Lodavamo la forza d'animo di Autumn," disse Storm con leggerezza.

"Perché lavora con Griffin? Sì, direi che ha i nervi d'acciaio, ma sarebbe scortese verso il nostro caro fratellino."

Griffin mostrò il dito medio a entrambi e questa volta fu Autumn a sbuffare.

"Modera il linguaggio!" Meghan scattò dal suo angolo con Luc. Non stavano pomiciando, non ancora, ma erano appoggiati l'uno all'altra come se non vedessero l'ora di restare soli.

"Non ho detto nulla!" protestò Griffin.

"Contano anche i gesti, amico," disse Luc, senza mai distogliere gli occhi da Meghan.

Quei due erano già pronti per unirsi in matrimonio.

I due figli che Meghan aveva avuto dal precedente marito, Sasha e Cliff, ridacchiarono dal pavimento dove erano seduti a giocare con il figlio di Austin, Leif. Il bambino di Austin e Sierra, Colin, dormiva felicemente accanto a loro tra le braccia della nonna. Harry sedeva sulla sua grande poltrona, guardava i nipoti con uno strano sorriso sul volto.

Autumn socchiuse gli occhi per guardarlo. C'era qualcosa di diverso in lui, ma non riusciva a individuare cosa. Non che lo conoscesse veramente, ma c'era qualcosa... se non altro qualcosa era cambiato. Inoltre non spettava a lei dire nulla, quindi distolse lo sguardo da lui e dai bambini e si voltò di nuovo verso Griffin, che stava parlando ai gemelli di un progetto della Montgomery Inc.

"Non ti è permesso aiutare," disse immediatamente Wes. "Con la tua mano in queste condizioni."

"Ho ancora l'altra mano," ribatté Griffin.

"Non si tratta di questo, fratello," disse Storm. "Dai, su. Ti ricordi l'incidente con la sega, vero?"

Gli occhi di Autumn si spalancarono. "Sega? Oddio. Che cos'hai combinato?"

Griffin trasalì. "Non parliamo di quell'incidente." Si rivolse ai suoi fratelli. "E vi sarò grato se smetterete di menzionarlo ogni volta che voglio aiutarvi."

"Hai già la tua scadenza per il libro, Griffin, noi riusciremo a gestire la nostra," disse Wes con tono gentile.

A quel punto Autumn sentì il sussulto di Griffin, anche se lui in realtà non mostrò emozioni sul volto. Lei sapeva che lui stava lavorando di più, prima dell'incidente, ma da allora non aveva scritto una parola. Stava guarendo grazie alle cure, ma dal giorno dopo avrebbero dovuto trovare una nuova routine. Non c'era verso di rimandare più a lungo.

"Stai di nuovo infastidendo Griffin con la storia dell'incidente?" chiese Miranda mentre si chinava su Decker. I due sembravano non avere nulla in comune, lei con i suoi lineamenti delicati e il sorriso da maestra, lui con il suo aspetto cupo, la barba e i tatuaggi che gli coprivano il corpo, ma il modo in cui si guardavano non lasciava dubbi sul fatto che fossero perfetti l'uno per l'altra.

"Non stiamo discutendo dell'incidente," mormorò Griffin.

Autumn ormai moriva dalla curiosità di saperne di più, ma non l'avrebbe chiesto davanti a quel gruppetto. Avrebbe aspettato finché non fossero stati soli, così da non metterlo in imbarazzo. Perché doveva sempre finire a pensare a loro due da soli? Non le faceva bene al cervello… o forse al cuore.

"Qualcuno ha menzionato l'incidente?" chiese Austin mentre si avvicinava, la sua mano saldamente intrecciata a quella di Sierra.

"Davvero, ragazzi, smettetela di prendere in giro Griffin," disse Sierra con un sorriso. Le onde dei lunghi capelli castani le scendevano sulle spalle e sembrava che qualcuno con delle mani grandi avesse tirato le ciocche in modo molto lieve. Brava, Sierra.

"Sì, smettetela di prendermi in giro," disse Griffin con un sorriso. "E ora che siete tutti qui, accompagnerò Autumn a fare un tour della casa." Diede il suo drink a Storm, che naturalmente sbuffò, e prese Autumn per mano. "Vieni."

"Non pomiciate nella cameretta di Griffin!" gridò Decker, facendo arrossire Autumn.

"Non posso credere che tu ti comporti così," gli sussurrò lei, quando Griffin la spinse nel corridoio dove nessuno poteva vederli. "Ora gli altri penseranno che vogliamo pomiciare o qualcosa del genere. Ricordati che lavoro per te, scrittorino."

Lui le sorrise e il cuore di Autumn si strinse. Non sarebbe dovuto succedere. Il cuore avrebbe dovuto rimanerle saldo nel petto e allinearsi con la sua mente. Il problema era che la sua mente continuava a partorire immagini di Griffin sopra di lei, sotto di lei e dietro di lei, mentre usava l'unica mano sana per mostrarle quanto fosse talentuoso.

Dannazione.

"Mi piace il rossore sulle tue guance, Autunno. Vuoi dirmi a cosa stai pensando?"

"Sto pensando all'incidente."

Lui socchiuse gli occhi. "No, non è vero. E no, non ti dirò niente dell'incidente. Davvero, dimmi a cosa stavi pensando." Le prese le guance e lei si leccò le labbra.

"Cosa stai facendo?" gli sussurrò Autumn.

"Cosa pensi che stia facendo?" le chiese lui, abbassando la testa. Il respiro di Griffin le scaldava le labbra, e doveva soltanto inclinare leggermente la testa verso l'alto per sentire la sua bocca sulla propria.

Ma Autumn non si mosse.

Non poteva.

"Commettendo un errore," sussurrò lei. "Stai facendo un grosso errore."

Griffin la guardò accigliato, ma non si ritrasse.

"Siamo a casa dei tuoi genitori, Griffin." Autumn deglutì a fatica. "Lasciami andare, ti prego."

Lui si allontanò e fece un passo indietro, schiarendosi la voce. "Hai ragione. Non è né il posto, né il momento giusto."

"Non esistono il posto e il momento giusto, Griffin."

Lui inclinò la testa e le studiò il viso. "Ne sei sicura?"

No. Non lo era affatto. Ma non poteva dirlo, riusciva a malapena a pensarlo.

"Cosa stai facendo, zio Griffin?" chiese Sasha, prendendo Autumn di sorpresa.

La donna si voltò verso la bambina e cercò di sorridere. "Ciao, Sasha. Pensavo stessi giocando con tuo fratello e tuo cugino."

"Ho bisogno di usare il vasino e voi siete in mezzo," rispose Sasha con un sorriso. "Stavi per baciare zio Griffin?"

Autumn chiuse gli occhi. "No. No, affatto."

"Va bene." Autumn aprì di nuovo gli occhi quando Sasha passò oltre e si chiuse dietro la porta del bagno.

"Beh, è andata più liscia del previsto," disse Griffin ironicamente, poi si appoggiò al muro di fronte a lei e sorrise.

Non si era più rasato da quando lei aveva iniziato a lavorare per lui, ormai aveva la barba più che incolta, al punto che doveva pettinarla ogni mattina. Autumn non aveva idea di provare attrazione per l'uomo con la barba, ma dannazione, voleva far scorrere le mani in quella barba e arruffarla un po' in modo da poterla sentire contro la pelle.

Lui la guardò inarcando le sopracciglia e lei lasciò uscire un sospiro.

"Andiamo dalla tua famiglia," disse Autumn, invece di accarezzarlo come avrebbe voluto. Lei era più forte di così. Forse. "Anche se ancora non so perché sono qui. Questo non è uno dei tuoi normali barbecue, da quello che ho sentito. Vedo solo i parenti."

Griffin scrollò le spalle. "Maya arriverà con Jake.

Non sei l'unica presente che non fa parte della famiglia. E io volevo che ci fossi. I miei genitori ugualmente."

Lei non sapeva cosa pensare al riguardo. "Ma Maya e Jake non sono una coppia o qualcosa del genere?"

"Continuano a negarlo, e la mamma ha detto che Jake verrà con la sua ragazza." Poi Griffin abbassò le sopracciglia e Autumn sbatté le palpebre.

"Jake ha una ragazza. Come mai non lo sapevamo?"

"Non l'ho saputo finché la mamma non ne ha parlato. Sembra che stia diventando una cosa seria o qualcosa del genere. Ecco perché mamma ha invitato anche la ragazza. O forse la voleva qui così che Maya potesse vedere cosa si stava perdendo. Non lo so."

Autumn scosse la testa. "La tua famiglia mi confonde."

"Benvenuta nel mondo Montgomery. Vieni per i tatuaggi e il cibo, resti per il dramma."

Lei sorrise mentre tornavano nel soggiorno, che era diventato silenzioso. Non appena lo sguardo di Autumn si spostò nell'atrio, lei capì perché.

Maya e Jake erano arrivati.

Insieme a un'adorabile bionda in un grazioso vestitino rosa e bianco.

La differenza tra l'aspetto di quella bionda e i jeans attillati e la canotta nera di Maya, che mostravano il più possibile i tatuaggi e i piercing, non poteva essere più evidente anche se fossero state fianco a fianco.

Il fatto che Jake si trovasse in mezzo a loro, con aria innocente, rendeva il tutto ancora più imbarazzante.

Maya lanciò un'occhiataccia alla famiglia come per evitare che facessero commenti che potessero ferirla. Oppure, conoscendo Maya, che potessero ferire Jake.

"Hai portato Holly, Jake," disse infine Marie Montgomery mentre consegnava il nipote alla madre. "Sono così felice che tu l'abbia fatto. Era ora che incontrassimo la donna che ha rubato il cuore del nostro Jake."

Holly arrossì fino alle radici della sua chioma platinata e Jake le avvolse un braccio intorno alle spalle. Maya lo fissò come se non l'avesse mai visto prima, ma non sembrava ferita… e non sembrava gelosa. Sembrava solo… diversa. Come se non sapesse cosa fare, ora che il suo migliore amico aveva qualcun'altra da abbracciare.

Forse i Montgomery si erano sbagliati e Maya e Jake non erano fatti l'uno per l'altra. Forse non si amavano come pensavano tutti. Forse le cose si sarebbero sistemate.

O forse qualcuno sarebbe finito col cuore spezzato.

E questo era solo un altro motivo per cui Autumn non poteva innamorarsi di Griffin o della famiglia Montgomery. Quando fosse dovuta andar via, e quel giorno si stava avvicinando, la partenza avrebbe dovuto essere veloce. Indolore. Non poteva lasciare così tanti legami, così tante connessioni.

Sapeva che era troppo tardi per schivare del tutto il dolore, ma l'agonia poteva ancora essere evitata.

Almeno pregava che fosse così.

Marie abbracciò forte Jake, poi fece lo stesso con Holly. Gli occhi della giovane donna si spalancarono per un momento, poi abbracciò Marie di rimando.

"Grazie mille per avermi invitato," disse dolcemente. "So che questa è una cosa di famiglia, ma Jake e Maya hanno detto che potevo unirmi, visto che sono stata invitata."

"Non mordiamo. Di solito". Maya fece l'occhiolino a Holly e le sorrise.

Autumn incontrò gli occhi di Griffin. Lui si limitò a fare spallucce e lei sospirò. Beh, almeno la cena si prospettava interessante. Certo, Autumn sapeva che lo sarebbe stata anche senza il dramma Holly/Jake/Maya. I Montgomery riuscivano a intrigarla anche semplicemente respirando.

Ecco perché avrebbe dovuto prepararsi a partire non appena avesse trovato un posto dove andare.

"Beh, è un bene che tu sia qui," disse Marie. "Ti presenterò a tutti, e poi potremo riunirci tutti insieme sui divani. Io e Harry abbiamo qualcosa da dirvi." Marie sorrise dolcemente e Autumn sentì Griffin irrigidirsi accanto a lei. "Non sapevo che l'avremmo annunciato oggi, ma sono contenta che tu sia qui, visto che fai parte della vita di Jake."

"Che sta succedendo?" chiese Maya.

"Vai a sederti, tesoro. Lo spiegheremo tra un momento."

Autumn guardò Harry, che si appoggiò allo schienale della poltrona mentre Marie presentava Holly al resto dei Montgomery. Sembravano tutti sconvolti come Griffin. Tra la presenza di Holly e l'annuncio misterioso, c'era parecchio da assimilare.

"Ditecelo adesso," disse Austin mentre tirava Sierra sul divano accanto a lui. Leif si sedette sul pavimento, appoggiandosi alle gambe del padre.

"Sì, cosa c'è che non va, papà?" chiese Miranda. Decker si sedette accanto a Sierra e si mise in grembo Miranda, passandole una mano dietro la schiena.

"Dovrai fare più sedute di chemioterapia?" chiese Meghan, che si sedette sull'altro divano, vicino a Luc. I due bambini si precipitarono in braccio alla coppia e si presero per mano. Erano abbastanza grandi da sapere che c'era qualcosa che non andava… o almeno che qualcosa stava per accadere.

"Insomma ditecelo una buona volta," disse Wes, che si appoggiò al divano, poi Storm si sedette accanto a lui. L'altro gemello non parlò, si limitò a guardare il padre con fare accigliato.

Maya si sedette accanto a Luc, mentre Jake e Holly occuparono i posti vuoti accanto a lei. Le spalle di Maya si irrigidirono per un breve attimo, Autumn non era sicura che qualcun altro l'avesse notato a parte lei.

Griffin prese la mano di Autumn e lei gliela strinse. Non si erano mossi dal corridoio, ma per come era posizionato il soggiorno, erano ancora al centro di tutto. Autumn non poté fare a meno di pensare che lei, Holly e forse perfino Jake non avrebbero dovuto essere lì in quel momento. Ma mentre stava formulando quel pensiero, Griffin la strinse a sé. Lei si trascinò al suo fianco e lasciò che lui si appoggiasse un po' su di lei. Se lui aveva bisogno che lei stesse lì, allora sarebbe restata, ma avrebbe dovuto fare del suo meglio per restare forte, per lui.

Guardò oltre i Montgomery e capì che non avrebbe mai più visto un gruppo così affiatato. Si amavano l'un l'altro nonostante le preoccupazioni e il dolore che la vita riservava a ognuno di loro. Non le era sfuggito neanche il fatto che mancasse un membro della famiglia. Alex avrebbe dovuto essere presente, e lei sperava che un giorno sarebbe accaduto. Prima aveva bisogno di curarsi.

"Papà," Austin pronunciò la parola come un ringhio e gli altri si zittirono.

"Ieri sono andato dal dottore per il mio appuntamento," disse tranquillamente suo padre. "A partire da quella visita, sono ufficialmente in via di guarigione. Non posso definirmi libero dal cancro fino a quando non raggiungo una certa data, ma sono sulla buona strada."

Il silenzio era così assordante che Autumn avrebbe potuto sentire uno spillo cadere. Tutti trattennero il respiro, finché non fu come se qualcuno avesse perforato un palloncino. Improvvisamente, in tanti balzarono in piedi, si abbracciarono e urlarono di gioia. Altri piansero, tenendosi stretti l'uno all'altro e al padre. I bambini ballavano in giro, ridacchiando di felicità per il nonno.

Eppure, in tutto quel caos, Autumn aveva occhi per un solo uomo.

Griffin mantenne lo sguardo su suo padre, che gli fece un piccolo cenno del capo. Tremava leggermente e Autumn lo toccò con le mani, per assicurarsi che stesse bene.

"Griffin?"

Lui cadde in ginocchio, la spinse contro il muro e le appoggiò la testa sulla pancia, avvolgendo le braccia intorno alla vita e al sedere di lei.

"Grazie a Dio. Grazie a Dio."

Le lacrime di Griffin le inzupparono il vestito e Autumn si abbassò a terra per quanto lui glielo consentiva, passandogli le mani lungo la schiena e tra i capelli.

"Sta bene," gli sussurrò. "Finalmente sta bene."

Lui annuì contro la spalla di Autumn, le mise il viso tra il collo e il mento e la tenne stretta. In quel momento non le importava come sembrassero da fuori, cosa avrebbero pensato gli altri. Le importava solo sapere che quell'uomo si era tenuto così tanto dentro, aveva tanto peso sulle spalle, che gli era bastato cedere solo un po' per far uscire tutto in una volta.

Lo lasciò piangere, lasciando che gli altri festeggiassero e permettessero alle loro emozioni di venire fuori come preferivano. Più tardi si sarebbe preoccupata del resto del mondo. In quel momento, solo Griffin contava. Contava soltanto l'uomo che lei aveva tra le braccia.

Presto lei avrebbe capito cosa significava quel legame.

Presto.

Maya

Non era la prima volta che Maya mangiava con Jake e una donna con cui lui andava a letto. Ma quella *era* la prima volta che Maya non sapeva cosa fare con le mani, non sapeva cosa dire.

Non le piaceva quella sensazione. Non le piaceva il modo in cui non sapeva cosa dire o fare, quando si trattava di quella dolce ragazza di nome Holly.

Maya non odiava Holly. Nemmeno per sogno. Non c'era niente di odioso in Holly. Era gentile, compassionevole ed era davvero affezionata a Jake. Dato che Jake era il migliore amico di Maya, Maya non poteva chiedere di più a una donna che gli stesse al fianco.

Certo, Holly non aveva un solo tatuaggio su di sé, e probabilmente amava farlo solo in posizione da missionario con le luci spente, ma se era quello che voleva Jake, allora buon per lui. Non era compito di Maya preoccuparsi di come faceva l'amore Jake.

Solo che in quell'occasione Maya non poteva fare a meno di sentirsi diversa.

Jake non stava solo andando a letto con quella donna. Si stava *innamorando* di lei.

Il loro rapporto stava diventando serio. Jake aveva presentato Holly alla famiglia, i pazzi Gallagher che rivaleggiavano con i Montgomery in termini di drammi e tatuaggi. Poi aveva presentato Holly ai Montgomery. Maya aveva la sensazione che presto Jake si sarebbe inginocchiato e avrebbe chiesto a Holly di renderla sua per sempre.

Maya avrebbe dovuto essere felice per lui. Perché nonostante quello che pensava la sua famiglia, aveva sempre amato Jake solo come il suo migliore amico. Non si era mai permessa di pensare a lui come a qualcosa di più. Non appena l'avesse fatto, lo avrebbe perso per sempre. Era quello che le succedeva sempre. Scopava con un uomo e poi mandava tutto a puttane. Preferiva avere Jake come migliore amico, senza andarci mai a letto, piuttosto che averlo per una notte o due e perdere l'unico uomo a cui riusciva a dire qualcosa.

Eppure… c'era qualcosa che non andava.

Il cuore le doleva.

Si strofinò una mano sul petto mentre Jake e Holly ridevano di qualcosa che avevano visto al parco. Maya si sforzò di sorridere e capì che Jake non lo aveva neanche notato. Se lui avesse prestato attenzione a lei e non alla donna che Maya credeva lui amasse, allora avrebbe visto la tensione, la menzogna.

Però non la guardò.

Aveva occhi solo per Holly.

E Maya doveva farselo andar bene.

Perché *non* era gelosia il sentimento che provava.

Niente affatto.

Maya Montgomery non amava Jake Gallagher.

Jake era il suo migliore amico. Non l'uomo con cui sarebbe invecchiata.

Jake sarebbe stato con Holly, mentre Maya sarebbe...

Maya sarebbe stata bene.

Perché doveva.

Capitolo nove

Scrivere era uno schifo.

Griffin avrebbe voluto sbattere la testa contro la scrivania ancora una volta, ma si trattenne. Soprattutto perché Autumn lo stava fissando e lui non voleva sembrare un idiota. Dal giorno dell'incidente si era tenuto impegnato con qualunque cosa tranne scrivere, così da non dover effettivamente provare a digitare qualche parola. Contrariamente alla credenza popolare, gli scrittori normalmente non accendono una candela per scrivere senza sosta finché non appare un manoscritto già rilegato. Non come Jim Carrey in quel film in cui aveva i poteri di Dio per una settimana e batteva maniacalmente le dita sulla tastiera mentre le parole schizzavano sullo schermo.

Griffin non poteva digitare granché con la mano rotta. Ora sapeva che tendere la mano per cercare di proteggere Autumn non avrebbe aiutato in quel tipo di collisione, a prescindere dal gesto compiuto, ma probabilmente l'avrebbe fatto di nuovo. Non voleva che lei si facesse male. Non riusciva nemmeno a pensarci.

Avrebbe dovuto aspettare per immergersi più a fondo in quei pensieri, in quelle emozioni, perché non c'era modo di farlo, con lei nella stanza che lo guardava con umiliante pietà. La feroce determinazione che si mescolava alla pietà nei suoi occhi, però, lo preoccupava di più.

Autumn voleva risolvere il problema e probabilmente avrebbe scritto il libro lei stessa, se ne fosse stata capace. Non importava quante volte le avesse ripetuto che lei non aveva colpa dell'incidente, lei non lo ascoltava. Si sentiva responsabile, e più a lungo Griffin fosse rimasto seduto a guardare la tastiera come se fosse il nemico, peggio si sarebbe sentita lei.

Ecco perché Griffin doveva risolvere quel problema. Subito.

"Troveremo il modo," disse dolcemente Autumn.

Lui si girò a guardarla oltre le spalle e sollevò un angolo della bocca come accennando un sorriso. "Sì, lo troveremo." Griffin fissò di rimando la sua tastiera, che lo stava prendendo in giro con tutti i suoi adorabili tasti. "Anche se non so come."

"Puoi sempre digitare con una mano sola..."

Lui sbuffò e poi le sorrise di nuovo. Doveva sembrare più una smorfia, perché lei trasalì. "Potrei provare, ma ci metterei una vita e ho una scadenza. Non è ancora escluso, però."

"E tu sei destrorso, quindi anche scrivere a mano è fuori discussione."

Lui annuì. "Già." E anche se fosse riuscito a scriverlo a mano, poi qualcuno avrebbe dovuto battere tutto al computer, e non era sicuro che gli piacesse l'idea che qualcuno, specialmente lei, leggesse il suo libro in forma grezza.

"E un software di dettatura? Per quello non avresti bisogno delle mani. E penso che tu debba solo scaricarlo."

Lui emise un sospiro. "In realtà ce l'ho già e l'ho provato un paio di volte, per cercare di dare sollievo ai polsi." Si voltò sulla sedia per guardarla completamente in faccia. "È un disastro. Spreco un sacco di tempo a modificare ciò che il software pensa che io abbia detto, al posto di quello che ho effettivamente detto. È orribile per la narrativa, onestamente. Censura qualsiasi imprecazione o riferimento sessuale presente nel libro e non azzecca mai i nomi giusti. Inoltre fa un casino con i pronomi. Ma è meglio che fissare uno schermo vuoto e mancare la mia ultima scadenza."

Autumn strinse le labbra prima di parlare. "Puoi provarlo per un po'… oppure anch'io posso fare da software se vuoi."

Lui si acciglò. "Cioè?"

"Puoi dettare a me. Scriverò io per te. Devi solo dire quello che vuoi che scriva. So che sarà difficile, ma almeno capisco i nomi, le imprecazioni e tutto il resto. Prometto che non giudicherò o cambierò nulla di ciò che vuoi scrivere. Sarò le tue mani, se me lo permetterai."

Lui si appoggiò allo schienale della sedia e lasciò cadere lo sguardo sul suo gesso. Autumn voleva scrivere per lui? Non aveva nemmeno pensato a qualcosa del genere, anche se dall'esterno sembrava la soluzione perfetta. Dall'interno, però, gli sembrava come di mettere a nudo la sua anima per mostrarle ogni piccola parte di sé. Non era sicuro di volerlo fare, mostrarle chi era veramente attraverso le parole. Ma lo faceva comunque ogni giorno con i suoi libri, giusto? Però i lettori non ne erano consapevoli. Non sapevano che ogni volta che metteva i suoi personaggi in una situazione difficile, era perché anche lui ci si stava trovando, nella stessa difficoltà. Ogni volta che metteva i suoi personaggi in fuga, lui correva proprio accanto a loro, perso e senza fiato fino alla svolta successiva.

Poteva lasciare che Autumn vedesse quella parte di lui?

Aveva scelta?

"Lascia perdere," disse Autumn rapidamente, poi si alzò, passandosi le mani sulla gonna come se stesse lisciando delle pieghe inesistenti. "Non avrei dovuto proporre una cosa del genere, considerato quanto sei riservato riguardo il tuo lavoro. Digitare con una mano sola potrebbe essere la soluzione migliore a questo punto." Autumn si voltò per uscire e Griffin imprecò sottovoce.

"Aspetta. Torna qui. Stavo solo riflettendo su cosa significherebbe lasciarti fare il lavoro delle mie mani. Non ti stavo respingendo. Siediti per un minuto. Va bene?" Le indicò la sua sedia da meditazione, invece di quella su cui era seduta prima. "Puoi perfino sederti lì, comunque è più comoda. E forse ci aiuterà davvero a pensare."

Lei socchiuse gli occhi, studiando il viso di Griffin, poi si diresse lentamente verso la comoda poltrona da meditazione in pelle e si sedette con grazia sul bordo.

Lui cercò di non pensare a quanto lei fosse sexy in quel momento, tutta educata e compita, con una sfumatura da hippy nomade aggiunta per buona misura. Voleva piegarla su quella sedia e scoparla forte finché non fossero entrambi un mucchio di arti esausti su quella pelle costosa, sudati e ancora vogliosi.

"Potrebbe funzionare..." disse Griffin lentamente. "Ma non sarà facile. Non ho mai... non ho mai espresso i miei pensieri ad alta voce in questo modo. Vanno sempre direttamente sulla pagina, capisci?"

Lei si rilassò un po' e si appoggiò alla poltrona morbida, lasciando cadere le mani sui fianchi. "Lo so. Ecco perché ho tenuto quell'idea per ultima."

Lui sbuffò. "Beh, grazie per aver cercato almeno di non ferire i miei sentimenti."

"Ci provo."

Allora lui sorrise davvero, anche se la sua carriera stava rapidamente precipitando e lui non aveva le mani per riafferrarla.

"Non so come dettare il mio libro, Autumn. Non so nemmeno come faccio a scrivere. Accade e basta." Poi si acciglio. "Non è vero. Se posso, delineo e pianifico gli archi narrativi e prego che funzioni. E poi mi siedo al computer e di solito lascio che le parole escano da sole. È un lavoro, non una passione. O almeno, non solo una passione. Questo libro è stato solo più difficile degli altri, per qualche motivo."

"Forse perché eri troppo preoccupato di cosa sarebbe successo se non avessi fatto il tuo lavoro, tanto che hai finito per non farlo comunque."

"Sì, mi sembra una spiegazione plausibile."

Autumn si leccò le labbra e a lui venne duro alla vista della sua graziosa lingua rosa che saettava sopra la bocca carnosa. Lei deglutì a fatica e lui la guardò negli occhi. Autumn lo desiderava e stava combattendo quel desiderio. Beh, dannazione, anche lui stava combattendo. E una volta che le avesse aperto il suo mondo, aperto le sue parole per lei, voler dormire con lei sarebbe stato molto più complicato. Forse ne sarebbe valsa la pena, però.

"Ehm… perché non inizi a parlare del libro su cui stai lavorando, magari ci sarà d'aiuto."

"Non ne sembri così sicura." Griffin si chinò in avanti e il profumo della pelle di Autumn gli fece venire voglia di assaggiarla, di toccarla.

"È la prima volta che lo faccio, sai."

"Che ne dici di parlarmi del libro che stai leggendo, allora?"

Autumn corrugò la fronte. "Che c'entra questo? Quel libro non ha niente a che fare con il tuo."

"Non è necessariamente vero. Voglio sapere come funziona il tuo cervello, quali libri ti piacciono. E forse parlare di libri in generale mi renderà più facile parlare dei miei, come se fosse un'intervista anonima."

"Va bene. Sto leggendo una storia d'amore. Amo i romanzi rosa. Adoro guardare due, o talvolta tre persone che cercano il loro posto nel mondo, attraverso il dolore, il sacrificio e gli ostacoli di tutti i giorni, fino al lieto fine."

Lui sorrise. "Anch'io leggo romanzi d'amore, Autumn. Non sono solo letture da donna."

Lei alzò le sopracciglia. "Come, scusa? Ma tu non scrivi romanzi d'amore."

"Vero. Trovo più difficile arrivare al lieto fine, nei gialli la tensione e l'incertezza fanno più gioco per quanto riguarda quello che scrivo. Ma leggo tutti i generi che posso. Solo perché non scrivo qualcosa, non significa che non lo rispetti."

"Ma… ma tu hai letteralmente *ucciso* il lieto fine di un personaggio."

"Davvero?" le chiese, sinceramente confuso. "Lei

non era il suo lieto fine, Autumn. Lui non è ancora arrivato alla fine. Nessuno dei miei personaggi principali è alla fine."

"Ma cosa succede se vogliono arrivarci?"

"Allora saprò che è ora di chiudere la serie. Ma non sono ancora arrivato a quel punto." Griffin non sapeva se ci sarebbe mai arrivato, a quel ritmo. Doveva ancora trovare la strada giusta per il suo libro attuale, per non parlare del resto dei libri per ciascuno dei due personaggi principali nelle rispettive serie.

Autumn emise un sospiro. "Posso dire qualcosa e prometti di non arrabbiarti?"

Lui inclinò la testa e le studiò il viso. "Puoi dire qualcosa, ma non posso valutare la mia reazione finché non lo dici."

Lei sorrise un po' e si morse il labbro. Accidenti a quel labbro, anche lui ne voleva un morso. "I tuoi personaggi fuggono sempre. Passano sempre da una cosa all'altra e non stanno mai fermi per paura di ciò che li sta inseguendo. Lo fai apposta?"

Lui si irrigidì e poi si costrinse a rilassarsi. "È un thriller, è ovvio che siano in fuga. Non sono al sicuro se stanno fermi."

"Lo capisco bene," sussurrò lei, così piano che Griffin pensò di aver immaginato che avesse parlato.

Autumn lo incuriosiva. L'aveva sempre incuriosito, e ora i segreti stavano stuzzicando il suo cervello da scrittore. Voleva svelare tutto ciò che poteva, scoprirla finché non fosse stata sua... almeno per il momento.

Lei si schiarì la voce. "Pensi mai di regalare ai tuoi personaggi una storia d'amore che funzioni?" Chiaramente lei non voleva parlare di ciò che aveva appena sussurrato. Lui avrebbe lasciato correre. Per ora.

"Forse. Dipende da come andranno le cose per loro."

"Ma hanno bisogno di qualcosa, no? Un collegamento alla ragione per cui inseguono i cattivi, per cui combattono. Hanno bisogno di uno scopo per intraprendere quelle missioni, uno scopo che non sia solo salvare il mondo. Giusto?"

Lui sorrise dolcemente. "Vero. Ma questo non significa necessariamente che lo scopo sarà una storia d'amore. Trovare se stessi è importante quanto trovare il colpevole." Ed era il principio alla base anche delle sue serie, sebbene non tutti lo capissero. Anche se ora che ci pensava veramente, sapeva che c'era qualcosa di più.

Perché preoccuparsi di risolvere i misteri, trovare i cattivi come diceva lei, quando poi tornavano in una casa vuota.

Perché preoccuparsi di scriverne quando lui stesso era solo...

Lauren gli riempì la mente ancora una volta e lui sbatté le palpebre. Non pensava a lei da anni, eppure lo aveva già fatto due volte in altrettante settimane.

"Cosa sono le ombre che ti sono passate negli occhi?" chiese lei con tono tenero ed esitante.

Lui si schiarì la voce. Lei avrebbe visto dentro di lui molto presto, una volta che le avesse aperto la porta della sua anima per il libro. Tanto valeva dirglielo.

"In realtà stavo pensando a Lauren."

Autumn si tirò indietro e un'espressione di dolore le apparve per un attimo sul viso, prima che lei la mascherasse accuratamente.

Cazzo.

"Lauren era la mia ragazza al liceo. È morta di cancro subito dopo la laurea. Voleva fare la redattrice per un grande editore e vivere la vita della città. Non era quello che volevo io, ma ho pensato che avrei potuto tentare. Eravamo giovani, ma diavolo, alla mia età i miei fratelli si erano già sposati e tutto il resto." Incontrò lo sguardo di Autumn e unì le mani davanti a sé appoggiandole sulle cosce. "Non mi è sfuggito il fatto che entrambi i matrimoni siano finiti, ad oggi."

"Tu l'amavi."

"L'ho amata per quanto ne ero capace da adolescente. Non so se è lo stesso amore di un adulto. Non mi sono mai innamorato da adulto. Questa potrebbe essere una ragione per cui non faccio innamorare i miei personaggi, perché è un sentimento che non ho mai provato alla loro età. Ma è anche vero che nemmeno inseguo i terroristi e disinnesco le bombe ogni giorno, quindi non è la stronzata 'scrivi quello che conosci'. Ma sto andando fuori tema." Griffin emise un sospiro. "Il cancro si sviluppò velocemente e in forma aggressiva. Gliel'hanno trovato prima del ballo di fine anno, è morta l'estate stessa. Non so se saremmo rimasti insieme da adulti, ma so che non abbiamo mai avuto la possibilità di provarci. Questo è quello a cui stavo pensando. Al fatto che io stesso non ho la storia d'amore o il lieto fine che i miei personaggi secondo te meritano."

"Lei ti manca," sussurrò Autumn con gli occhi puntati su quelli di lui. Non c'erano lacrime, ma Griffin poté leggerci l'emozione.

"Sì. Era mia amica. Decker era il mio migliore amico e lo è ancora, anche se siamo cresciuti e cambiati, col tempo. Ma Lauren era mia amica. La mia prima volta per molte cose. E ora non c'è più, ed è orribile che non abbia avuto la possibilità di vivere la sua vita."

Griffin fece una smorfia triste. "È orribile che non abbia mai potuto leggere un libro che ho pubblicato."

Autumn si alzò e si diresse verso di lui. Lui si appoggiò allo schienale e la fissò, lei era in piedi tra le sue gambe e gli sfiorava le braccia con le mani come se fosse immersa nei suoi pensieri.

"Mi dispiace di averti fatto tornare questi ricordi."

Lui scosse il capo. "Non preoccuparti. Preferisco ricordarla che dimenticarla. Si meritava di più." Afferrò il polso di Autumn con la sua mano sana. "Non l'ho nominata per intendere che era quella giusta per me e che da allora non sono più stato con un'altra, perché sarebbe una bugia. Sono passati più di dieci anni. Sicuramente ha influenzato chi ero a quel tempo, ma non chi sono adesso. Sinceramente non so perché mi sia venuta in mente, tranne per il fatto che stavamo parlando di un lieto fine mancato. Lei è stata un lieto fine mancato, ma spero che non sia stata la mia unica possibilità di averne uno."

Autumn gli prese il viso e lo osservò. Lui emise un sospiro, desiderava quella stretta gentile più di ogni cosa. Eccolo lì, a parlare di Lauren quando tutto quello che voleva era Autumn. Avrebbe dovuto sentirsi imbarazzato e sporco, ma non era così. Sapeva che Lauren avrebbe voluto che lui andasse avanti con la sua vita. E in un certo senso lo aveva fatto. Solo che ormai non sapeva più cosa stava facendo, nella vita come nei libri. Forse era quello il problema. Forse era per quello che continuava a pensare a una ragazza che era scomparsa da tempo. Perché allora pensava di conoscere se stesso. Forse era giunto il momento per lui di capire di nuovo chi fosse.

Chi era insieme ad Autumn.

Le fece scivolare la mano sul fianco del vestito e lasciò che si fermasse lì. "Voglio baciarti di nuovo, Autumn. Saresti d'accordo?"

Lei annuì. "Penso di essere d'accordo a fare di più. È così sciocco. Devo aiutarti con il lavoro… e non starò qui a lungo, Griffin." Autumn lo fissò intensamente. "Non rimango mai da nessuna parte troppo a lungo."

Griffin le strinse la mano sul fianco e poi si costrinse a rilassarla. "Vorrei che tu mi dicessi perché. Vorrei che tu mi dicessi i segreti che leggo nei tuoi occhi."

Lei li chiuse, serrando la mascella. "Non posso."

"Allora puoi darmi quello che hai da dare? Puoi darmi quello che vuoi? Perché lo prenderò, Autumn. Ti voglio, questo lo sai. Ti ho voluta sin dall'inizio e farò del mio meglio per non ferirti, per non lasciare che ciò che accadrà da qui in avanti interferisca con lo sviluppo di altri aspetti delle nostre vite. Ma devi dirmi che sei d'accordo. Devi dirmi che anche tu mi vuoi e che sai che una volta che te ne sarai andata per sempre, non mi odierai per questo."

Lei aprì gli occhi e abbassò la testa. "Non posso odiarti per qualcosa che è fuori dal tuo controllo. Non posso odiarti per essere fuggita perché, alla fine, sarò io a partire."

Griffin non sapeva perché quel pensiero lo feriva, ma lo spinse da parte come aveva fatto tutte le altre volte che le parole gli avevano fatto male. Le parole erano molto più potenti di quanto la gente credesse. Ecco perché lui amava scriverle. Sarebbe stato con Autumn in quel momento, in quel posto. E quando fosse finita, avrebbe conservato i ricordi dove conservava quelli che erano solo per lui, non per i suoi libri, non per i suoi mondi. Se solo lei gli avesse detto perché scappava, perché gli nascondeva dei segreti. Ma era chiaro che non era intenzionata a dirglielo, e per il momento lui avrebbe dovuto accontentarsi. Non sapeva cosa sarebbe successo dopo, cosa sarebbe successo una volta che lei avesse aperto completamente gli occhi e lo avesse visto per quello che era e per quello che aveva da dare, ma lui avrebbe preso di lei tutto il possibile.

"Basta parlare," sussurrò Griffin. "Almeno per stasera."

Lei scosse il capo. "Nessun legame, Griffin. Non si tratta di quello che hai perso o quello che pensi che io nasconda. Qui ci siamo solo noi due."

"Questo posso accettarlo, Autumn. Ora chinati un po'. Voglio assaggiare le tue labbra."

Detto questo, lei fece come lui aveva chiesto e si sporse in avanti, premendo le labbra sulle sue. Lui gemette al contatto, la mano sul fianco di lei si strinse ancora una volta. Lei aprì la bocca per lui, facendo scivolare fuori la lingua. Griffin la tirò più vicino in modo che lei premesse le gambe sulla sedia e la avvolse con le cosce. Poi le fece scivolare la mano dal fianco fino al sedere, stringendolo e seguendone le forme.

Infine si staccò dal contatto con lei, prendendo un respiro profondo. "Mi dispiace di avere una mano sola, Autunno," le disse con una risata.

Lei lo baciò sull'angolo della bocca, sulla mascella, poi dietro l'orecchio. Lui emise un gemito soffocato mentre la mano di Autumn gli scivolava sul petto e lo afferrava attraverso i jeans.

"Però io ho due mani, Griffin. Spero che siano più che sufficienti. E scommetto che sarai capace di usare quella mano e quella tua bocca sexy per farmi venire più di una volta, stasera. Che ne dici?" Si morse il labbro e poi si chinò di nuovo in avanti per mordere quello di Griffin.

Lui sollevò i fianchi verso la mano di Autumn, mentre con la sua stessa mano giocava con il perizoma di lei attraverso la gonna del vestito.

"Dico di sì, cazzo. Adoro la tua bocca, Autunno. Adoro il modo in cui te la mordi, adoro il modo in cui la sento contro la mia. La adoro quando la usi per dire queste cose sporche. Mi piacerà ancora di più quando sarà avvolta intorno al mio cazzo."

Lei gli leccò le labbra e si tirò indietro. Griffin allentò la presa su di lei per permetterle di raddrizzarsi. "E le tue labbra sulla mia fica? Mi aiuterai in questo?"

Lui usò la mano buona per strofinarsi il cazzo da sopra i jeans. "Penso di poterlo fare. Dato che sono con una mano sola, perché non ti spogli per me? Lentamente."

Lei si afferrò i seni a coppa e inclinò la testa. "Penso di poterlo fare," rispose, ripetendo le sue parole. "Starai a guardare?"

Griffin la fissò negli occhi: "Finché me lo permetterai, Autumn. Finché me lo permetterai."

Capitolo dieci

Autumn si sfilò lentamente il vestito, restando in mutandine e reggiseno. Lo fece lentamente, così lentamente da far male, per godersi il modo in cui lo sguardo di Griffin passava dal suo ventre fino ai seni, poi di nuovo giù, per tornare infine ai suoi occhi. Il respiro di lui si fece veloce e Autumn sapeva che vederla così lo aveva acceso di desiderio, di bisogno di lei. Non si era mai sentita così potente, così sensuale.

Gettò il vestito sopra la spalliera della sedia vuota e si morse il labbro di nuovo, sapendo che a lui piaceva. Già in passato si era accorta di come la guardava quando si mordeva le labbra. *Sapeva* che gli piaceva. Il fatto che lui le avesse confessato apertamente che glielo faceva venire duro la spingeva soltanto a farlo di più.

Autumn voleva morderlo e leccarlo dappertutto, ogni centimetro. Voleva sentirlo affondare dentro di sé, voleva sentirlo spingere finché non fossero stati entrambi sopraffatti dal piacere ed esausti. La realtà non avrebbe mai potuto essere potente come le sue fantasie, altrettanto inebriante, ma per qualche ragione era semplicemente perfetta, troppo e troppo poco allo stesso tempo. Bastava solo il pensiero di lui, in effetti. Era come una ragazzina davanti a tre scelte, solo che lei le voleva tutte.

Eppure lui non la stava nemmeno toccando.

Non ancora.

"Adoro le tue curve, Autunno. I tuoi fianchi sono appigli perfetti per le mie mani." Sorrise un po' imbarazzato. "Beh, uno dei fianchi lo sarà. Se avessi due mani, allora...beh..." Griffin si schiarì la voce. "Dunque, dov'ero rimasto? Ah, sì. Le tue curve. Amo il tuo ventre, così morbido e sodo allo stesso tempo. Mi divertirò a leccarne ogni centimetro, fino a gustare la tua pelle e assaporarne la dolcezza sulla mia lingua."

Lei inclinò la testa e mise le mani dietro la schiena, con le dita che giocherellavano con la fibbia del reggiseno. "Solo la mia pancia? È tutto quello che vuoi assaggiare?"

Allora Griffin si alzò: alto, forte e potente. Torreggiava su di lei, ma Autumn non aveva paura. Avrebbe dovuto. Avrebbe dovuto scappare e non guardare mai più indietro. Ma non poteva. Non con quell'uomo, non in quel momento.

Rimase ferma, in trepidante attesa di cosa sarebbe successo dopo.

Quella era forse il momento più pericoloso di tutti.

"Voglio tutto di te, Autumn." Griffin incontrò il suo sguardo e il respiro le si bloccò in gola. "Tutto."

"Per ora," lo corresse lei.

Lui si fermò per un momento. "Per ora," sussurrò, poi premette la bocca contro quella di lei. Quando si era avvicinato così tanto? Quando aveva messo la mano sulla sua per aiutarla a slacciare il reggiseno? Era così persa per lui da spaventarsi.

Ma ancora una volta, non scappò. Rimase lì.

Per lui.

Per se stessa.

Il reggiseno scese leggermente, rimanendole sul petto solo perché era premuto contro quello di Griffin. Autumn avvolse un braccio intorno alla schiena di Griffin e lo baciò più a fondo, poi lasciò scivolare l'altro tra i seni.

"Ci penso io," ringhiò Griffin e le tirò il reggiseno, lasciandola nuda, pelle a pelle. Autumn sentì i capezzoli indurirsi contro la camicia di lui e rabbrividì. "Che bel rosa," sussurrò lui. "Assolutamente perfetti, cazzo." Griffin abbassò la testa e ne prese uno tra le labbra, succhiandolo e mordendolo finché lei si dimenò contro di lui, stringendo le cosce per impedirsi di venire in quell'istante, senza avere neanche la mano di lui tra le gambe.

"Griffin."

"Lasciati andare insieme a me, Autumn. Lasciati andare." Griffin leccò e mordicchiò anche l'altro capezzolo, usando la mano sana per titillarlo con le dita. Lei si strusciò contro di lui, così che l'erezione sotto i jeans premesse forte contro le sue mutandine. Griffin la morse di più, con forza, e lei venne, con il corpo in fiamme e le ginocchia che cedevano. Autumn gli affondò le unghie nelle spalle, cercando di aggrapparsi per non cadere davvero, non solo tra le onde di desiderio e piacere.

"Sei bella quando vieni," le disse dolcemente. "Tutta rossa e senza fiato." Le baciò il collo prima di leccarle la mascella, fino a baciarla sulla bocca. "Non vedo l'ora di sentirti venire di nuovo."

"Sono ancora in mutandine e tu sei ancora vestito,"

riuscì a dire lei. "C'è qualcosa che non va in questa immagine."

Allora lui sorrise, con gli occhi che brillavano. "Quindi immagino che dovremo rimediare."

Autumn gli baciò la mascella, leccandogli la barba. Dannazione, amava quella barba. Quel suo feticcio della barba stava andando fuori controllo. "Ti voglio dentro di me."

Griffin la baciò di nuovo, ma con più passione. "Però una cosa, prima."

Prima che potesse protestare, lui le tolse le mutandine e la mise a sedere sulla sua poltrona da meditazione. Si inginocchiò tra le gambe di lei e si leccò le labbra.

"Griffin..." Autumn si dimenò, inizialmente infastidita dalla sensazione del sedere nudo sulla pelle della sedia. "Pensavo che mi avresti scopato."

"Lo farò." Si mise i polpacci di lei sulle spalle e si piegò più in basso, tenendole il viso proprio sulla passera. "Ma prima ti assaggerò."

Lei si accigliò, anche se dentro voleva ballare dalla felicità. Amava, *adorava* quando un uomo la leccava e sapeva cosa stava facendo. Ovviamente non tutti gli uomini sapevano cosa stavano facendo. Tuttavia, dal modo in cui le aveva baciato e leccato i seni, Autumn aveva la sensazione che quel Griffin barbuto e tenebroso sapesse abbondantemente come leccare una donna.

"Almeno togliti la camicia, così posso godermi lo spettacolo," lo prese in giro.

"Ho intenzione di farti venire così forte che non ti interesserà cosa indosso, ma certo, posso farlo se vuoi."

Griffin si tirò indietro e le gambe di Autumn gli caddero dalle spalle. Lui si fece scivolare la camicia sopra la testa e lei deglutì a fatica. Gran parte della pelle di lui era coperta da tatuaggi e le faceva venire voglia di esplorarla con la lingua. Ciò che non era coperto di inchiostro era liscio e abbronzato. Naturalmente aveva dei peli sul petto, peli che imploravano di essere accarezzati. Autumn amava un bel torace con la giusta quantità di peli, che scendeva assottigliandosi fino a un membro molto grande. L'aveva già visto a torso nudo, ovviamente, ma era diverso. Ormai Griffin era suo, anche se solo per un momento.

"Allora, dov'ero rimasto?" Le si avvicinò di nuovo, mettendosi le gambe di lei esattamente dove erano prima. Le baciò l'interno delle cosce e lei rabbrividì, appoggiandosi allo schienale della poltrona in modo da mettersi ancora più comoda. Tanto valeva godersi una lingua di grande talento dalla posizione migliore.

Le labbra di Griffin le sfiorarono di nuovo le cosce, prima di leccare il punto in cui i fianchi incontravano le cosce, quella piega così incredibilmente erotica, tanto che Autumn quasi sollevò il sedere dalla sedia. O almeno l'avrebbe fatto se lui non le avesse messo il braccio sulla pancia, tenendola ferma. Lei provò a dimenarsi, ma il braccio che Griffin le teneva sulla vita si fece più rigido. Dannato Griffin.

Lui le leccò lentamente le labbra più intime e poi usò la mano libera per allargarla bene. Lei si sarebbe schermita, ma la lingua di lui sul clitoride le fece perdere le parole. Griffin la lambì lentamente, mordicchiando e leccando finché lei non capì di essere così bagnata che sicuramente lui sarebbe stato in grado di assaggiarla, di sentirla. La barba le graffiò l'interno delle cosce, mandandole brividi lungo la spina dorsale fino ai capezzoli. Quando lui la leccò di nuovo, però mordendole dolcemente il clitoride, lei godette ancora una volta.

Il corpo di Autumn tremò, gli intrecciò le dita nei capelli, ma non sapeva se lo stava tirando più vicino alla sua fica o se lo stava spingendo via in modo da poter respirare. Voleva solo toccarlo, aveva *bisogno* di toccarlo. Lui continuò a leccarla verso il ventre, lasciandola scendere dalla sua beatitudine gradualmente, poi si mise a sedere.

Griffin la fissò negli occhi, poi si asciugò il viso con l'avambraccio e i fluidi di lei gli lasciarono una traccia sulla pelle. Autumn avrebbe dovuto essere imbarazzata, invece sentiva che la stava solo facendo bagnare di più.

Lui si alzò velocemente e si tolse i pantaloni e i boxer. Lei si leccò le labbra alla vista del suo membro: lungo, abbastanza grosso e duro da morire. Le sue palle pendevano basse, e sembravano molto pesanti e piene. Lei le voleva in bocca, voleva succhiarle e giocare con loro. Ma a giudicare dallo sguardo negli occhi di Griffin, Autumn capì che non ne avrebbe avuto il tempo.

Forse più tardi.

Più tardi gliel'avrebbe preso in bocca e l'avrebbe succhiato.

Per il momento si accontentò di vederlo indossare un profilattico, con lo sguardo che diventava sempre più intenso mentre la fissava negli occhi.

"Ne ho solo uno," le disse a bassa voce con un ringhio roco. "Era nel mio portafoglio. Stava aspettando che ci decidessimo." Sorrise per un attimo. "Ci speravo. Il resto della scatola è in camera mia. Quindi per ora ti scoperò sulla mia poltrona preferita e quando sarà il momento del secondo round, possiamo andare in camera da letto. Lì possiamo provare più posizioni."

Lei si leccò le labbra e annuì prima di alzarsi. Lui sollevò un sopracciglio. "Siediti e lascia che ti cavalchi." Autumn gli afferrò le palle e lui inspirò forte. "In questo modo non ti facciamo male alla mano. Più tardi, puoi scoparmi di schiena, in ginocchio o in qualunque modo piaccia a entrambi. Per ora, lasciami stare sopra. Dopotutto dovresti essere tu quello seduto sulla tua sedia da meditazione."

Lui le prese il viso con la mano libera e la baciò, ma più lentamente. La dolorosa dolcezza di quel bacio quasi la spezzò, ma Autumn lasciò che lui la baciasse e si abbandonò a quel momento.

Il bacio si intensificò, mentre Griffin si spostava insieme a lei in modo da potersi sedere. Autumn si staccò solo il tempo necessario per mettersi a cavalcioni su di lui. L'uccello premette contro la sua apertura, ma lei non si mosse, non ancora.

Autumn lo guardò negli occhi e deglutì. Griffin le teneva la mano ingessata dietro la nuca e continuava a guardarla negli occhi. L'altra mano era sul clitoride e la accarezzava così lentamente da mandarla quasi in estasi. Autumn gli mise una mano sulle spalle per sostenersi e l'altra intorno al membro per guidarlo dentro di sé. Non distolsero mai lo sguardo l'uno dall'altra mentre lei scivolava lentamente su di lui.

Griffin aprì la bocca e le sue pupille si dilatarono mentre lei lo accoglieva. Autumn sentì il proprio corpo tremare, Griffin ce l'aveva troppo grande ma lei continuò, sapendo che si sarebbe adattata, che non avrebbe mai dimenticato quella sensazione di sentirsi perfettamente riempita.

Quando si fu seduta con l'uccello ben dentro, si fermò e cercò di riprendere fiato. Entrambi erano madidi di sudore e Autumn dovette prendere un respiro tremante.

"Muoviti quando sei pronta, Autunno. *Muoviti.*"

Lei si sporse in avanti e lo baciò, un morbido sfioramento di labbra che le spezzò qualcosa nel profondo. Ancora una volta, Autumn ignorò quella sensazione, sapendo di non avere scelta.

Quando fu pronta, dondolò lentamente i fianchi muovendosi a un ritmo costante, assicurandosi che i loro sguardi non deviassero. La mano di Griffin si spostò dalla testa di lei al suo fianco, ai suoi seni, esplorandola con estrema lentezza mentre si muovevano insieme come una cosa sola. Autumn inclinò la testa all'indietro mentre lui si spingeva verso l'alto, colpendola in quel punto all'interno che la maggior parte delle persone considerava solo un mito. Poi le mise di nuovo la mano dietro la testa e costrinse i loro sguardi a incontrarsi nuovamente.

"Autumn, lasciati andare insieme a me. Precipita con me."

Lei dondolò ancora una volta, cavalcando l'ultimo picco, venendo intensamente intorno al suo uccello. Lui gridò *Autumn*, mentre anche Autumn pronunciava *Griffin* con un sussurro. L'uccello pulsava in profondità dentro di lei, riempiendo il preservativo di un calore inebriante.

Erano entrambi senza fiato e i loro corpi erano esausti e coperti di sudore, eppure lei sapeva che non avevano finito, per quella notte. Al contrario.

Ma dopo quella notte, lei non sapeva più cosa le sarebbe successo, quanto avrebbe dovuto correre per trovarsi un posto sicuro. Non era mai stata veramente al sicuro, e con Griffin nel profondo del corpo e dell'anima, in quel momento, in quel preciso istante, temette di aver trovato il posto più sicuro.

Con lui.

Il giorno dopo, Autumn si passò le mani tra i capelli e cercò di non avere un'aria colpevole. Non era facile, quando le cosce le facevano male e il corpo era coperto di lividi e morsi d'amore. Griffin non li aveva commentati molto, le aveva solo dato un'occhiata fin troppo compiaciuta e le aveva sfiorato le labbra con le sue.

Non l'aveva più toccata.

Invece, avevano lavorato al libro, con Griffin che le dettava cosa scrivere. Era un processo lento, ma almeno funzionava. Abbastanza. Non si era più strofinato contro di lei, come prima, non l'aveva baciata, non mentre erano al lavoro. Lei capiva perché e gliene era grata. A un occhio estraneo avrebbe potuto sembrare folle comportarsi in modo così diverso, letteralmente nello stesso ufficio in cui avevano fatto l'amore la sera prima, ma per loro funzionava.

Almeno per il momento.

Autumn era curiosa di vedere cosa sarebbe successo, quando avrebbero deciso di affrontare il settimo round.

Sì, sette. Quell'uomo l'aveva sfinita per sei volte la notte prima. Era sorpresa di essere riuscita a svegliarsi in modo che potessero lavorare. Le cose stavano diventando molto più complicate, ma lei non se ne pentiva affatto. Almeno non in quel momento.

Certo, ora che era seduta nel caffè di Hailey, il Taboo, aveva la sensazione che avrebbe potuto avere *qualche* rimorso. Dopotutto, era la serata tra ragazze. Ovvero significava che ci sarebbero state le ragazze

Montgomery e le loro amiche, a curiosare molto più di quanto avrebbero dovuto.

Lo avrebbero *capito*.

Quindi lei doveva trovare un modo per nasconderlo. Non sapeva bene come.

"Eccoti qui!" Miranda gettò le braccia intorno alle spalle di Autumn e l'abbracciò forte. "Avevo paura che Griffin ti avesse rinchiusa nella sua torre d'avorio mentre lavorava al libro."

Autumn sentì le guance infiammarsi al ricordo della mano di Griffin intorno ai polsi, che la teneva ferma mentre pompava dentro e fuori di lei. L'aveva fatta prigioniera, in effetti...

Miranda si tirò indietro e inclinò la testa. "Interessante."

Autumn sollevò il mento. "Cosa c'è di interessante?"

"Oh, niente," disse la Montgomery più giovane con un sorriso. "Hailey si è davvero spesa per la nostra serata tra ragazze."

Autumn non credette per un secondo che Miranda non le avesse letto qualcosa nel viso, ma lasciò correre. Per il momento. Meglio ignorare quel particolare problema, per il momento.

"Ehi, non possiamo andare in un pub a bere, tra le varie gravidanze e allattamenti, quindi ho pensato di preparare un sacco di dolci e considerarla una vittoria." Hailey le fece l'occhiolino e Autumn ricambiò il sorriso. Quel giorno i capelli incredibilmente biondi dell'amica avevano una ciocca viola e Autumn pensò che dovesse essere un colorante temporaneo. Amava il modo in cui ogni donna nella stanza era unica e aveva un proprio modo di lasciare un segno nel mondo.

Solo che non era sicura di chi era *lei stessa*.

Allontanò quei pensieri dalla mente. Non erano né il momento né il luogo.

"Amo i dolci tanto quanto loro sembrano amare i miei fianchi," rispose Autumn mentre si metteva le mani sulla vita.

"Hai delle curve fantastiche, dovresti esserne orgogliosa," disse Maya, che si sedette accanto a Holly, il che lasciò Autumn di stucco ancora una volta. Non solo non si aspettava che Holly fosse presente, ma il fatto che Maya fosse sempre a suo agio in presenza dell'altra donna la sconcertava.

"Oh, ci provo," disse Autumn e fece un cenno di saluto all'altra donna. "Di certo non mi asterrò dall'assaggiare, quella è una cheesecake al cioccolato?" Le venne l'acquolina in bocca.

Hailey gliene porse una porzione su un piattino. "Avvicinati, bella."

"Tentatrice," la prese in giro Autumn e afferrò velocemente il tortino. Morse il cremoso dolce diabolico e gemette: "Dio mio. Sto morendo. Sto davvero morendo."

"E il mio piano si è realizzato. Anche se aspetterei a morire. Ho anche del cibo salato, ma ho pensato che avremmo scelto prima i dessert." Hailey fece una pausa. E infine… faremo un gran casino."

"Mi sta bene," disse Callie con un sorriso. La giovane tatuatrice si leccò lo zucchero a velo dalle labbra e chiuse gli occhi. "Giuro che ho voglia di qualunque cibo dolce *e* salato in questi giorni."

"Sei incinta!" strillò Sierra e Callie annuì, a quel punto tutte le donne nella stanza la circondarono, applaudendo e gridando.

Autumn si era accorta che c'era qualcosa di diverso

in Callie, l'ultima volta che era stata nel negozio di tatuaggi, ma non era stata in grado di individuarlo. Un nuovo nato. Emozionante.

"Morgan dev'essere al settimo cielo," disse Meghan mentre abbracciava l'amica. "Quel vecchio marpione ti stava aspettando da un'eternità."

"Hai appena dato del vecchio a mio marito?" chiese Callie ammiccando. "È stagionato al punto giusto, grazie mille." La differenza di età tra i due non era *così* grande, ma Morgan doveva avere una quarantina d'anni circa, se Autumn ricordava bene. Callie aveva ancora meno di trent'anni. Tuttavia, sulla lunga distanza non aveva importanza, visto il modo in cui i due si prendevano cura l'uno dell'altra.

Alcune cose erano semplicemente destinate ad accadere.

E Autumn non avrebbe mai avuto nulla del genere.

Immagini di Griffin si fecero strada nella sua mente e lei le respinse. Non era destinato a lei, almeno non a lungo termine. Nessuno lo era. Griffin era più al sicuro se lei si fosse tenuta alla larga. Era più sicuro per tutti.

Miranda si voltò verso Hailey e socchiuse gli occhi. "Sapevi perfettamente che Callie era incinta, prima di noi. Hai nominato i bambini."

Hailey si limitò a scrollare le spalle. "Vedo tutto. So tutto."

Autumn sbuffò. "Certo, tesoro."

Hailey strinse gli occhi. "Vedo più di quanto tu pensi."

Autumn tornò seria all'istante. Meglio non far arrabbiare una donna con i dolci.

"Sono proprio felice per te, Callie," disse Sierra con

dolcezza. "Anche Austin ne sarà entusiasta. Ti considera una sorella, sai."

"Come se non ne avesse abbastanza," disse seccamente Maya prima di battere il cinque con Miranda e Meghan.

"Di famiglia non ce n'è mai abbastanza," disse Miranda con un sorriso, ma si bloccò quando tutte si voltarono a fissarla. "*Non* sono incinta. Decker e io vogliamo aspettare. Sono ancora nuova al lavoro e ci piace poter fare sesso su ogni superficie della casa senza dover avere a che fare con altre presenze."

"Ecco a voi la mia sorellina," borbottò Maya.

"Sei gelosa?" le chiese Meghan, con un guizzo malvagio negli occhi. "È difficile fare sesso sul divano quando si hanno figli, ma è a questo che servono le babysitter e la scuola."

Maya rise nervosamente. "Certo che no. Sto bene così." Ad Autumn non era sfuggito come Maya facesse del suo meglio per *non* guardare Holly, in quel momento.

"Sul serio, però," continuò Miranda. "Mi sto godendo la vita com'è adesso, tra lavoro e cose varie. Ah! Ve l'ho detto? Non sono più l'ultima arrivata. Hanno appena assunto un nuovo insegnante." Rabbrividì. "Tecnicamente non è un supplente… sapete… ma è un inizio."

Sapevano tutti di cosa stava parlando Miranda, anche se nessuno ne faceva parola. La donna aveva passato l'inferno a causa di un insegnante che l'aveva perseguitata. Autumn sapeva fin troppo bene come ci si sentiva.

Deglutì a fatica. Meglio non pensarci.

Mai.

Anche se, in tutta onestà, quel pensiero era sempre in agguato nel profondo della sua mente.

"Quindi ci sono bambini nel tuo futuro, Meghan?" chiese Callie mentre mangiava un *cake pop*.

Meghan sorrise. "Forse." Alzò le mani mentre le altre parlavano tutte insieme. "Non sono incinta, per adesso, ma non aspetteremo fino a dopo il matrimonio per provarci. Sono più vecchia di quanto non fossi quando ho avuto Cliff e Sasha, quindi non si sa mai."

Sierra le tese la mano e strinse forte quella di Meghan. "Stai attenta." Meghan baciò il palmo di Sierra prima di lasciarlo andare. Autumn si sentì fuori posto, anche se solo per un momento, alla vista di tutte quelle donne collegate da così tante storie. Ma era stata invitata, e almeno in quel momento faceva parte del clan Montgomery a causa di Griffin e della sua amicizia con Meghan.

Holly era la vera novità, ma non sembrava a disagio. Anzi, sembrava entusiasta di essere coinvolta. Dolce e innocente. E felice.

La porta si aprì tintinnando e tutti si voltarono a guardare Tabby che entrava in quel momento, con i capelli raccolti in una fitta coda di cavallo in cima alla testa.

"Mi dispiace per il ritardo. Ho avuto una cosa dell'ultimo minuto al lavoro. Oh, quelli sono dei *cake pop*?"

"I miei fratelli ti stanno facendo lavorare troppo?" chiese Maya. "Hai bisogno che li prenda a calci in culo?"

"Nossignora. Volevo solo portarmi avanti per domani." Tabby sorrise e addentò una cheescake alla fragola. "Oh mio Dio, Hailey. Vuoi sposarmi? So che sarò inesperta in tutta la faccenda del sesso lesbico, ma imparerò pur di avere sempre questi dolcetti."

Autumn si fece andare l'acqua di traverso mentre tutte scoppiarono a ridere.

Hailey si asciugò le lacrime dalle guance e scosse la testa. "Tabby, tesoro, sei sexy da morire, ma a nessuna di noi piace la passerina. Siamo appassionate di uccelloni."

A quelle parole, tutte esplosero in una nuova serie di risate. L'unica che sembrava un po' a disagio era Holly, ma Autumn non pensava che le altre l'avessero notata, a parte Maya. Il gruppo iniziò a parlare dei vecchi tempi e delle piccole storie che le avevano rese le donne che erano. Autumn si sedette ad ascoltare, facendo del suo meglio per non parlare troppo. Le piaceva guardare e imparare il più possibile a essere normale.

Perché Autumn Minor non era mai stata normale.

E sapeva che non lo sarebbe mai stata.

Capitolo undici

"Non avrei mai pensato di vederti tenere in braccio un bambino così," disse Griffin mentre Decker cullava il figlio di Austin per farlo addormentare.

Le donne avevano preteso la loro serata tra amiche, quindi gli uomini dovevano occuparsi dei bambini. Austin aveva deciso di invitarli tutti a casa di Decker, così da tenere i bambini *tutti* insieme. A Griffin non dispiaceva, perché amava i suoi nipoti. Però era sempre come ricevere un calcio nello stomaco, quando vedeva i parenti che avevano una famiglia propria. Tutti crescevano e vivevano le proprie vite, a volte Griffin sentiva di essere rimasto indietro.

Però non era quello il momento di preoccuparsene.

Griffin voleva vivere il presente.

Decker sorrise e continuò a dondolarsi stando in piedi, ondeggiando avanti e indietro mentre canticchiava una piccola melodia. Colin gorgogliò una volta e Griffin fece un passo verso di loro. Decker non si scompose. Quell'uomo grande, barbuto e tatuato teneva il bambino minuscolo tra le braccia come se quello fosse sempre stato il suo posto.

Austin sorrise dalla porta, dove era appoggiato allo stipite con le grandi braccia incrociate su un petto ancora più grande.

"Si è già addormentato?" chiese il padre pieno di orgoglio, a voce bassa.

"Credo di sì," sussurrò Decker. "Sai se la culla è pronta?"

Jake uscì dalla stanza sul retro, con Sasha sulle spalle e un sorriso enorme sul volto. "La culla è pronta. Sasha mi ha aiutato a montarla."

"Aveva bisogno di *molto* aiuto," disse Sasha cerimoniosamente. Griffin dovette coprirsi la bocca per evitare di ridere e svegliare il neonato.

Luc sollevò la figlia dalle spalle di Jake e le stampò un bacio sonoro sulla guancia. "Hai assolutamente ragione. Ora prepariamo anche te per andare a letto. Dividerai la camera degli ospiti con Leif e Cliff. Ti sta bene?"

Lei annuì con aria saggia. "Mi piacciono i pigiama party. Perfino con i ragazzi che puzzano."

"Avrai seri problemi, quando crescerà," disse Wes mentre entrava in soggiorno con Storm alle calcagna.

"Non m'importa," disse Luc con un sorriso, poi portò Sasha verso il retro, dove Leif e Cliff stavano già allestendo un fortino.

"Mi chiedo se avrò una bambina," disse Morgan distrattamente.

Griffin sorrise, poi sbatté una mano sulla schiena massiccia di Morgan e rise. "Non riesco ancora a credere che diventerai papà."

"Vai alla velocità della luce," disse Austin con un sorriso.

Morgan inarcò un sopracciglio e assunse ancora di più l'aspetto dell'uomo d'affari che era. Anche se aveva abbandonato giacca e cravatta per una camicia casual e un paio di jeans, era comunque un po' più elegante degli altri. Non importava che sulla schiena avesse il tatuaggio più grande di tutti, quell'uomo semplicemente trasudava classe.

Presto sarebbe anche diventato padre.

Era incredibile come le cose fossero cambiate.

"Non abbastanza velocemente, direbbero alcuni," mormorò Sloane mentre entrava nel soggiorno portando le patatine. L'omone non si fermò e gli altri alzarono gli occhi al cielo. Scherzi a parte, Sloane corteggiava da anni Hailey senza corteggiarla davvero, eppure era lui a parlare di non andare abbastanza veloce? Che follia.

Morgan spinse Sloane da dietro e caddero entrambi sul divano, sedendosi con le bibite in mano e il sorriso sui volti. Probabilmente era stata Callie a tatuare Morgan, ma nel tempo anche Sloane era diventato amico di quell'uomo.

Griffin amava vedere il modo in cui ogni gruppo di familiari e amici sembrava socializzare e mescolarsi all'interno del proprio microcosmo, così come in uno schema più ampio. Lo scrittore in lui voleva districare quei fili e studiarli, stando attento a non danneggiarli. Il Montgomery in lui voleva apprezzare il fatto che la sua famiglia fosse lì, felice e in salute.

I suoi genitori erano a casa, innamorati e al sicuro.

Le donne della sua vita si stavano godendo la serata insieme.

Anche se Alex non era lì quella sera, in quella casa, nessuno avrebbe mai preso il suo posto. Non importa quanto in basso fosse caduto suo fratello minore, Griffin sarebbe stato sempre disponibile ad aiutarlo a rimettersi in piedi. Non sapeva quanto tempo ancora Alex dovesse passare in riabilitazione, ma sperava che un giorno non lontano sarebbe stato in grado di visitare Alex e vedere di persona come stava andando il processo di guarigione.

"Qualcosa non va?" chiese Decker avvicinandosi a Griffin. Doveva aver consegnato Colin ad Austin, perché Austin non si vedeva da nessuna parte e il resto dell'equipaggio era seduto in soggiorno a dire cazzate e mangiare troppo cibo spazzatura, per uomini della loro età.

Griffin si voltò verso il suo migliore amico e sospirò. "Sto pensando ad Alex."

Decker annuì e si voltò per appoggiarsi al muro accanto a lui. "Odio che non sia qui. Odio ancora di più che non abbia accettato di vedere nessuno. Almeno sta parlando con Marie e Harry, immagino. È pur sempre qualcosa."

"Lo perdonerai per aver rovinato il tuo matrimonio?" chiese Griffin, non sapendo da dove gli fosse venuta quella domanda.

Decker aggrottò la fronte. "Non c'è niente da perdonare."

"Che vuoi dire? Ha rovinato il ricevimento e spaventato i bambini. Per non parlare di Luc."

Luc si voltò verso di loro al suono del suo nome e aggrottò la fronte. Decker gli fece cenno di ignorarli e Luc annuì, dopo averli studiati per un momento. Tornò alla conversazione in corso, ma a Griffin non era sfuggita la curiosità sul volto dell'uomo.

Decker sospirò. "Alex stava soffrendo. Era solo questione di tempo prima che toccasse il fondo." Fece una pausa. "O almeno credo che quello fosse il suo fondo. Non lo sapremo finché non ce lo dirà. Io e Miranda non pensiamo che il nostro matrimonio sia stato rovinato. Ci siamo sposati circondati da amici e parenti a casa Montgomery. Non desideravamo altro. Vorremmo che Alex non avesse perso la testa? Certo. Vorremmo che tutto fosse andato per il meglio? Diavolo, sì. Vorremmo anche trovare un modo per aiutarlo? Sì, cazzo! Ma non possiamo. Quindi siamo passati oltre. Amo tua sorella con ogni grammo del mio essere. Non avevamo bisogno degli orpelli e della perfezione di una giornata di sole senza intoppi, per rendere perfetto il nostro matrimonio. È stato il nostro giorno. E questo è tutto ciò che doveva essere."

Griffin incontrò gli occhi del suo migliore amico, sbalordito dalle parole di quell'uomo. Sapeva che Decker amava Miranda, ovviamente. L'aveva visto con i suoi occhi in tutto quello che aveva fatto Decker. Sapeva che una volta che i due si erano innamorati, Decker aveva fatto un passo indietro nella loro amicizia, perché era quello che succedeva quando bisognava far posto alla propria anima gemella. Griffin non sentiva minimamente di aver perso Decker, ma la loro relazione era cambiata, e con essa era cambiato l'uomo che aveva di fronte. Era stato ferito, picchiato e aveva dei segreti che nessun altro avrebbe dovuto custodire, ma aveva trovato l'unica persona che poteva non solo guarirlo, ma anche crescere con lui fino alla fine dei suoi giorni.

Miranda era quella persona per Decker, e Griffin era

mortificato al pensiero che gli ci fosse voluto così tanto tempo per rendersene conto. In realtà lo sapeva da un po' di tempo, da molto prima del matrimonio, in realtà, ma all'inizio Griffin aveva fatto una cazzata e aveva preso a pugni il suo migliore amico. Non si era fidato di quell'uomo con la sua sorellina e per questo aveva quasi perso tutto.

Griffin non aveva lo stesso carattere della maggior parte dei Montgomery. Aveva un temperamento che si scaldava lentamente, per poi trasformarsi in una furia infernale. Aveva agito senza pensare e da allora se ne era sempre pentito.

"Mi dispiace di averti colpito per Miranda," sbottò. "Mi dispiace tanto di non essermi fidato di te, quando hai cominciato a uscire con lei. Avrei dovuto. Sei l'uomo migliore che io conosca, Decker. E sono così fottutamente felice che voi ragazzi abbiate un futuro insieme."

Le guance di Decker si imporporarono per un attimo e il soggiorno si fece silenzioso. Griffin sapeva che tutti gli occhi erano puntati su di loro, ma non gli importava. Non in quel momento.

"Capisco perché l'hai fatto, poi ti sei già scusato. È acqua passata, amico. Ma se ti scusi un'altra volta sarò costretto a dartele di santa ragione."

Allora Griffin sorrise, rilassando le spalle. Non si era nemmeno reso conto di averle irrigidite.

"Non gli farebbe male, con quella testa dura," disse Austin con una risata. "Vieni a sederti. Abbiamo alette di pollo, salse e bibite. So che di solito beviamo birra, ma con i bambini in giro e il fatto che a breve dovremo tutti tornare a casa in macchina, non sembrava prudente."

Decker alzò gli occhi al cielo. "Grazie per aver

accolto gli ospiti in casa mia," disse seccamente. "Ancora non ho capito perché non siamo a casa tua. Lì c'è la culla per il bambino."

"L'ultima volta abbiamo fatto a casa mia. D'ora in poi ci alterneremo. Grazie a Dio, Autumn sta pulendo la casa di Griffin, altrimenti probabilmente prenderemmo tutti qualche malattia, andandoci."

Griffin si sedette sul pavimento, l'unico posto rimasto libero, e con la mano buona mandò a quel paese il fratello: "Vaffanculo."

"No, grazie. Sono impegnato." Austin morse un'aletta di pollo e gemette. "Quanto mi sono mancate queste. Sierra ci fa seguire una dieta senza cibi fritti. Mi manca il grasso."

"Ti rendi conto che le ragazze stanno mangiando cioccolato, torte e tutta quella merda proprio in questo momento, giusto?" chiese Sloane, che poi scrollò le spalle mentre tutti lo fissavano. "Ho visto Hailey cucinare per stasera. Voleva mettere tutte all'ingrasso perché sa che nessuna mangia quella roba, di solito."

"Di sicuro ti piace sapere sempre cosa sta combinando Hailey," disse Griffin con noncuranza.

Sloane lo fissò. "Come sta Autumn in questi giorni? Finalmente ti sei fatto coraggio e te la sei portata a letto come avresti voluto fare sin dal primo giorno?"

Sollevò il labbro in un ghigno.

"Starò zitto quando lo farai anche tu," disse Sloane. "Mi piace Autumn. Non farle del male."

Griffin strinse i denti e per fortuna nessun altro intervenne. Non voleva ferire Autumn, non aveva intenzione di farlo, ma aveva la sensazione che avrebbero finito per spezzare il cuore di entrambi in tanti piccoli frammenti.

Lui non sapeva cosa voleva e lei non aveva intenzione di restare.

Cazzo. Scacciò quei pensieri dal cervello e ascoltò gli altri parlare dell'imminente paternità di Morgan e del fatto che Luc e Meghan stavano cercando di avere un bambino. Le cose si muovevano velocemente, a volte forse troppo velocemente, ma anche Griffin faceva del suo meglio per seguire la corrente. I Montgomery e gli amici venivano strappati via uno dopo l'altro.

"Ho una domanda, in realtà," disse Morgan mentre si appoggiava allo schienale del divano accanto a Sloane.

"Cioè?" chiese Griffin.

"Non per te, ma per Wes e Storm. È da un po' che guardo il modo in cui tutti interagiscono e penso di aver compreso le dinamiche. A volte le persone mi sorprendono, ma di solito riesco a capirne i legami. Quella che non riesco a capire è Tabby."

"Che intendi dire?" chiese Wes.

Storm aggrottò la fronte. "Cosa c'è che non va in Tabby? Lavora per noi."

"Sì, ma credevo che ci fosse qualcosa di più con uno di voi o con entrambi. Non riesco a capirlo."

Griffin soffocò. "Con entrambi? Beh, non avevo mai preso in considerazione questa possibilità." I gemelli fissarono Morgan. "Cosa? Pensavo che lei potesse stare insieme a uno di voi, o che ci fosse stata in passato, o che ci stesse pensando."

I gemelli scossero la testa contemporaneamente. "Diavolo, no," dissero nello stesso momento, poi si guardarono in cagnesco.

"Non mi interessa Tabby in quel senso. È mia amica

e collega. Niente di più." Wes fissò il suo gemello. "C'è qualcosa che vuoi dirmi?"

Storm alzò le mani. "Non l'ho mai nemmeno baciata. Non la vedo in quel modo. Adoro il modo in cui ci tiene in riga al lavoro, mi permette di concentrarmi su altre cose, ma non è quella giusta per me. Sul serio." Si voltò a guardare gli altri. "E vi chiederei di smetterla di dipingerci come se fossimo in una sorta di ménage gemellare a tre. Non abbiamo mai condiviso una donna. Mai."

Wes rabbrividì. "Cazzo, no. So che Sassy, l'amica di Austin, ha due mariti, ma non sono imparentati e poi... fanculo, no. Mi piace avere una donna alla volta. E di certo non voglio condividerla con Storm. Mai."

Griffin inarcò le sopracciglia. "Penso che l'abbiamo capito. Tabby non va bene per nessuno di voi due."

"Stai ronzando intorno ad Autumn, quindi non pensare di avvicinarti a Tabby," disse Storm, puntandogli contro la sua lattina.

Griffin socchiuse gli occhi. "Non sto facendo niente del genere. Non parlare così, dai l'impressione che Autumn non sia altro che una preda da circondare."

Gli altri lo fissarono e lui imprecò. "Al diavolo," borbottò.

"A ogni modo..." lo interruppe Jake. "Non so quale problema abbiate col sesso a tre. Può essere interessante. Beh, non ho mai avuto un rapporto a tre nel senso di condividere una donna con uno dei miei fratelli, ma... condividere una donna, in generale, può essere molto eccitante. Inoltre, scopare un altro tizio mentre lo fai lo rende ancora più eccitante."

Griffin sbatté le palpebre. Sapeva che Jake era bisessuale dato che non l'aveva mai nascosto, ma la cosa del ménage a tre era nuova.

"Che cazzo stai dicendo?" disse Austin. "Sesso a tre? Sul serio?"

Decker sbuffò. "Non sei proprio nella posizione di parlare, fratello," disse ad Austin, e Griffin si prese la testa tra le mani.

"Non voglio sapere i dettagli," piagnucolò. "Parliamo di sport e nient'altro. Va bene?"

Jake sorrise impenitente. "Dicevo così per dire. Se tu sei single e gli altri due sono d'accordo…"

"È meglio che non parli di Maya in questo momento," borbottò Wes. "Non voglio sapere."

Jake si calmò. "Non sono mai andato a letto con Maya."

"Quindi stai parlando di Holly?" chiese Griffin suo malgrado.

Jake sembrava un po' pallido, come se si fosse pentito di tutto quello che aveva appena detto. "È stato tanto tempo fa. Holly e io stiamo bene solo da soli."

Ci fu un silenzio imbarazzante e Griffin non era sicuro di cosa avrebbe potuto dire per spezzarlo. Ci pensò Sloane, lanciando la busta di patatine verso Jake.

"Se abbiamo finito di parlare dei nostri cazzi, vorrei parlare di questo mio cliente. Ho bisogno di consigli."

Jake si rilassò quando gli altri iniziarono a parlare di tatuaggi e non di sesso. Griffin però lo teneva d'occhio. Sembrava che avessero tutti dei segreti. Il genere di segreti che, una volta rivelati al mondo, avrebbero potuto ferire molte persone.

Rimase in silenzio mentre gli altri parlavano, incerto su cosa dire. Non sapeva cosa fare della sua vita, non sapeva chi era, non più. Stava iniziando a capirlo solo in quel momento, dopo così tanti anni. Le cose erano cambiate, le persone erano cambiate e anche Griffin stava imparando a cambiare.

Però a riempirgli i pensieri non c'era il suo libro, come avrebbe dovuto essere, ma Autumn.

Quella donna lo avrebbe ferito. Ne era certo. Lo avrebbe ferito e segnato come nessun'altra.

Eppure lui non riusciva a pensare ad altro che ad andare da lei, per sentirla sotto di sé.

Le cose erano decisamente cambiate, ma lui non era sicuro di essere pronto a vedere il risultato.

Jake

Jake sorseggiò la sua birra e si chiese come cazzo fosse finito lì. Era seduto a casa di suo fratello Graham, mentre i suoi altri fratelli Owen e Murphy giocavano ad air hockey nell'altra stanza, imprecando l'un l'altro mentre il punteggio era in parità come al solito. Nessuno dei due riusciva a prevalere sull'altro.

Non aveva programmato di unirsi al pranzo di famiglia, visto che ne aveva appena avuto uno con i Montgomery, ma per quanto questi volessero adottarlo, lui aveva comunque una famiglia tutta sua.

Ovviamente, il motivo per cui lo volevano non era solo la brillante personalità di Jake.

Il vero motivo al momento sedeva comodamente accanto a lui sul divano, ridendo per qualcosa che aveva detto Graham.

I fratelli Gallagher ridevano quando ne avevano voglia, rimuginavano il più delle volte e non si curavano molto di quello che pensava la gente. Erano grandi, barbuti e tatuati proprio come i Montgomery, ma sicuramente non così massicci. Inoltre, non c'erano sorelle

ad aggiungere estrogeni all'insieme, quindi erano un po'
più burberi.

Almeno così credeva Jake.

Di solito era Maya a portare gli estrogeni, quando
veniva in visita, ma quel giorno non era andata con lui.

Allora Jake aveva portato Holly.

La sua ragazza. L'unica che gli piacesse veramente e
che lo ricambiasse. Aveva la sensazione che lei fosse sulla
buona strada per amarlo, e se lui avesse ceduto a ciò che
non sarebbe successo con… beh con… Si bloccò. No,
non avrebbe pensato a nessuno dei due. Riusciva a
vedersi innamorato di Holly, se si fosse arreso. Doveva
solo lasciarsi andare.

"Vado nel bagno delle donne," sussurrò Holly prima
di baciargli dolcemente la guancia. "Torno subito."

Gli sorrise e poi si diresse verso il corridoio.

"È carina," disse Graham dolcemente, mentre si
appoggiava allo schienale della poltrona in pelle.

"Anche dolce," disse Owen mentre entrava con
Murphy alle calcagna.

"È troppo, per te," disse Murphy con un ghigno.

"Non posso negare niente di tutto ciò," disse Jake
riprendendo in mano la sua birra.

"Perché non hai portato Maya, però?" chiese
Graham. "Pensavo che voi due…"

Jake scosse la testa poi finì di bere il resto della sua
birra, sentendo già il bisogno di prenderne un'altra. Non
avrebbe esagerato però, dato che doveva guidare. E
dopo aver visto la fine di Alex Montgomery… beh… era
semplicemente meglio non bere troppo.

"Maya e io siamo amici. E ho pensato che
saremmo rimasti amici anche se esco con Holly. Non è
qui perché tu hai detto che volevi incontrare la donna

con cui sto uscendo e cioè Holly... quindi, beh, hai capito."

I suoi fratelli lo studiarono e lui fece del suo meglio per non pensare al motivo per cui si sentiva nervoso, al motivo per cui gli sembrava di perdere qualcosa che non aveva mai avuto.

Holly era assolutamente adorabile.

Adorabile.

Perfetta per lui.

Perché, davvero, lui aveva già provato le relazioni caotiche e tormentate in passato e non avevano funzionato. Aveva bisogno di qualcosa di facile e tranquillo. Holly avrebbe contribuito a creare la vita che lui desiderava.

Mentre *lei* non l'avrebbe fatto.

E *lui* non voleva Jake.

Quindi le cose stavano così.

Il telefono di Jake vibrò e lui lo tirò fuori dalla tasca, il nome che lesse gli mandò una scarica elettrica lungo la spina dorsale.

"Devo rispondere," disse, poi si alzò, appoggiando la bottiglia vuota sul tavolino. I suoi fratelli lo fissarono, ma a lui non importava. Cercavano sempre di decifrarlo e, una volta che Jake avesse capito se stesso, forse anche gli altri tre avrebbero potuto riuscirci.

Chiuse la porta sul retro dietro di sé e si soffiò nelle mani, mentre il freddo all'esterno rubava rapidamente il calore dal suo corpo.

"Ehi," rispose al telefono. Non sapeva cos'altro dire, dopotutto.

"Ehi." Nel sentire la voce profonda dall'altro lato, la bocca di Jake si seccò improvvisamente, come accadeva sempre, d'altra parte. Non era la prima volta che Border lo chiamava. No, quell'uomo gli telefonava ogni due settimane circa. Jake pensava che dopo tutto quel tempo lui avrebbe superato… quel cambiamento.

Invece non era andata così.

La dolce ragazza che si trovava nella stanza dietro di lui avrebbe dovuto aiutare Jake a superare quella merda, che non si sarebbe semplicemente seppellita da sola.

Perché Jake Gallagher non avrebbe continuato a fare gli stessi errori che aveva sempre fatto. Non avrebbe lasciato che i suoi desideri prendessero il sopravvento sui bisogni che sentiva di dover avere.

Quindi, avrebbe chiuso quella telefonata e se la sarebbe lasciata alle spalle, per poi tornare da Holly e proiettare il futuro che sarebbe andato bene per lui.

Nessuno otteneva mai esattamente quello che voleva nella vita, quindi forse Jake avrebbe trovato un modo per accontentarsi. Perché Holly sarebbe stata una scelta giusta per lui, e lui era dannatamente sicuro di essere perfetto per lei.

Lei si meritava questo e altro ancora.

E Jake, beh, Jake non meritava niente.

Non più.

Border

Border riattaccò il telefono e si accigliò. C'era qualcosa di diverso in quella chiamata, ma comunque non sapeva nemmeno lui perché continuasse a telefonare. Jake non sembrava voler parlare come faceva una volta. Anzi continuava a tirarsi sempre più indietro a ogni chiamata.

Border non lo biasimava, dato che era stato lui ad allontanarsi per primo.

Sospirò e si passò una mano sui capelli appena rasati. Si appoggiò allo schienale, piantando saldamente i piedi su entrambi i lati della moto. Faceva troppo freddo per andare in moto e presto il ghiaccio avrebbe reso la strada dannatamente pericolosa, ma lui doveva andare un po' più lontano. Una volta fatta un po' più di strada, avrebbe preso il suo camion, agganciato la moto al retro e sarebbe tornato a casa.

A casa.

A Denver.

Perché era stato nomade per troppo tempo, cazzo, e non aveva trovato quello che stava cercando. Ovviamente, all'inizio non sapeva cosa stesse cercando.

Comunque era pronto per tornare a casa.

Pronto per tornare da Jake.

Pronto per capire che cazzo di casino aveva combinato, tanti anni prima.

Pronto per capire chi diavolo fosse Maya... e perché Jake era così maledettamente evasivo al riguardo.

Si sentiva pronto ad affrontare molte cose.

Sperava solo di non prendere in giro se stesso. Perché se si fosse sbagliato, avrebbe rovinato tutto quello che aveva. O forse non aveva proprio niente da rovinare.

C'era solo un modo per saperlo con certezza.

Mise in moto, si assicurò che il casco e la mascherina fossero agganciati e si avviò in strada.

A differenza dell'ultima volta che l'aveva fatto, però, non stava cercando di trovare un'assoluzione che non sarebbe mai arrivata.

Al contrario, aveva uno scopo.

Un piano.

O almeno un futuro che pregava di riuscire a decifrare, prima che fosse troppo tardi.

Capitolo dodici

"Ecco. Prendilo. Prendi il mio cazzo."

Autumn inarcò la schiena, trascinando Griffin più a fondo dentro di sé. Serrò i pugni sotto le lenzuola e gemette quando lui le affondò le dita nei fianchi. Griffin pompava dentro e fuori, con il pene grondante dell'eccitazione di lei, riempiendola e allungandola più che mai.

Le fece scivolare la mano lungo la spina dorsale e le afferrò i capelli in un pugno, costringendola a tornare su di fronte a lui. "Ti piace, Autunno? Ti piace quando ti scopo forte? Ti piace quando riesci a malapena a respirare perché sei così fottutamente piena che stai per venire di nuovo sul mio cazzo?"

Autumn avrebbe voluto dire di sì, anzi *cazzo sì*, ma non riusciva a parlare. Invece si allungò e gli afferrò il culo, sforzando la spalla per il movimento. Lui ringhiò e le vibrazioni le andarono dritte alla fica. Autumn sentì il proprio corpo tremare, così vicino all'orgasmo che lei non riusciva più a vedere nulla, non riusciva a respirare.

Così. Vicino.

E poi la sveglia suonò.

Autumn spalancò un occhio, mentre l'altro si rifiutò. Il suo petto ansimava e il suo corpo era eccitato.

Ovviamente era un sogno. Perché non avrebbe dovuto esserlo? Aveva dormito con quell'uomo solo una notte e si ritrovava a sognare di fare ogni sorta di sconceria con lui. In continuazione.

Era sbagliato pensare che il Griffin nella vita reale fosse ancora più grosso e più perverso del Griffin dei sogni?

Era ufficiale: Autumn stava impazzendo. O forse era già salita sul treno dei pazzi ed era sulla buona strada per il manicomio, dove sarebbe finita, da sola, a letto con le mutandine intorno alle caviglie e la mano tra le gambe, a sognare di scopare un uomo davvero stupendo.

Si passò distrattamente le dita sul clitoride e rabbrividì, ma non era più vicina all'orgasmo.

Dannazione.

Sollevò la mano e la asciugò sulle lenzuola, poi calciò via le mutandine. Aveva bisogno di fare la doccia e doveva prepararsi per andare da Maya. Avrebbe lavorato da Griffin un paio di giorni dopo, visto che lui non aveva in programma di farla andare tutti i giorni. Era nella fase di revisione della prima parte del libro, dove si assicurava di essere pronto per la parte successiva, il che significava che poteva usare la tastiera con una mano sola e lei poteva andare ad aiutare gli altri Montgomery in uno dei suoi quindici lavori in giro per la città.

Semplice.

Eppure tutto quello che voleva fare era abbandonarsi in ginocchio davanti a lui, o implorarlo di toccarla fino a farla venire.

Cattiva ragazza, Autumn.

Cattiva.

Sospirò e rotolò sul bordo del letto, gemendo mentre si metteva in piedi. Aveva i capelli arruffati e il corpo coperto di sudore. Quando sudava con Griffin era una cosa piacevole, da sola era diverso. Aveva bisogno di una doccia e di tutto il caffè del mondo.

Sfortunatamente, non pensava di averne.

Aveva riempito il frigorifero di Griffin fino all'orlo, ma si era dimenticata di fare la spesa per se stessa. Meno di un mese con quell'uomo e già aveva una cattiva influenza su di lei.

Avrebbe voluto che lui fosse lì a farla agire di nuovo come una cattiva ragazza…

Ma era ora di dire basta.

Ora di fare una doccia e lavare via Griffin dalla mente. O almeno provarci.

Con un altro sospiro, si tolse rapidamente la maglietta, poiché si era già tolta le mutandine, e aprì l'acqua calda. O almeno quella che era considerata acqua calda in quel posto. Non era il miglior quartiere di Denver, ma tutto ciò di cui aveva bisogno erano quattro mura e un tetto per tenerla al caldo in inverno. Inoltre, il padrone di casa non aveva prestato troppa attenzione ai documenti. Certo, lei aveva cambiato nome con mezzi non legali, ma i documenti erano accettabili, almeno a prima vista.

Non per i poliziotti, però.

Dannazione.

Rimase a occhi chiusi sotto il getto d'acqua, allontanando i ricordi e i misfatti del passato. Preferiva pensare a Griffin e a quelle sue dita di grande talento. Anche se era in grado di lavorare solo con una mano, al momento, quella mano era pura magia. Lo poteva immaginare dietro di lei nella doccia, che la teneva stretta davanti a sé, con il cazzo premuto saldamente tra le sue chiappe. Avrebbe avuto una mano davanti a lei, con il corpo appoggiato al muro per tenersi in piedi. Le avrebbe fatto scorrere la mano fino ai seni, prendendoli a coppa uno alla volta, stimolandole i capezzoli finché lei non gli avesse gridato di fare qualcosa di più.

Lei simulò il movimento, afferrandosi un seno e immaginando che fosse la mano di Griffin. Poi lui avrebbe fatto scivolare la mano di nuovo in basso per giocare con il suo clitoride, roteandoci sopra le dita lentamente per poi pizzicarlo e strofinarlo. Le avrebbe infilato dentro due dita, velocemente e con forza, finché entrambi avrebbero ansimato all'unisono e i suoni della doccia e della sua fica avrebbero riempito l'aria. Si masturbò, pensando solo a Griffin e alle sue mani. L'acqua calda le scivolò sul clitoride e lei ingoiò aria, cercando di respirare.

Griffin si sarebbe chinato su di lei per morderle il collo e sussurrare una sola parola. "Autunno."

E Autumn si sentì cadere.

Non letteralmente, grazie a Dio, ma venne. Venne sul serio.

Le tremarono le ginocchia e dovette abbassarsi lentamente sul pavimento della doccia per poter riprendere fiato. Masturbarsi sotto la doccia era una faccenda pericolosa e sarebbe stato meglio con Griffin, ma con quel gesso al braccio... beh... quella non era l'unica ragione per cui non era nella doccia con lei.

La distanza avrebbe fatto bene a entrambi. Non poteva innamorarsi del suo capo, del fratello dei suoi amici. Non poteva innamorarsi di un uomo che a un certo punto sarebbe stata costretta a lasciare.

Con quel pensiero poco piacevole si alzò di nuovo e si pulì, con l'acqua che ormai era diventata fredda. Rabbrividì di nuovo, questa volta non in senso positivo; una volta finito si asciugò e si vestì in fretta. Si acconciò i capelli in una treccia e fu pronta ad andare. Faceva troppo freddo per uscire con la testa bagnata, quindi si mise un berretto di lana. Non aveva i soldi per pagare così tanta elettricità da permettersi un asciugacapelli. Per fortuna l'acqua era inclusa nell'affitto, o quella piccola scappatella di fantasia con Griffin le sarebbe costata cara.

Si coprì velocemente con vari strati di vestiti, fece scivolare la borsa sulle spalle e aprì la porta d'ingresso per poi fermarsi di botto.

Le tremavano le mani, ma fece del suo meglio per non urlare.

Un uccello morto, sembrava un corvo o una cornacchia, giaceva sulla sua veranda. Non c'era sangue, ma sembrava che si fosse rotto il collo… o che qualcuno glielo avesse rotto. C'erano molte spiegazioni ragionevoli. Forse l'uccello era volato contro la sua porta e così era morto. Oppure un altro animale lo aveva ucciso altrove, per poi lasciarlo cadere sul suo portico senza tracce di sangue.

Oppure *lui* l'aveva trovata.

Strinse più forte la borsa e uscì in veranda, guardandosi intorno. Non lo sentiva là fuori, non lo vedeva, ma non significava niente. Non lo aveva percepito nemmeno tutte le altre volte… se non quando era troppo tardi.

I brividi le scesero lungo le braccia, Autumn chiuse a chiave la porta dietro di sé, per poi dirigersi velocemente verso la macchina. Non avrebbe corso. A lui piaceva vederla correre.

Sarebbe tornata indietro per seppellire l'uccello quando ne avesse avuto il tempo. Quel povero animale meritava almeno quello. Ma non poteva farlo subito, non quando *lui* poteva essere ancora nei dintorni. Non quando lei stessa non riusciva a respirare.

Autumn mise in moto la macchina e si diresse verso casa di Maya. Le sue mani strinsero spasmodicamente il volante mentre pensava a tutto ciò che aveva nella borsa. Aveva tutto ciò di cui aveva bisogno nel bagagliaio e nella borsa. Non doveva per forza andare da Maya. Poteva semplicemente continuare a guidare finché non avesse avuto bisogno di fermarsi per fare benzina. Avrebbe potuto lasciare Denver e non rivedere mai più i Montgomery.

Non rivedere mai più Griffin.

Sarebbe stata la cosa più intelligente da fare.

La cosa più sicura.

Ma ancora una volta Autumn non fece la scelta più intelligente. Non voleva andarsene. Così pregò solo di non aver firmato una condanna a morte per i suoi amici.

O per Griffin.

Griffin inclinò la testa mentre guardava i gemelli parlare con un altro imprenditore di qualche pezzo di legno o qualcosa del genere. Onestamente, Griffin non poteva dire di saperne abbastanza, sulla Montgomery Inc., ma almeno cercava di essere un buon fratello e di dare una mano, una volta ogni tanto. E quando la scrittura stava andando bene e aveva bisogno di una mattinata libera per respirare, dare una mano ai fratelli aiutava anche lui.

Ovviamente nessuno lo avrebbe lasciato avvicinare a una sega, quindi di solito doveva pitturare, o incollare qualcosa. Oppure annuire mentre gli altri esprimevano i loro pensieri ad alta voce. Non gli importava davvero, ma a un certo punto la gente avrebbe dovuto lasciar perdere l'intera faccenda della sega. Era successo una volta sola.

"Stai pensando all'incidente, vero?" chiese Storm, con un ghigno stampato in faccia. "Non ti permetteremo di avvicinarti a una di quelle."

"Cazzo, no," disse Decker mentre si univa a loro, mettendosi il martello nella cintura degli attrezzi e sbuffando. "Per nessun motivo gli è permesso avvicinarsi a cose affilate e appuntite. O Miranda mi prenderà a calci in culo."

"Ma se è la metà di te," disse seccamente Griffin.

"Sì, ma è bella tosta." Decker annuì con aria di chi la sa lunga e i fratelli risero. Miranda era forte di sicuro.

"Seriamente, però, sono passati anni," li supplicò Griffin. "Non mi taglierei un braccio."

Decker lanciò un'occhiata sagace al gesso di Griffin. "Hai già un braccio fuori uso, meglio non rischiare. Ho un bel pennello e un secchio di vernice, se vuoi fare le rifiniture in questa stanza. Oppure puoi prendere appunti per me." Poi trasalì. "Se puoi farlo con una mano sola."

Luc si avvicinò, trattenendo un sorriso. "Nemmeno a me è permesso di aiutare più di tanto, e questo *è* il mio lavoro."

"A te hanno sparato, Luc," ribatté Griffin. "Ancora non puoi sollevare cose molto pesanti."

Wes si passò una mano sul viso. "Qua sembra una cazzo di telenovela. Abbiamo sparatorie, bambini segreti, incidenti stradali... " Incontrò gli occhi di Griffin. "E la maggior parte sono cose accadute quando gli altri hanno trovato le loro mogli. Allora, fratello, hai qualcosa da dirci riguardo Autumn?"

Griffin alzò il mento. "Non so cosa intendi dire."

"Per un uomo che usa le parole per vivere, non ne spendi mai molte per Autumn," osservò Decker.

Griffin si strinse nelle spalle e cercò di sembrare disinvolto, sapendo di fallire miseramente. "Lei mi ha aiutato molto. Molto. Sto davvero facendo progressi con il mio libro." In effetti, si stava avvicinando alla fine. E sul serio, non aveva idea di come lei ci riuscisse. Tutto quello che Autumn doveva fare era stargli vicino e improvvisamente lui era in grado di scrivere. Riusciva a immaginare cosa dovessero fare i suoi personaggi, immaginare quale trama dovesse essere tracciata.

Non sapeva se fosse lei o il fatto che gli facesse le pulizie, tutto quello che sapeva era che stava iniziando a *volerla* lì più di quanto avrebbe dovuto; quel bisogno lo spaventava da morire. Ma se quando lei se ne fosse andata, e lei se ne sarebbe andata di sicuro, lui avesse perso tutto? Ma se lui non fosse più riuscito a scrivere, una volta che lei fosse uscita dalla sua vita?

Ma se lui l'avesse voluta accanto come qualcosa di più di una musa o di un'appassionata di libri?

Ma se lui semplicemente volesse *lei*?

"È una buona notizia, giusto?" chiese Decker mentre batteva la mano sulla schiena di Griffin. "Dovevi rispettare la scadenza, o qualunque cosa per cui stavi lavorando. Non ce l'avevi detto, quindi sono contento che Autumn ti stia aiutando." Il suo migliore amico strinse gli occhi. "E non dirmi che con lei lavori soltanto. Ho visto come la guardi, come ti guarda lei. Ci sei andato a letto."

Gli altri lo fissarono e Griffin abbassò la testa. Non voleva parlare di Autumn. Per qualche ragione, voleva che rimanesse in privato. Anche in una famiglia numerosa come i Montgomery, voleva qualcosa che fosse solo suo, solo di Autumn, solo di *loro* due. Non sapeva se sarebbe rimasto un segreto; cazzo, già non era poi così segreto in quel momento, ma se lo avesse tenuto per sé, forse i parenti e gli amici avrebbero smesso di tormentarlo.

"Non sono affari tuoi, fratello," disse infine Griffin.

Decker inarcò un sopracciglio. "Strano sentirselo dire da te."

Griffin gli mostrò il dito medio. "Pensavo avessi detto che ti era passata."

"Oh sì, totalmente passata. Ma è comunque divertente punzecchiarti." Decker aggrottò la fronte. "Non fare casini con lei, va bene?"

"Che cosa intendi dire?" Tra lui e Autumn era solo sesso occasionale. Nessun legame. Non voleva legami, e lei di sicuro la pensava allo stesso modo. Stavano solo facendo quello che volevano con i loro corpi; quando fosse arrivato il momento, lei se ne sarebbe andata e lui avrebbe continuato a fare quello che aveva sempre fatto. Griffin non aveva bisogno di lei e Autumn non aveva bisogno di lui. Ecco tutto quello che c'era da sapere.

"Voglio dire, non ha una famiglia, da quello che so, quindi non ha un fratello maggiore che dica al tizio con cui sta uscendo tutto ciò che deve sapere."

Griffin aprì la bocca per interromperlo, ma si bloccò. Non sapeva se Autumn avesse un fratello, non sapeva nulla di dove fosse stata prima di cadere misteriosamente dal cielo, dritta nelle vite dei Montgomery. Non aveva idea di chi fosse, e per quanto si sforzasse di ignorare quel fatto, non era sicuro di riuscirci. Lei già sapeva di lui molto più di quanto Griffin avesse mai fatto sapere ad altri. Le aveva persino parlato di Lauren. Eppure non la conosceva affatto, a parte l'espressione sul suo viso quando veniva.

E se volevano mantenere un rapporto informale, quello doveva bastare.

Doveva essere abbastanza.

Cazzo.

Odiava essere tenuto all'oscuro. Non era solo lo scrittore in lui a odiarlo, ma anche il Montgomery.

"Grazie di prenderti cura di lei, Deck, ma non è niente di serio quindi non devi preoccuparti."

"Certo che no," disse Decker pacatamente. Gli altri erano rimasti stranamente silenziosi durante quello scambio di battute, e Griffin non sapeva cosa pensare al riguardo. "Tengo anche a te. Quindi stai attento."

Griffin non voleva sentire certi discorsi. Aveva bisogno di svuotare la mente prima di tornare al lavoro. Forse avrebbe pomiciato con Autumn, qualora fosse passata, ma non sarebbe stato niente di serio e non avrebbe avuto implicazioni sentimentali.

"Se avete finito di fare i teneroni, penso che andrò alla Montgomery Ink, dato che voi ragazzi sembrate cavarvela bene qui anche senza di me."

Luc scosse la testa. "Continua a scappare, Griffin. Alla fine ti raggiungerà."

Ma Griffin non voleva sapere cosa avrebbe dovuto raggiungerlo, perciò fece un cenno col mento verso i ragazzi e poi tornò alla macchina che aveva noleggiato.

La sua compagnia di assicurazioni gli aveva dato l'auto sostitutiva finché non avessero capito l'ammontare del risarcimento che Griffin avrebbe preso per l'auto incidentata. A quel punto probabilmente avrebbe potuto comprarne un'altra, dato che aveva i soldi, ma aveva altre cose per la testa.

Vale a dire il suo libro e Autumn.

E la sua famiglia, suo padre… e Alex.

A volte era tutto troppo intenso.

Con un sospiro tornò in centro città e lottò con il traffico di mezzogiorno e con i pedoni che non capivano di dover attraversare sulle strisce perdonali. Tra uomini d'affari che si davano un'aria importante, ragazzi del college che dimenticavano di alzare lo sguardo dai telefoni per prestare attenzione alla strada, qualche hipster che non si preoccupava delle strisce pedonali, Griffin era pronto per una tazza di caffè o anche per qualcosa di più forte, quando accostò nel parcheggio sul retro, con i posti auto destinati ai dipendenti della Montgomery Ink.

Era irritabile, stanco e gli mancava Autumn.

E questo lo faceva incazzare.

Sbatté con forza la portiera della macchina, poi entrò al Taboo per una tazza di caffè. Hailey era in piedi dietro al bancone e lo guardò inarcando un sopracciglio, prima di servirgli il suo caffè preferito, alla nocciola con scaglie di cioccolato.

"Come diavolo facevi a sapere che stavo venendo qui?"

Lei sorrise. "Ti ho visto parcheggiare con lo sguardo torvo, ho pensato che ti avrebbe fatto piacere il tuo caffè preferito. Avevo ragione?" Hailey inclinò la testa, con quegli occhi espressivi che vedevano molto più di quanto avrebbero dovuto.

"Grazie," le disse, invece di risponderle. Griffin si allungò sul bancone per baciarla sulla guancia e poi lasciò una banconota da venti sul ripiano di marmo. "Tieni il resto, Hailey. Ne hai bisogno per le bollette."

Lei alzò gli occhi al cielo, poi si immobilizzò. Griffin si accigliò, poi si girò verso la porta che collegava il Taboo alla Montgomery Ink. Sloane era appoggiato alla porta, con le sue enormi braccia incrociate sul petto. Aveva la mascella così dannatamente tesa che Griffin aveva paura che potesse perdere un'otturazione.

"Sloane." Griffin fece un cenno col capo in direzione dell'altro uomo e fece del suo meglio per non dare l'impressione di stare cacciando nel territorio di Sloane. Difficile da far capire, quando Hailey era proprio lì a fissarli entrambi, anche se tecnicamente non stava *insieme* a Sloane. Inoltre, lei era una donna indipendente; ma avanzare pretese su di lei poteva causare un occhio nero al tizio in questione.

"Montgomery," ringhiò l'altro uomo. Dannazione. Griffin non era un ragazzo esile, nessuno dei Montgomery lo era, ma Sloane era *grosso*.

Griffin non guardò più Hailey. L'aveva già ringraziata e onestamente non voleva rischiare un'altra frattura. La mano gli faceva un male cane, anche se guariva; Griffin immaginava che Sloane potesse fargli più danni di un'auto in corsa.

Sloane lo studiò un altro momento, poi si voltò di lato, lasciando passare Griffin senza una parola. Griffin emise un sospiro mentre si faceva strada nel negozio di tatuaggi e incontrò gli occhi di Austin. Suo fratello maggiore sbuffò e scosse la testa.

"Hai di nuovo fatto casino con Hailey?" gli chiese Austin.

Aveva una mano sul suo album da disegno, mentre con l'altra faceva roteare la matita. Il negozio non era molto affollato e Griffin pensò che dovesse essere la tregua prima della tempesta. Gli artisti del negozio, Austin e Maya in particolare, erano prenotati per più di due anni con grandi progetti e di solito c'era anche un viavai di persone per i tatuaggi più piccoli. Callie saltellava da un piede all'altro mentre lavorava al computer, Maya era concentrata a testa bassa sul suo album da disegno. Solo perché non stavano tatuando, non significava che non stessero lavorando. Qualunque tatuaggio più grande di un francobollo richiedeva molta preparazione e i suoi fratelli, così come gli altri tatuatori che avevano assunto, erano i migliori in assoluto in quello che facevano. Ecco la ragione principale per cui il corpo di Griffin aveva così tanti tatuaggi.

"L'ho solo ringraziata per il caffè." Ne bevve un sorso e gemette. "Buon Dio, è una dea."

Sloane lo superò con uno spintone e quasi gli fece cadere la tazza di mano.

Austin lanciò a Griffin uno sguardo che significava 'Sei un fottuto idiota', ma ebbe la grazia di non dirlo.

Sloane chiuse la porta dell'ufficio e Austin sbuffò. "Sei un fottuto idiota, Griffin."

Quindi Austin *non* aveva alcuna grazia, dopotutto. Non importava.

"Sei qui per un motivo o ti stai nascondendo da Autumn?" gli chiese Maya, prestando attenzione più al quaderno che a lui.

"Non mi nascondo da nessuno," ribatté lui a denti stretti.

"Certo, tesoro," gli disse Maya con un sorriso. "A proposito, adesso sto lavorando a una bozza di disegno proprio per Autumn. La vuoi vedere? Sono sicura che riusciresti a immaginare il punto esatto del suo corpo dove andrà messo."

Griffin chiuse gli occhi e si rifiutò di guardare il disegno. Gli faceva male l'uccello e sapeva di avere un'erezione nel bel mezzo di un fottuto negozio di tatuaggi, solo perché non riusciva a smettere di pensare ad Autumn. A sua sorella piaceva prenderlo in giro, ma dannazione, lui non voleva averci a che fare.

Quindi si girò sui tacchi e tornò al Taboo, lasciandosi le risate alle spalle, posò la tazza sul bancone e lasciò l'edificio. Sarebbe tornato a casa a scrivere. O forse a masturbarsi. Non era sicuro.

Ma non poteva affrontare qualunque cosa gli stesse succedendo in quel momento. Non quando non aveva idea di cosa fosse, soprattutto se i suoi fratelli si stavano divertendo troppo a prenderlo in giro a causa di Autumn. Anche se non aveva mai detto pubblicamente di avere una relazione con lei, anche se non si era mai mostrato davvero con lei in pubblico, se non quando l'aveva abbracciata a casa dei genitori dopo le buone notizie su suo padre, tutti sapevano che c'era *qualcosa* tra loro.

Griffin stesso non sapeva cosa fosse, comunque.

E avrebbe dovuto fare del suo meglio per mantenere quel *qualcosa* informale.

Niente legami, aveva detto lei.

Ma lui non ci riusciva.

Anche se quel qualcosa lo avesse ucciso.

Capitolo tredici

Autumn si aggiustò gli occhiali con le lenti trasparenti sul ponte del naso e trattenne un sorriso, non erano occhiali da vista. Griffin era stato di cattivo umore tutto il giorno e lei si era stufata. Si era presentata quella mattina e si era messa immediatamente al lavoro. Lui aveva descritto inseguimenti in auto ed esplosioni, sempre rimanendo fedele ai personaggi e alle loro emozioni più profonde. Dettava adagiato sulla sua poltrona da meditazione, oppure camminando avanti e indietro nella stanza, cercando di dare voce ai suoi pensieri, pensieri che Autumn trascriveva al computer il più velocemente possibile. Avevano scritto il numero di parole che si erano prefissi e ora lei si sarebbe divertita un po'. Griffin aveva bisogno di divertimento. Anche se non aveva scritto tanto quanto avrebbe dovuto prima che lei arrivasse, per lui non era stato affatto un periodo divertente. Autumn gli leggeva la tensione negli occhi, quando Griffin guardava la data di consegna sul calendario, ma ci leggeva anche un barlume di speranza. Si stavano avvicinando sempre di più alla fine e lei non vedeva l'ora di scoprire cosa sarebbe successo dopo.

Fece una pausa.

La fine del libro.

Non la fine di tutto.

La fine di loro due... qualunque cosa *loro due* fossero.

Certo, era proprio così, giusto?

Scacciò quei pensieri dal cervello e si aggiustò gli occhiali ancora una volta. Avrebbe potuto rivelarsi un errore tremendo fare quello che stava per fare, ma voleva provarci.

Voleva provare molte cose con lui. Fece scorrere velocemente le mani lungo la gonna a matita molto attillata, con lo spacco nella parte posteriore. Senza quella fessura, sarebbe stato difficile tirarsi l'indumento sui fianchi, più tardi.

Sì, mentre sceglieva la gonna da mettere in valigia per quel pomeriggio aveva pensato a posizioni in cui sarebbe stata sopra di lui o si sarebbe piegata davanti a lui. Aveva delle priorità.

Aveva la camicia abbottonata fino al collo, con le maniche lunghe fino ai polsi. Si sarebbe divertita a slacciare lentamente i bottoni quando fosse giunto il momento. O forse lui li avrebbe slacciati per lei. Le scarpe col tacco non erano delle più belle, ma erano alte, nere e urlavano 'Scopami'. Non era male, come completo, considerando che non era certo ricca, tanto per cominciare.

Si era tirata su i capelli in una specie di chignon e ci aveva infilato due penne, pregando che i suoi capelli le permettessero di godersi quel momento. Alcune piccole ciocche le si arricciavano sulla nuca e altre le cadevano ai lati del viso. Erano funzionali allo stile che aveva in mente, quindi non provò a rimetterle nello chignon. Se lo avesse fatto, probabilmente i suoi capelli sarebbero caduti e avrebbero riso di lei.

Griffin era in ufficio, in attesa che lei tornasse in modo che potessero lavorare ancora un po'. Oh, avrebbero lavorato un altro po', poi sperava che si sarebbero anche divertiti. Perché non importava quanto lavoro Griffin avesse da finire, anche lui aveva bisogno di divertimento.

E dannazione, anche lei.

Se ricreare un porno davvero prevedibile con tanto sesso li avrebbe fatti divertire, allora amen, si sarebbe chinata e avrebbe preso ciò che lui le avrebbe dato.

Trattenne uno sbuffo. Ok, forse non avrebbe dovuto guardare *così tanto* porno per assicurarsi di avere l'abito e le battute giuste. Purtroppo guardare quel video non l'aveva neanche eccitata, almeno finché non aveva pensato di ricreare con Griffin quelle stesse posizioni. A quel punto, beh... diciamo solo che la sera prima aveva dovuto farsi una bella doccia.

Di nuovo.

Avrebbe sofferto quando avesse dovuto andarsene.

Dannazione. Non ancora.

Alzò il mento e tornò impettita in ufficio. Su quei tacchi, poteva camminare solo in quel modo.

"Ottimo. Sei tornata." Griffin era concentrato sui suoi appunti e con la mano sana si tirava distrattamente i capelli. Era così dannatamente sexy con quel taglio più lungo in cima e corto sui lati. Non vedeva l'ora di mettere le mani nei suoi capelli.

Autumn si fermò davanti alla scrivania e si chinò un po', giocherellando con una penna. "Eccomi qui," gli disse, con una voce volutamente ansimante.

Autumn sentì il momento in cui Griffin alzò lo sguardo. Il respiro gli si mozzò in gola e fece quel piccolo ringhio che, quando lo faceva tra le sue gambe, la faceva praticamente venire a comando. Anche in quel momento, dovette premere le cosce tra loro per trattenersi. L'eccitazione di essere lei a sedurlo e condurre il gioco era elettrizzante.

"Ehm... ti sei cambiata."

Lei inclinò il capo. "Ho pensato di indossare qualcosa di più... comodo."

Lo sguardo di Griffin si spostò lungo le sue curve, fino ai tacchi e poi di nuovo su. "Mi piace l'abito." Le sorrise e lei si rilassò un po'. Non l'aveva chiamata pazza e non l'aveva cacciata dall'ufficio. Era un buon segno. Griffin sorrise e ridacchiò anche un po'. Era un grande miglioramento rispetto all'umore che aveva avuto tutto il giorno.

"Grazie," gli rispose lei cerimoniosamente. Si passò le mani lungo i fianchi mentre si alzava in piedi. "Le mie mani sono al suo servizio, signore."

Lui sorrise più apertamente e batté la penna sul taccuino. "Al mio servizio? Ho sentito bene?"

Lei annuì velocemente. "Oh sì, signore. Le mie dita sono pronte per scrivere." Lei ridacchiò e lui rise. "Beh, in realtà le mie dita sono pronte per *ogni genere* di cose."

"Che diavolo di porno hai guardato prima di entrare qui, Autunno?"

Lei si accigliò e prese il righello che aveva messo sulla scrivania quella mattina. Lo sbatté contro il palmo della mano un paio di volte. "Sai, devi stare al gioco. Volevo giocare alla segretaria sexy con il capo pervertito, ma possiamo fare insegnante di scuola e studente indisciplinato."

Gli occhi di Griffin si riempirono di desiderio, si leccò le labbra. Si passò una mano sul membro sotto i jeans e inclinò la testa. "Perché non ti siedi e inizi a digitare. Voglio che tu esegua quello che dico parola per parola. Pensa di poterlo fare, signorina?"

Allora Autumn sorrise, grata che lui stesse al gioco. Aveva bisogno che lui sorridesse, che ridesse. Non voleva pensare al motivo per cui era così importante per lei, quindi lo cacciò dalla mente, concentrandosi invece su come sedersi in modo composto sul bordo della sedia. Si aggiustò i seni in modo che si gonfiassero bene tra le braccia mentre scriveva, Griffin sbuffò. Lei stava cercando di essere sexy, ma la farsa era un po' troppo. Ma di nuovo, lei avrebbe accettato le risate... e qualunque altra cosa lui le avesse dato, una volta che la gonna fosse stata sopra i fianchi.

"C'era una volta una segretaria molto, molto cattiva..." iniziò Griffin.

"È un nuovo libro, signore?" chiese Autumn, digitando a caso su una pagina vuota.

"Ti ho dato il permesso di interrompermi?"

Lei si morse il labbro e lo guardò, trattenendo una risata che minacciava di liberarsi. "No, signore."

"Ha fatto una cosa molto brutta, signorina. Penso che dovrà essere punita."

Lei spalancò gli occhi e si portò la mano davanti alla bocca. "La prego, signore, non una *punizione*."

Griffin si alzò e si avvicinò a lei con passo da predatore. Non c'era un'altra parola per descrivere il modo in cui si muoveva, tutto grazia, forza e potere. Autumn si leccò le labbra e lui le afferrò il mento con forza, costringendola a fissarlo negli occhi.

"Sei stata una cattiva ragazza, Autunno. Alzati."

Lei deglutì a fatica e si mise in piedi. Oscillò incerta sui tacchi alti e Griffin la afferrò per un fianco con la mano ingessata.

"Tutto bene, tesoro?" sussurrò, fuori dal gioco.

"Tutto bene," gli sussurrò lei di rimando con un sorriso.

"Bene." Griffin socchiuse gli occhi e fece un passo indietro. "Chinati sulla sedia, Autunno, e tirati su la gonna. Penso che tu debba mostrarmi che cattiva ragazza sei."

Lei lo superò, strusciando lentamente il corpo contro quello di lui. Si posizionò su un lato della sedia e si piegò in avanti, dimenando i fianchi mentre si tirava la gonna oltre il punto vita.

"Santo cielo," mormorò lui. "Hai dimenticato le mutandine questa mattina?" Poi le si avvicinò e le fece scorrere la grande mano sul sedere. "In realtà, se ricordo bene, avevi le mutandine su questo tuo dolce culetto quando indossavi i pantaloni da yoga. Ciò significa che le hai tolte per me." Le dita di Griffin entrarono nel calore del corpo di Autumn e lei gemette. "Sei bagnata, Autunno. È a causa mia?"

Lei si guardò alle spalle e gemette quando vide che lui si leccava le dita. "Gesù, Griffin. Sei così sexy a volte."

Lui sorrise. "Solo a volte?"

"Beh, a volte sei uno stronzo, ma mi piaci comunque."

Le fece scivolare di nuovo la mano sul culo e lo strinse. "Anche tu mi piaci."

Così serio.

Troppo serio.

Poi si inginocchiò dietro di lei e la leccò. Autumn si

aggrappò ai braccioli, seppellendo il viso contro la pelle della poltrona mentre lui seppelliva il viso dentro di lei. Griffin iniziò a leccare e succhiare, facendo con le labbra cose incredibili al clitoride. Lei spinse indietro i fianchi, cavalcando il viso che la mangiava. Presto sarebbe venuta, chiamandolo per nome mentre le ginocchia le si indebolivano. Griffin però era lì per tenerla su e la tenne stretta mentre lei scendeva dalla sua beatitudine.

Autumn non aveva programmato di venire così presto sulla bocca di Griffin. Prima di tutto, voleva fare qualcosa per lui. Non appena la sua mente si schiarì, cercò di tornare al piano originario.

"Non fottermi," ansimò; Griffin si bloccò.

"Che succede? Ti ho fatto male? Sono i tuoi tacchi?" Griffin si sedette rapidamente sulla sedia e se la tirò in grembo. L'uccello premette contro il sedere nudo di Autumn, le fece scorrere le mani sul corpo.

Dannazione. Autumn sentì che avrebbe potuto innamorarsi di quell'uomo. Innamorarsi del modo in cui la chiamava Autunno, del modo in cui si prendeva cura di lei, anche quando non si rendeva conto di farlo. Avrebbe potuto innamorarsi facilmente. E avrebbe dovuto tirarsi indietro, prima di crollare sotto quella sensazione.

"Sto bene, Griffin." Fece una pausa. "Più che bene. Ma volevo fare qualcosa prima che tu mi scopassi con forza, facendomi dimenticare il mio piano."

Griffin rilassò le spalle ed emise un sospiro. "Cazzo. Mi hai spaventato."

Autumn gli prese il viso e lo baciò dolcemente, amava il sapore di se stessa che sentì sulle sue labbra. "Mi dispiace."

Lui si tirò indietro solo un po', come se anche lui stesse cercando di tenere a bada i sentimenti. Bene.

Autumn non era sicura di cosa avrebbe fatto, qualora avessero dovuto affrontare quel tema. Meglio tornare al sesso bollente, che significava amicizia e nient'altro.

"Voglio averti in bocca," disse nel silenzio totale. "Posso?"

Allora lui rise, una risata corposa che le andò dritta al cuore. "Mi vuoi fare un pompino? Diavolo, sì, puoi succhiarmi il cazzo. Vuoi che mi sieda qui e tenga le mani a bada mentre lo fai? Oppure ti toglierai quella camicetta, ovviamente tenendo la gonna e i tacchi? In questo modo posso giocare con le tue tette mentre mi succhi."

Lei alzò gli occhi al cielo e saltò giù dalle sue ginocchia. Beh, saltò nel senso che si dimenò mentre lui le teneva le mani sui fianchi in modo che non cadesse sui tacchi. Griffin le strinse la mano per aiutarla a mettersi in ginocchio, e lei dovette deglutire a fatica. Non avrebbe dovuto provare altro che lussuria quando si trattava di Griffin Montgomery.

Si tolse rapidamente il top, dimenticando il piano di essere lenta e sexy nello slacciare i bottoni; gettò anche il reggiseno sul pavimento. Lo voleva in bocca, francamente voleva dimenticare tutto ciò che non aveva a che fare con il sesso. I sentimenti non dovevano avere importanza. Lui l'aiutò a slacciare i suoi stessi pantaloni e prese in mano la base del suo cazzo, mentre lei lo guardava attraverso gli occhiali.

Griffin allungò la mano ingessata e con la punta delle dita giocò con le ciocche dei capelli di Autumn. "Non sapevo di avere un debole per i pompini fatti da una ragazza con gli occhiali. Buono a sapersi."

Autumn alzò gli occhi al cielo e mise una mano su quella di lui, stringendogli l'uccello. Lui si lasciò sfuggire un verso strozzato e lei si alzò leggermente per leccargli la fessura sulla punta. Griffin spostò le mani da sotto quelle di lei e le avvicinò ai suoi seni, prendendoli a coppa e giocando con i suoi capezzoli. Lei emise un suono sordo mentre gli ingoiava la punta del pene, poi si tirò indietro e leccò su e giù lungo l'asta. Le piaceva fare pompini. Le piaceva la sensazione di avere il controllo e sarebbe stata lei ad avere il controllo. Almeno fino a quando lui non le avesse aggrovigliato la mano tra i capelli per tenerla ferma mentre le scopava la bocca. Ma anche allora, sarebbe stata lei a dargli quel piacere che lui si prendeva. Era un potere inebriante e sensuale, non lo avrebbe dato per scontato.

Quando lei lo inghiottì per intero, lui rabbrividì e in effetti le fece scivolare le dita tra i capelli. Lei mantenne un ritmo costante, amava il modo in cui lui gemeva e la chiamava per nome. Autumn gli manipolò i testicoli nel palmo, per poi succhiarli uno alla volta, lasciandoli andare con uno schiocco. Quando lui si irrigidì e gemette di nuovo, lei lo tenne in bocca, anche quando lui si sarebbe allontanato. Il primo getto le colpì la parte posteriore della gola e il resto la riempì. Lei ne ingoiò ogni goccia, tenendo lo sguardo su di lui mentre Griffin veniva.

Quando lui si allontanò e si abbassò, lei si appoggiò allo schienale e cercò di riprendere fiato. Gli aveva visto qualcosa negli occhi, qualcosa che l'aveva spaventata. Qualcosa di troppo vicino all'oltrepassare il puro sesso. Non poteva permettersi di lasciarlo avvicinare, non poteva permettersi di fare più di quanto avessero già fatto. Forse non poteva nemmeno permettersi quello.

"Vieni con me in camera da letto," le sussurrò Griffin. "Fermati qui, per stanotte."

Non era mai rimasta a dormire con lui, dopo quella prima notte, non l'avrebbe fatto più. Non poteva.

"Devo andare," gli disse, con la voce stranamente assente. "Grazie."

Autumn non sapeva per cosa lo stesse ringraziando, ma si alzò e afferrò i vestiti, indossandoli mentre si faceva strada nel soggiorno.

"Autumn!"

"Ciao."

Se ne andò con le scarpe in mano e con la borsa sulle spalle. Quando lui arrivò alla porta principale, lei era già fuori di casa e stava salendo in macchina, cercando di ignorarlo mentre lui la chiamava per nome. Le cose si stavano facendo troppo intime, troppo pericolose.

E ora che il pericolo era vicino, lei fece quello che sapeva fare meglio.

Scappare.

Griffin fissava la TV ma non vedeva davvero cosa stavano facendo Jake e Decker con il loro videogioco. Poi sarebbe stato il suo turno, ma prima doveva capire il suo cervello. O almeno provarci. La sua mente era concentrata su Autumn e sul fatto che lei continuasse a scappare. Lo aveva sorpreso con quel vestito e con quel gioco di ruolo. Si era divertito, gli era piaciuto leccarla fino a farla venire. E il pompino? Cazzo. Quello era stato il miglior pompino della sua vita, e lo aveva fatto scoppiare più velocemente che mai. Forse non veniva così presto da quando era un adolescente.

E poi lei era praticamente inciampata sui tacchi pur

di scappare, quando lui voleva tornare in camera da letto, quando le aveva chiesto di restare per la notte. Perché diavolo le aveva chiesto di restare per la notte? Era sesso *senza impegno*. Nessun legame. Era quello che voleva anche lui. Non era nemmeno sicuro di voler avere mai più una relazione seria, come quella degli altri suoi parenti. A volte aveva pensato che fosse carino sotto alcuni aspetti, ma gli piacevano le cose così come erano. O il modo in cui erano state. Forse non aveva scritto quanto avrebbe dovuto, ma era piuttosto felice. E sì, Autumn era arrivata e aveva ridotto in mille pezzi la sua routine, ma adesso almeno lui stava scrivendo.

Aggrottò le sopracciglia, raschiando distrattamente l'etichetta della bottiglia di birra con l'unghia.

Stava scrivendo.

Si stava davvero godendo di nuovo il suo lavoro.

Aveva studiato un'evoluzione per il suo personaggio, per fargli superare la morte della sua ragazza. Il suo personaggio, Jensen, aveva passato l'inferno, ma ce l'avrebbe fatta. Non sarebbe stato facile, sicuramente non era stato facile per Griffin tanti anni prima, quando si era trattato di Lauren, ma era qualcosa che si poteva fare.

Autumn lo stava aiutando e non aveva idea di cosa pensare al riguardo.

Jake e Decker imprecarono l'uno contro l'altro mentre si avvicendavano durante il loro turno di gioco; Griffin fece un cenno di diniego quando gli offrirono di giocare. Aveva bisogno di pensare, aveva bisogno di capire quale sarebbe stato il suo prossimo passo. Perché poteva inseguirla e farle confessare i suoi segreti, o lasciarla andare via come lei aveva sempre pianificato di fare.

Onestamente, non aveva idea di cosa voleva.

E questo lo spaventava.

Griffin aveva sempre saputo quello che voleva, ma era bastato uno sguardo alla sua Autunno per fargli perdere quella sicurezza.

Forse non era del tutto vero, però. Non era stato in grado di scrivere senza che lei fosse lì ad aiutare i suoi pensieri. Non era stato in grado di fare molte cose. Cosa sarebbe successo quando se ne sarebbe andata? Cosa sarebbe successo, una volta finito il libro?

Lei gli stava nascondendo qualcosa, di questo era sicuro. Ma poi di nuovo, anche lui le stava nascondendo qualcosa. Le aveva parlato di Lauren, ma non le aveva detto tutto ciò che aveva a che fare con i suoi sentimenti. Non le aveva detto della sua passione per la scrittura e di come l'aveva quasi persa. I segreti gli erano quasi costati quell'ultimo libro e c'era ancora quel rischio, ma lui sapeva che Autumn aveva segreti più pesanti di quello.

Se fosse andato da lei e le avesse chiesto perché scappava, allora avrebbero dovuto parlare della loro relazione, e Griffin non era sicuro di volerlo fare. Gli piaceva quello che erano. Gli piaceva averla nel suo letto quando possibile, e finire il lavoro con un sorriso sul viso, anche se a volte voleva strapparsi i capelli. Se le cose fossero cambiate, beh… sarebbe stato uno schifo. Avrebbe rovinato anche quello che già erano nel presente, anche se Griffin non era sicuro di cosa fossero, tanto per cominciare.

Lei gli aveva detto di essere una nomade, ma non gli aveva detto nient'altro della sua vita. E quando lui l'aveva chiesto, lei lo aveva respinto, cambiando argomento. Quante volte avrebbe dovuto lasciarla fare così, prima di arrendersi o di insistere di più? Faceva male che lei non fosse completamente onesta, quando lui le aveva parlato almeno in parte del suo passato. C'era qualcosa che la feriva, lui ne era consapevole, ma non poteva farci niente. Come era accaduto con la mano, quando l'aveva rotta cercando di proteggerla nell'incidente d'auto, ma non era abbastanza. Si era fatto del male ed era stata pura fortuna che anche lei non si fosse ferita.

Autumn era sempre molto spaventata. Molto sospettosa.

E lui voleva sapere il perché.

Griffin aveva bisogno di capire cosa voleva *lui*, prima di provare a farle abbassare le difese. Perché non voleva farle del male, a qualunque costo. E dallo sguardo negli occhi di Autumn, si capiva che era stata già ferita in passato.

Cosa voleva lui con Autumn Minor?

Ma cosa forse ancora più importante, cosa voleva lei da lui?

"Ehi, stai bene?" gli chiese Jake appoggiandosi alla spalla di Griffin.

"Qualcosa non va?" chiese Decker.

"Io... non posso parlarne." Giocherellò di nuovo con l'etichetta della sua birra.

"Se riguarda Autumn, puoi parlarne con noi," disse Jake dolcemente. "So che scherziamo sempre sul fatto che noi ragazzi non dovremmo parlare di relazioni, ma è una stronzata."

"Lascia che ti aiutiamo," aggiunse Decker.

Griffin deglutì a fatica, scuotendo la testa. Non voleva tradire la fiducia di Autumn, nemmeno esprimendo le proprie preoccupazioni. Anche se lei ancora non gli aveva detto niente, lui non voleva farle sentire che non era *sicuro* confidarsi. Però come poteva gestire il fatto che i suoi amici fossero pronti ad aiutarlo? Quella disponibilità lo fece sentire leggermente meglio e parte del suo petto si rilassò leggermente.

"Non posso," disse con cautela. "Eppure..." aggiunse quando Decker lo fissò.

"Va bene, allora," disse Jake dopo un momento. "Quando sarai pronto, noi siamo qui. Cavolo, uno qualsiasi dei Montgomery sarà qui per te. Ricordatelo."

Griffin annuì e posò la sua birra. "Grazie." Si schiarì la gola e lasciò che i pensieri di Autumn prendessero posto nella parte posteriore della sua mente, come erano inclini a fare comunque. Il pensiero di lei non l'aveva mai abbandonato. E anche questo lo preoccupava. "Ora, chi devo prendere a calci in culo?" chiese, mentre rubava il controller dalle mani di Jake. "Sto giocando con una mano sola, quindi inizio con dei punti extra, giusto?"

"Che stronzo," borbottò Jake. "Era il mio turno, ma non fa niente. Gioca contro Decker, io sfiderò il perdente." Fece l'occhiolino. "O il perdente più perdente."

Decker alzò gli occhi al cielo e Griffin gemette. "Gesù! Abbiamo bisogno di battute migliori. Siamo troppo vecchi per sembrare bambini di otto anni che giocano a Minecraft."

"Vero," aggiunse Decker. "Comunque no, Griffin. Niente punti extra di vantaggio. Se ti rompi la mano devi affrontarne le conseguenze. Incluse le sconfitte al gioco. Jake, vai a prenderci un altro paio di birre, visto che sei lì che ti giri i pollici."

Jake gli mostrò il dito medio, poi andò in cucina mentre Griffin si sistemava sul divano. Forse non sapeva cosa fare con Autumn, ma almeno sapeva che c'era *qual-cosa*. Per il momento poteva respirare.

E se avesse lasciato che i pensieri tornassero in tutta la loro potenza, si sarebbe preoccupato riguardo ad Autumn.

Ne sarebbe venuto a capo.

Doveva farlo.

Capitolo quattordici

Autumn sentiva male alle mani, tanto aveva scritto quel giorno, senza mai parlare con Griffin, a parte qualche mugugno mormorato ogni tanto. Era una situazione imbarazzantissima, Autumn non sapeva cosa fare per risolverla. Non si erano baciati nemmeno nelle pause.

Era stata lei a sbagliare?

O era stato lui?

Diamine.

Le avrebbe fatto bene un bel bagno caldo.

Anche solo andare a letto.

Andare a dormire sarebbe stato meraviglioso. Persino magico.

Ma non era l'andare a dormire di per sé. Autumn poteva anche respirare, godersi il resto della serata, con i resti della pizza e un po' di sonno. Non vedeva l'ora. Concentrandosi su tutto il resto si sarebbe anche dimenticata del fatto che Griffin non aveva fatto nulla di diverso verso di lei, ed era proprio quello che *non* aveva fatto a turbarla: si era comportato come sempre, sempre lo stesso, eppure lei voleva di più da lui. Era lei a sbagliare, in quel senso.

Era andata di corsa e lui gliel'aveva lasciato fare.

Era andata di corsa fino al punto di non sapere più cosa fare.

Autumn odiava non sapere cosa fare. Ecco perché in passato se n'era andata, facendo sempre del male a qualcuno. Se c'era qualcuno da biasimare, era lei e solo lei.

Ma forse le cose erano cambiate... forse non avrebbe più dovuto scappare.

Era la prima volta che si concedeva pensieri simili, erano pensieri pericolosi.

Autumn sapeva che non avrebbe dovuto correre così, quando Griffin le aveva chiesto di rimanere. Si era messa nuda praticamente ogni volta che poteva, andando in giro coi tacchi alti senza mutandine, con la gonna alzata fin quasi sui fianchi, tanto da sembrare un'idiota. Un'idiota con dei segreti da mantenere. Griffin le aveva già chiesto quali erano i suoi segreti, era arrivato al punto di cercare di scoprirli baciandola, ma lei aveva resistito. Però non le era sfuggita la curiosità nel suo sguardo, il *dolore* di Griffin, perché lei non glieli diceva.

Non poteva dirglieli.

A lui piaceva risolvere i misteri, e Autumn Minor era il più grande dei misteri.

Autumn accostò nel vialetto e prese la borsa; non era una sorpresa: pur scappando via dalla casa di Griffin quasi nuda, perché si era rivestita alla svelta, nell'uscire aveva comunque preso la borsetta. C'era tutta una vita, c'era la sua salute mentale. Senza la borsetta, senza le cose nel suo bagagliaio, ricominciare da zero sarebbe stato quasi impossibile.

Autumn gemette mentre si incamminava verso il minuscolo ingresso di casa; era stanchissima, la notte prima non aveva dormito a forza di pensare a Griffin, a come aveva lasciato le cose in sospeso. Poi aveva passato la giornata consumandosi nel cercare di far finta di nulla, come se tutto fosse normale, quando invece chiaramente non era così.

Era così immersa nei suoi pensieri che quasi non si era accorta di avere la porta di casa aperta. Si bloccò, un cattivo presagio la pervase. Tirò fuori dalla borsetta il suo spray al peperoncino, con calma, metodicamente. Non entrò in casa… la sapeva troppo lunga.

Lui poteva essere in casa che l'aspettava.

Poteva essere dovunque che l'aspettava.

Autumn guardò dentro dalla finestra, era abbastanza vicina da poter vedere dentro, ma dovette mordersi un labbro per non gridare: qualcuno le aveva messo casa sottosopra. Il divano era rovesciato di lato ed era squarciato, un taglio netto da un coltello molto affilato. Libri e vestiti erano a brandelli per terra, tutto ciò che teneva in frigo era sparso sul tappeto e sulle pareti.

Autumn non poteva entrare per prendere ciò che rimaneva delle sue cose. Doveva dire addio a Denver. Strinse l'arma che aveva in mano, il dolore alle mani era tutt'altro che sparito, l'adrenalina a mille. Si guardò intorno e poi corse verso la macchina.

In passato si sarebbe mossa lentamente, cercando di non dare nell'occhio, ma la situazione era diversa. Non aveva la forza per cercare di non attirare l'attenzione. Il dato di fatto era che i vicini ovviamente non avevano notato alcun estraneo malintenzionato che le metteva a soqquadro la casa. Lei sapeva bene che in quel quartiere poteva anche avvenire una rapina, ma il suo istinto le diceva di scappare, di trovare un posto sicuro dove stare. Non era una rapina qualunque.

Era stato *lui*.

Le tremavano le mani, sbloccò la portiera dell'auto con il telecomando e saltò in auto. Nella fretta si sedette sulla borsetta, ma non le importava. Chiuse la portiera sbattendola, bloccò gli sportelli da dentro e avviò il motore, il tutto in una frazione di secondo. Poi sfrecciò fuori dal vialetto, facendo appena attenzione a guardarsi dietro per evitare di colpire un altro veicolo o chissà che. Non poteva succedere nulla che la tenesse in quel luogo più del necessario, con lui nei paraggi.

Lanciò lo spray al peperoncino sul sedile del passeggero, per avere entrambe le mani sul volante mentre faceva manovra. Tremava tutta, si morse il labbro con tanta forza da tagliarlo. Sentì il sapore del sangue, ma lo ignorò. Il dolore l'aiutava a stare concentrata sul presente, a differenza del passato, in cui le urla e la paura avevano avuto il sopravvento. Era più forte, più di quanto non fosse mai stata in passato.

Molto più forte.

Sentì una stretta al cuore, che le batteva a mille. Doveva lasciare Denver, lasciare i Montgomery.

Lasciare Griffin. Tutto senza nemmeno salutare; del resto, non poteva azzardarsi a rimanere. L'uomo che infestava i suoi incubi da fin troppo tempo l'aveva trovata e rimanere non era più sicuro. Doveva andare altrove, in un luogo più caldo, ci aveva già pensato. Tanto a Denver c'era troppo freddo per i suoi gusti. Era bello visitare luoghi diversi, c'era molto da imparare, nuovi amici da incontrare… nuovi amici a cui non avvicinarsi troppo, ovviamente. Non poteva permettersi di soffrire così tanto come con i Montgomery.

Si leccò il labbro tagliato dal morso e trasalì, per il gusto del sangue misto al sale delle lacrime. Aveva i documenti falsi pronti nella borsa, il suo kit di emergenza nel bagagliaio dell'auto. Con quello e i documenti, oltre al serbatoio mezzo pieno di benzina, non aveva bisogno di altro. Non aveva mai bisogno d'altro.

Non aveva bisogno di nessuno.

Autumn guidava con la mente persa nell'andarsene da Denver, quando si accorse di dove l'aveva portata l'inconscio; quindici minuti, le venne voglia di gridare. Una quindicina di minuti di macchina l'avevano portata proprio lì.

Non al sicuro. Non in un luogo lontano in cui nessuno la conosceva.

Era in un vialetto che conosceva molto bene, meglio del suo. Il vialetto di una casa in cui passava più tempo che a casa propria. Accostò, ma non tolse il piede dal freno, non tirò il freno a mano. Non avrebbe dovuto andare a quell'indirizzo. Non era un luogo *sicuro*. Sentì tutto il corpo tremare, mentre le lacrime le scendevano copiose sulle guance; cercò di trovare il coraggio di andarsene, il coraggio di fare ciò che faceva sempre.

Scappare.

Peccato che non ne aveva la forza. Peccato che era troppo *stanca*. Non voleva più dover fare tutto da sola. E se lui l'avesse seguita? E se lui fosse stato là, proprio in quel momento, se la stesse osservando nascosto da qualche parte, davanti a quella casa? Deglutì sonoramente, il labbro le sanguinava ancora un poco. Per quel che ne sapeva, quell'uomo l'aveva spiata per molto tempo e conosceva già quell'indirizzo. Ne sapeva abbastanza su di lei, abbastanza da distruggerle casa quando lei era via.

"Santo Dio!" gridò. Cosa poteva fare?

Qualcuno bussò al finestrino dell'auto spaventandola, Autumn gridò a tutta forza e tolse il piede dal freno. L'auto fece uno scatto in avanti, fin quasi a colpire la basculante del garage. Allora mise di nuovo il piede sul freno e inserì il freno a mano.

"Autumn! Apri la macchina, che cavolo succede? Sei ferita?"

Lei scosse la testa, ma non tolse le mani dal volante e non spense il motore. Doveva andarsene. Ormai a Denver non era più al sicuro. Continuava a ripeterselo, anche mentre Griffin continuava a tirare la maniglia dello sportello dell'auto.

Griffin imprecò e cominciò a chiamarla, ma a lei sembrava di sentirlo a malapena, la sua mente era impegnata, pensava al luogo sicuro da raggiungere. Lì non era più al sicuro, doveva davvero scappare, uscire dalla vita di Griffin per sempre.

"Guarda che spacco il finestrino, Autumn. Aprì questo cazzo di sportello. Subito!"

Lei si voltò verso di lui, la bocca le si apriva, le si chiudeva, ma non disse nulla. Non poteva. Era così, il panico. Lei l'aveva già vissuto, anche se era passato un bel po' di tempo. Lui non le era mai arrivato così vicino.

Griffin mise le mani sul finestrino, con la testa appoggiata in mezzo. "Autumn, piccola, apri la portiera per favore. Ti prego, lascia che ti aiuti."

Lei lo studiò. Oh, Griffin. Sempre così intenso. Cercava di aiutarla, ma lei si rifiutava di lasciarsi aiutare. Sarebbe stato più facile se lui non si fosse mai offerto, se non avesse mai tentato. Era diventato tutto troppo difficile.

Con attenzione, Autumn tolse una mano dal volante

e l'appoggiò al finestrino, davanti alla mano di Griffin. Gli tremavano le dita, la guardava negli occhi, con lo sguardo offuscato dalla preoccupazione.

"Ti prego, piccola. Dai, Autunno, aprimi la portiera. Lasciami entrare."

Lasciarlo entrare? Poteva farlo?

Lasciarlo entrare per fargli scoprire tutto?

Non era sicura di potercela fare, ma sapeva di non poter sfrecciare via in quel momento. Guidando in quelle condizioni avrebbe finito per fare del male a qualcuno, forse anche a se stessa. Tenendo gli occhi fissi in quelli di Griffin, Autumn spense il motore dell'auto e guardò il modo in cui lui rilassava in parte le spalle. Poi sbloccò le portiere. Prima ancora che potesse aprire la bocca per dire qualcosa, lui aprì lo sportello e la prese tra le braccia.

"Non avevi nemmeno la cintura di sicurezza, Autumn, cazzo!" le brontolò nell'orecchio. Le tastò il corpo con le mani, per vedere se era ferita. "Stai sanguinando," le sussurrò, sostenendole il mento con una mano.

"Io... non posso stare all'aperto." Autumn strinse le labbra, il bruciore della ferita l'aiutò a schiarirsi le idee: "Ho bisogno... ho bisogno..." non riusciva a finire la frase. Non sapeva nemmeno lei di cosa aveva bisogno.

Griffin annuì e le passò un braccio dietro la schiena per chiudere la portiera dell'auto. "Almeno hai ancora la tua borsetta, è già qualcosa. C'è altro che ti serve, in macchina?" Le prese le chiavi dell'auto e poi la sorprese appoggiandole una mano sotto al ginocchio per prenderla in braccio. La trasportò così, chiudendo la porta di casa con un calcio. Evidentemente l'aveva lasciata aperta ed era uscito di casa di corsa per venirle incontro.

A quel pensiero, Autumn sentì una fitta al cuore, un senso di calore la pervase, ma cercò di attutire quelle belle sensazioni. Non era il momento giusto per sentirsi così. Non avrebbe dovuto trovarsi tra le braccia di Griffin, non avrebbe dovuto farsi prendere in braccio... ma era passato tantissimo tempo dall'ultima volta che si era fatta aiutare, figuriamoci scaricare i propri pesi su qualcun altro.

Non era giusto scaricare tutto su Griffin, in quel momento.

L'appoggiò sul divano con molta attenzione, tanto che quasi le venne ancora da piangere.

"Chiudi... chiudi a chiave la porta." Non riuscì a completare la frase al primo colpo. In quel momento riusciva a malapena a controllarsi. Le lacrime le uscivano ancora dagli occhi, ma almeno non singhiozzava più in modo incontrollato. Però...

Il pianto sarebbe peggiorato, se si fosse lasciata andare alle emozioni.

Griffin le prese il viso tra le mani e la costrinse a guardarlo negli occhi. "Chiudo subito a chiave, Autunno. Ti serve altro?"

Lei cercò di aprire la bocca per dire qualcosa, ma non sapeva cosa dire. Invece deglutì di nuovo a fatica, così lui la lasciò andare. Autumn non voleva sentirsi triste per aver perso il contatto con Griffin, che andò a chiudere la porta a chiave, mettendo anche il chiavistello e la catenella. Viveva in un quartiere sicuro, eppure aveva una porta più protetta di lei.

Poi Griffin premette alcuni pulsanti e il sistema di sicurezza rispose con un bip, lei non sapeva nemmeno ci fosse l'allarme, le venne quasi da piangere di più.

"Qui sei al sicuro, Autumn," le disse Griffin avvicinandosi, "dammi un minuto, torno subito, promesso."

Lei annuì, tenendo gli occhi fissi sulla porta d'ingresso. La casa aveva più accessi, ma almeno per il momento si sentiva al sicuro. Vero? No. Non poteva sentirsi al sicuro. Doveva andarsene, anche per tenere al sicuro Griffin. Lui era più importante, Autumn non poteva accettare che si facesse del male a causa sua.

Griffin tornò prima ancora che lei riuscisse a decidere sul da farsi; aveva in una mano una tazza di caffè, nell'altra un bicchiere di liquido ambrato; aveva anche un kit di pronto soccorso sotto a un braccio, e una bottiglia d'acqua sotto l'altro.

Se non avesse già pianto, Autumn si sarebbe messa a piangere in quel momento.

Quell'uomo... era unico.

"Ho appena preparato il caffè," le disse passandole la tazza, "anche se mi sembri già abbastanza agitata, forse il caffè non è il massimo, quindi ti ho portato anche del whiskey." Lei si acciglò, allora lui proseguì: "Del whiskey ottimo, se vuoi posso anche aggiungerlo al caffè direttamente."

Griffin si sedette sul tavolino da caffè davanti a lei e sospirò: "Basta che tu mi dica di cosa hai bisogno e ci penso io."

"Io... il whiskey va bene," gli sussurrò, con la gola stranamente secca, "ma dopo non potrò più guidare."

Lui la guardò negli occhi, quasi implorandola: "Non devi guidare, non andare via; non stanotte." Griffin appoggiò il whiskey vicino a sé insieme a tutto il resto. "Ti prego."

Lei si leccò le labbra, ma sussultò quando la lingua passò sul taglio.

"Ti prego," ripeté Griffin.

"Va bene," gli sussurrò.

Al che lui lasciò andare un sospiro e versò il whiskey nel caffè… non tutto, però, ma abbastanza per farla calmare. Il resto se lo tranguggiò prima di rimettere il bicchiere sul tavolino.

Poi le disse: "Adesso pensiamo al tuo labbro."

"Ma… non puoi farci nulla."

"Come fai a dirlo?" le chiese scuotendo la testa; sapevano bene entrambi che non si trattava più del labbro.

Autumn si lasciò pulire la ferita al labbro; si stava già chiudendo, aveva smesso di sanguinare, ma le faceva ancora male, toccandola.

"Ti sei morsa il labbro, Autumn," le disse con voce morbida, fin troppo controllata. "Puoi dirmi il perché? Puoi dirmi perché sei più bianca di un lenzuolo, perché tremi?"

"Non posso." Le si spezzò la voce, così bevve un altro sorso del suo caffè corretto al whiskey, noncurante del labbro.

"Certo che puoi, Autumn," le disse Griffin, con la voce spezzata, ma sempre più convinto. "Puoi dirmi tutto, qualunque cosa."

Griffin le prese la tazza dalle mani e poi le mise una mano intorno al viso; lei trattenne un singhiozzo.

"Autumn, dimmi tutto. *Ti prego*."

Lei sentì il corpo tremare e il cuore batterle forte. Si era tenuta tutto dentro da troppo tempo, non aveva mai permesso a qualcun altro di sapere ciò che pensava, ciò che provava. Nessuno conosceva il suo passato, perché sapere significava rischiare di farsi male… ma forse non ce la faceva più a resistere.

Forse poteva dirglielo?

Griffin tenne gli occhi su di lei, pregandola sia a parole che con l'espressione del viso.

Lei non sapeva che dire, non sapeva che fare; così quando aprì la bocca le parole che pronunciò stupirono anche lei, oltre che sbalordire Griffin, almeno a giudicare da come spalancò gli occhi.

"Va bene."

"Va bene," ripeté lui tutto d'un fiato. "Allora, dimmi tutto."

Lei deglutì a fatica e allontanò la testa dalla mano di Griffin, che si rattristò, ma poi lei gli prese le mani; non poteva parlare se le teneva le mani intorno alla bocca.

"Non mi chiamo Autumn Minor."

Lui spalancò di nuovo gli occhi, ma annuì: "Va bene."

Santo cielo, che uomo forte, sempre… sempre pronto ad ascoltare. Doveva essere pronta anche lei, pronta a dirgli tutto, a rivelare le sue verità, a rivelare il suo passato.

Poteva farcela.

"Mi chiamo Hannah Daniels." Griffin non la interruppe, facendole prendere il coraggio di proseguire. "Io… beh, non mi sono mossa del tutto legalmente per cambiare nome." Fece una pausa.

"Possiamo occuparci anche di questo. Se stai scappando e per qualche motivo sei stata costretta a cambiare nome, possiamo occuparcene."

"Odio la parola 'scappare'," gli disse sottovoce, "mi sembra di scappare da tutta una vita."

"Autumn…"

Lei si lasciò sfuggire un sospiro; l'aveva chiamata ancora Autumn, non Hannah; le piaceva, si era sentita la sua Autumn, il suo Autunno… anche se solo per un attimo.

"Ho un fratello ed entrambi i genitori. Mi amavano… forse mi ameranno ancora, ma sono dieci anni che non ci parlo, quindi non lo so. Sono scappata di casa a diciott'anni e non sono mai tornata indietro. Non posso."

Chiuse gli occhi e prese fiato: "Ti sto dicendo tutto a casaccio, sarà meglio che cominci a raccontarti dall'inizio."

Griffin si allontanò solo un attimo per svitare la bottiglia d'acqua e metterliela alla bocca, lei fu sorpresa e annuì per ringraziarlo: Griffin aveva capito quello che lei desiderava prima ancora che glielo chiedesse…

"Alle superiori andavo molto bene, ottimi voti, quasi sempre il massimo, sapevo di voler andare all'università. Non ero certo un'atleta, né una ragazza molto popolare, non mi aspettavo certo di laurearmi *magna cum laude*. Ero solo una brava studentessa che si dava da fare, sai cosa intendo. Sceglievo i corsi giusti e uscivo con gli amici. Andava tutto bene. Non alla grande, ma non male. Non odiavo la scuola… almeno non prima dell'ultimo anno."

Bevve un altro sorso d'acqua, mentre Griffin le accarezzava una coscia con le mani, su e giù, per confortarla.

"Seguivo un corso di storia americana con il professor Sanders, Jeff Sanders. Era un docente meraviglioso, godeva di ottima reputazione. Aveva sempre un sorriso smagliante e tutte le mamme single ci provavano con lui (anche qualche mamma non proprio single). Era l'oggetto delle prime cotte di molte ragazze e anche di qualche ragazzo. Insomma, era uno popolare, tutti gli volevano bene."

L'ultima parte le uscì un po' a denti stretti, così Griffin le mise una mano sotto al mento: "Piccola…"

Le piaceva quando la chiamava così. Anche quando la chiamava Autunno. Insomma, le piaceva lui.

Ma non era di quello che stava parlando, in quel momento.

"Circolavano sempre delle voci su di lui, sai… si diceva che fosse andato a letto con qualche mamma, ma chiunque sentiva quelle voci e gli voleva bene diceva che erano delle donne facili a mettere in giro certe storie. Era sempre colpa delle donne, perché osavano desiderare di andare a letto con lui. Il professor Sanders non poteva far nulla di male."

Autumn scosse la testa.

"Girava anche voce che fosse andato con qualche ragazza della classe, anche con qualcuna non ancora maggiorenne. A scuola si poteva scegliere dove sedersi, ma chissà come mai quando insegnava lui in prima fila c'erano sempre delle ragazze, di solito quelle che indossavano la gonna. Non ho mai saputo come facesse." Fece spallucce. "Quando sono arrivata all'ultimo anno, mi ha fatto sedere in prima fila. A me piaceva indossare la gonna, amavo la sensazione del tessuto sulle gambe." Autumn sospirò. "Mi piace ancora. Non voglio che mi porti via anche quello."

Griffin le strinse la coscia per incoraggiarla. "Esatto."

Lei sorrise con tristezza: "Mi riservava sempre delle attenzioni speciali; io ero giovane e pensavo solo che fosse un bravo docente. Almeno all'inizio. Poi ha cominciato… a esagerare. Mi chiedeva di fermarmi in classe dopo la scuola. Mi sistemava i capelli dietro la testa e si avvicinava. Mi sono spaventata."

"Si merita solo un colpo in testa."

Autumn accarezzò la mano di Griffin: "Aspetta, c'è di peggio."

"Dimmi tutto," le ripeté.

"Quando ne ho parlato ai miei genitori, loro hanno minimizzato." Le lacrime cominciarono a bagnarle gli occhi ma lei le spinse indietro sbattendo le palpebre. Se avesse pianto di nuovo, non sarebbe riuscita a finire il racconto. "Hanno minimizzato, pensavano mi stessi inventando tutto. Lui era il *professor Sanders*. Non avrebbe mai fatto nulla del genere. Ero io quella confusa."

"Che stronzi."

Autumn tirò su col naso. "Sì, che stronzi. Si sbagliavano. Forse ora la penserebbero diversamente, ma all'epoca si sono sbagliati."

"Autunno, raccontami tutto fino in fondo."

"Quando gli ho detto che avevo parlato coi miei genitori, lui si è arrabbiato. Un giorno mi ha beccata in corridoio dopo la scuola e mi ha detto che ero stata meschina, perché avevo parlato coi miei genitori, anche se loro non mi avevano creduto, ma sarei stata punita lo stesso. Lui aveva tutto il potere di fare come voleva, io non avevo nulla."

"Ti ha messo le mani addosso, Autumn? Ti ha fatto del male?"

"Non mi hai mai fatto violenza, non mi ha mai toccata in modo intimo. Non gliene ho mai dato l'opportunità. Ma è diventato un ossesso. Mi lasciava dei biglietti, si presentava sempre dove andavo anch'io, tipo al cinema, o al lavoro. Insomma, si faceva vedere *sempre*. Nessuno mi credeva, dicevano che erano solo coincidenze. Mi davano la colpa perché secondo loro avevo cercato di macchiare la reputazione di un brav'uomo."

Griffin le strinse le mani: "E poi cos'è successo? Perché hai deciso di scappare?"

"Il giorno dopo il diploma, è andato tutto in malora. Sai, alla fine dell'anno scolastico avevo così tanta paura che il mio rendimento è calato, i voti sono scesi. Sono stata comunque promossa, ma i miei genitori si sono vergognati, si sentivano umiliati. Non sono andata alla festa di fine anno, non sono andata a nessuna festa. Me ne rimanevo a casa e basta."

Autumn fece spallucce.

"È così che mi ha trovata. Mentre i miei genitori e mio fratello erano fuori a cena, una cena di famiglia," le venne il singhiozzo, "lui è entrato in casa mia. Non so se voleva uccidermi o... beh... hai capito."

Griffin ringhiò dal profondo della gola; avrebbe dovuto spaventarla, invece la fece sentire meglio di quanto si aspettasse.

"L'ho colpito con la prima cosa che mi è capitata tra le mani, una padella. Mi stavo preparando delle uova fritte, ce l'avevo comoda. Lui è tornato ad avvicinarsi e mi ha colpita, mi ha fatto sanguinare. Io ho cominciato a urlare, più volte, ma nessuno è arrivato a soccorrermi. Allora l'ho colpito ancora con la padella, poi sono scappata col cellulare."

Allora Griffin si mosse, tirandola a sé per farla sedere sulle proprie ginocchia: "Piccola."

"Ho telefonato alla polizia, ma il capitano di turno era amico del professor Sanders. Molto amico, a dirla tutta. Così si parlò di alibi, si disse che ero una bugiarda. Qualcuno ipotizzò che fossi stata io stessa a ferirmi." Griffin imprecò. "Qualcuno ha detto che si trattava di rapina, o forse del mio ragazzo, un perdente che mi aveva picchiata (io non ce l'avevo nemmeno il ragazzo, ma pensavano tutti di sì). Nessuno poteva credere che fosse stato il professor Sanders."

"Non capisco come mai nessuno abbia creduto alla tua parola. Avevi anche i segni delle percosse, piccola, avrebbero dovuto almeno accettare quei segni come prova dei fatti."

"Invece non è andata così. Nessuno si è fidato di una ragazzina che andava contro un uomo assai intelligente. Lui ne è uscito immacolato, invece la mia reputazione è stata macchiata. Pensa che avevo ricevuto una borsa di studio per andare all'università... è stata revocata a causa del mio comportamento... trasgressivo con la polizia, perché non era solo una borsa di studio per i voti, ma anche per la condotta."

"Ma che cazzo?"

"Eh sì. Una bella situazione di merda, eh? Così non sono più riuscita ad andare all'università, i miei genitori non si fidavano di me come avrebbero dovuto, quindi non mi è rimasto nulla, se non una paura folle. Tra l'altro, poi... non ero nemmeno al sicuro, perché c'era sempre *lui*. Mi spiava, anche se... certo, lo faceva in modo diverso, sai? Faceva molta più attenzione. Non mi ha mai più sfiorata, ma c'era *sempre*."

"Quindi sei scappata."

Autumn annuì. "All'inizio sono scappata solo per paura, per non farmi più spiare. Ma la prima volta che si è presentato dove lavoravo, quattro stati più lontano, ho capito che non sarei mai più stata al sicuro se non scappando." Proseguì gemendo: "Devo scappare ancora, Griffin. Non sei al sicuro."

"Perché dici così? Per me? Autunno, sei tu che vieni ferita, ogni volta. Sei tu che devi scappare. Perché mai non dovrei essere al sicuro, io? Come posso aiutarti?"

"Da quando ho cominciato a scappare, non mi ha più fatto del male, ma fa del male agli altri." Strinse le labbra. "Ogni volta che mi avvicino troppo a qualcuno, lui gli fa del male. Una volta lavoravo come cameriera insieme a una signora di nome Maria: l'ha ferita perché non gli diceva dov'ero. Ha fatto del male ad altre persone. Non posso rischiare che faccia del male anche a te. Devo scappare."

Autumn cercò di alzarsi, ma Griffin la tenne stretta per le gambe, poi le baciò una tempia e lei chiuse gli occhi. Poi le disse: "Non mi stai mettendo in pericolo. Se mai sono io a mettermi in pericolo." Fece una pausa. "Perché non sei più andata dalla polizia?"

"Devo continuare a scappare. Jeff Sanders è ricco e ha molti contatti, sa ottenere ciò che vuole. Non si è mai fatto beccare dopo aver fatto del male a qualcuno, trova sempre il modo di uscirne pulito."

"Ma tu adesso sei amica dei Montgomery. Adesso puoi andare alla polizia. Noi non permetteremo che ti succeda qualcosa di male."

"Vorrei tanto crederti. Lo sa il cielo, quanto vorrei crederti. Ma non posso. Devo scappare." Autumn continuava a ripetersi la stessa cosa perché sapeva di non essere al sicuro. "Stasera mi è entrato in casa, Griffin. Ha rovinato quasi tutto ciò che avevo."

Griffin strinse la presa su di lei. "Cosa? Autumn, ma che cazzo!"

"È qui, Griffin. È *qui*."

Griffin le baciò di nuovo la tempia e la fece dondolare avanti e indietro, rimanendo fermo e ben saldo. Ma era pervaso dalla rabbia, una rabbia così tangibile che anche lei quasi ne sentiva il bollore.

"Dobbiamo chiamare la polizia."

"No, non adesso." Si appoggiò a lui con il viso. Chiamare la polizia significava far arrabbiare ancor di più Jeff Sanders, era così che funzionava.

"Piccola."

"Io... però..."

"Allora vieni a stare da me. Se non puoi tornare a casa, stai qui con me, Autumn. Puoi rimanere finché non vedremo cosa fare. Lascia che ti tenga io al sicuro."

La baciò dolcemente, implorandola di rimanere. Lei era troppo... stanca. Stanca di scappare, stanca di avere paura. Era stanca di non avere nessuno a cui appoggiarsi. Quella notte poteva anche fermarsi, magari anche il giorno dopo, ma poi sarebbe scappata di nuovo, per non metterlo in pericolo.

"Va bene," gli sussurrò.

Griffin la strinse più forte a sé: "Grazie."

Poi la baciò ancora e lei si appoggiò a lui. Solo per quella notte, pensò. Poi avrebbe ritrovato il coraggio di tenere fuori dai guai le persone a cui teneva, le persone come *Griffin*.

Era tutto ciò che poteva fare.

Capitolo quindici

Griffin tenne gli occhi fissi su Autumn che dormiva tra le sue braccia. Si era lasciata mettere a letto, anche se si era addormentata ancora vestita. Non voleva rischiare, voleva essere pronta a scappare anche all'improvviso.

Vederla così spaventata era un grande dolore per Griffin; una donna apparentemente così sicura di sé, che tremava e non riusciva a respirare per l'ossessione di un ex insegnante; Griffin avrebbe voluto urlare dalla rabbia. Quell'orrore era peggio di qualunque romanzo avesse scritto, di qualunque trama avesse mai concepito.

Griffin voleva aiutarla a risolvere tutto, come aveva risolto innumerevoli problemi per tanti altri, in passato; ma quello non era un problema facile da risolvere: non solo c'era un uomo che la pedinava minacciandola, ma c'erano anche i documenti falsi che Autumn si era procurata, le menzogne dette alla polizia, almeno una volta, per quando ne sapeva lui.

Ma anche quelli erano aspetti risolvibili; Griffin conosceva qualcuno in polizia, persone con cui aveva parlato a lungo quando faceva ricerche per i suoi libri.

Poi era chiaro che Autumn si era mossa oltre i limiti della legalità solo per proteggersi, non era una bugiarda criminale, la sua era una situazione diversa.

Griffin aveva mandato un messaggio al volo a Decker prima di raggiungerla a letto, giusto per avvertire i parenti di fare attenzione. Non era entrato nel dettaglio, ma dopo quanto era successo con il tipo di Miranda i suoi familiari sapevano come sostenersi a vicenda nei momenti di maggiore necessità. Inoltre Griffin sapeva di non poter partecipare a tutti gli appuntamenti di famiglia, nella frenesia di quel momento. Considerando il modo in cui sia Maya che Meghan l'avevano bersagliato di messaggi per tutta la mattina, era chiaro che non sarebbe rimasto a lungo da solo con Autumn.

L'idea che uno stronzo la stesse perseguitando era...

La vide lamentarsi dolcemente, così allentò la presa, non si era reso conto di averla stretta troppo, al pensiero di quel docente che cercava di farle del male.

Non era sicuro di amare la donna che dormiva in quel letto, non era sicuro che potesse durare per sempre, o che l'entusiasmo non sarebbe svanito una volta sfogato, ma di una cosa era certo: gli importava.

Autumn era *importante*.

Doveva farglielo capire senza spaventarla.

La vide girarsi verso di lui e bloccarsi, poi la vide aprire gli occhi rapidamente: "Griffin."

Allora lui si abbassò e le baciò la tempia, sistemandole i capelli davanti al viso: "Autunno."

Lei sospirò e lui la baciò sulle labbra.

"Ho l'alito del mattino," gli borbottò.

Lui sbuffò e la baciò di nuovo, intrecciando compiaciuto la lingua con lei e facendola gemere, mentre lei gli affondava le unghie nelle spalle. Poi Griffin si allontanò e appoggiò la fronte contro quella di lei.

Gli vennero in mente mille pensieri, poteva sentire che anche lei era presa dai pensieri, era chiaro anche dalla postura.

"In bagno c'è tutto ciò che ti può servire."

Lei sbatté le palpebre: "Nel baule dell'auto ho la mia borsa."

Lui annuì, nel contempo sollevato e rattristato, perché lei aveva sempre un piano di riserva: "Vado a prendertela."

Lei gli affondò di nuovo le unghie nelle braccia.

"Starò attento." La baciò e prese le chiavi della macchina dal comodino, lasciandola nel letto, confusa e anche un po' frastornata. Griffin voleva farla rilassare, ma non era sicuro di sapere come fare; non era bravo quanto gli piaceva pensare.

Facendo estrema attenzione, uscì per andare alla macchina, prese la borsa dal baule e strinse le labbra vedendo il kit di emergenza: nel baule c'erano bottiglie d'acqua, cibo in scatola e un'infinità di altre cose. Per forza si era spaventata così tanto, quando le si era rotta la macchina. Senza quegli oggetti non aveva via di uscita; anche la borsetta che portava sempre con sé era molto importante, Griffin lo sapeva.

Lui faceva fatica a comprendere com'era, avere *sempre* così tanta paura.

Le faccende di tutti i giorni, come fare le pulizie da lui o aiutarlo a finire il libro, erano inezie, rispetto all'inferno che stava vivendo da un decennio.

Griffin tornò rapidamente in casa con gli oggetti di Autumn, avendo cura di impostare di nuovo l'allarme.

La trovò in piedi di fianco al letto, stava spulciando nel suo cellulare.

Griffin la invitò a sedersi e lei lo guardò: "Lo hai detto a tutti?" Non lo stava accusando, era solo curiosa.

Lui si avvicinò e lei divaricò leggermente le gambe per consentirgli di mettersi in piedi più vicino; Griffin le passò una mano nei capelli e lei si appoggiò a lui.

"Non ho raccontato tutto ciò che ti è successo, nel dettaglio, ma ho detto *questo* a Decker, di avvertire tutti nel caso questo tipo sappia di noi."

Lei si lasciò sfuggire un suono simile al lamento di un gattino, Griffin avrebbe voluto prendersi a calci da solo.

"Guarda che non è colpa tua."

Lei prese fiato e sembrò ritrovare forza: "Sei in pericolo a causa mia, hai dovuto dire ai tuoi parenti di fare attenzione e di tenere più sott'occhio i bambini a causa mia, senza nemmeno poter raccontare loro tutti i dettagli. Come fai a dire che non è colpa mia?"

Griffin imprecò e le mise una mano dietro la testa, costringendola a guardarlo negli occhi: "Ho detto loro di fare attenzione; quando arriverà il momento, penso che racconterai tutto anche a loro. Tranne che ai bambini, certo, ma insomma, mi capisci. Non sei *più* da sola, Autumn."

"Continui a chiamarmi Autumn."

Griffin si fece serio: "Perché ti ho conosciuta con questo nome, è la persona che sei diventata. L'autunno è una stagione di cambiamenti, la morte prima della rinascita. Sei diventata la donna che conosco, la donna a cui tengo. Se vuoi che ti chiami Hannah, lo farò, ma io continuo a vederti come Autumn, continuo a vederti come il mio Autunno."

Un'emozione le passò davanti agli occhi, lui non riuscì a interpretarla. Dopo Lauren, Griffin non aveva più detto a una donna che era importante per lui, ma anche con Lauren era un ragazzo, troppo giovane per capire la profondità di un sentimento vero.

Quella profondità avrebbe dovuto spaventarlo, ma era troppo preoccupato da ciò che poteva succedere per pensare di lasciarsi andare.

"A me... a me piace sentirmi chiamare Autumn da te." Si allontanò leggermente da lui. "Che fastidio balbettare, faccio fatica a trovare le parole. Non mi piace fare la parte della ragazzina impaurita."

Griffin annuì. "Allora prepariamoci per la giornata, facciamo colazione. Poi vedremo cosa fare, con la pancia piena."

Lei inarcò un sopracciglio: "Pensi sempre con la pancia."

"È vero. Dai, diamoci una mossa." L'aiutò ad alzarsi, la baciò con trasporto e la fece girare verso il bagno con uno schiaffetto sul sedere.

Autumn lo guardò, poi gli girò intorno per prendere la borsa e infine tornò indietro, verso il bagno. Aveva l'aria di voler dire qualcosa, ma non parlò; anzi, si sbrigò come per tenersi occupata prima che tutto crollasse. Griffin conosceva quella sensazione; ma forse era lui che proiettava quei pensieri in lei.

La guardò andare in bagno, il cuore gli batteva nel petto. Santo cielo, si stava innamorando di lei.

L'amore con la A maiuscola.

Cacchio.

Doveva fare in modo di tenerla al sicuro, poi poteva anche pensare al resto.

Presa rapidamente un paio di jeans puliti e andò nel

bagno degli ospiti; fece la doccia più veloce di tutta la vita, almeno voleva essere pulito e pronto in cucina quando lei tornava. Con un po' di fortuna, farle bere del caffè e riempirle lo stomaco l'avrebbe fatta sentire di nuovo un essere umano. Non le aveva mentito, quando le aveva chiesto di stare da lui.

La casa di Autumn non era più sicura, la voleva al suo fianco; impugnò il manico della padella costringendosi a prendere fiato; chissà se quella tensione era frutto dell'istinto primordiale che riaffiorava, o era provocata da chi cercava di farle del male, ma Griffin voleva tirare quella dannata padella fuori dalla finestra. Peccato che così non avrebbe potuto fare colazione e avrebbe spaventato a morte Autumn.

Mise della pancetta nella padella e tirò fuori un'altra padella per le uova. Non era il massimo, in cucina, ma almeno sapeva preparare dei toast con le uova strapazzate e la pancetta anche con una mano sola e un braccio ingessato. Insieme a un bel caffè, doveva bastare. Autumn probabilmente sapeva fare di meglio, ma lui voleva darle lo spazio di riprendersi, non doveva prepararargli da mangiare.

Si era infiltrata nel cuore di Griffin e nemmeno lui sapeva come sentirsi.

Autumn non era Lauren, non era una pazza, almeno non sembrava. Certo, Autumn poteva sempre lasciarlo per tutt'altra ragione.

Lui si era protetto dagli altri, aveva tenuto il cuore al sicuro per un buon motivo.

"Ma che buon profumino," disse Autumn entrando in cucina, con un tono di voce neutro, molto controllato. Lui si voltò per guardarla; *voleva* vederla.

Indossava una gonna lunga e una maglietta di

cotone con le maniche lunghe; la gonna svolazzava all'altezza delle anche, tanto che sembrava quasi camminare sospesa per aria. Era tutta coperta, dal collo ai piedi, eppure lui non si stancava mai di guardarla.

Griffin doveva essere proprio fuori di testa.

Non era quello il momento di pensare con l'uccello o di ammirare quanto era bella. Non doveva immaginare di toglierle quella gonna e di scoparla con forza contro il mobile della cucina. Avrebbe dovuto invece occuparsi di lei, farla star bene; non c'era tempo per fare sesso, anche lei aveva altri pensieri.

O chissà, forse il sesso era proprio ciò di cui entrambi avevano bisogno, pensò Griffin quando lei lo squadrò, ben sapendo ciò che lei vedeva: un uomo a torso nudo che preparava le uova al bacon in jeans e senza mutande. Tra l'altro, lui non si era nemmeno abbottonato completamente la patta dei jeans, quindi bastava guardar bene per vedere la peluria scura all'altezza del pube.

Probabilmente non era quello il modo migliore di vestirsi, mentre preparava la colazione.

Scostò rapidamente la padella dal fuoco prima che l'olio cominciasse a sfrigolare, schizzandogli sul petto o ustionandolo in altre parti del corpo, poi spense il fuoco. Tanto le uova erano pronte.

"Ti ho preparato le uova con la pancetta." Poi imprecò: "Ho dimenticato di tostare il pane, se vuoi lo prepariamo adesso."

Autumn gli si avvicinò lentamente e lui si fermò dov'era, temendo che qualunque movimento improvviso la spaventasse.

Ma lei gli sussurrò: "Non ho paura di te. Non c'è bisogno che ti muova in punta di piedi. Posso anche avere paura *di lui*, ma tu non sei lui. Non l'ho mai pensato, nemmeno una volta." Si alzò in punta di piedi e lo baciò una volta. Due volte. "Grazie per tutto quello che fai per me."

Lui la prese tra le braccia dicendole: "Non è nulla." Non sapeva che altro dire, che altro fare, era quasi pronto a lasciarsi andare alla sensazione di impotenza.

"Sì, è qualcosa."

Lui chiuse gli occhi tenendoli ben stretti prima di aprirli per incontrare lo sguardo di Autumn: "Voglio dirlo alla mia famiglia, Autumn, dobbiamo dirlo ai Montgomery così potranno aiutarti."

Lei strinse le labbra e annuì: "Si può fare. Tu lo sai già, quindi immagino di non poterlo nascondere troppo a lungo."

Griffin scosse la testa: "Se vuoi che mantenga il segreto, lo farò."

"Anche coi tuoi parenti?"

"Anche con loro." La verità detta a voce alta lo colse di sorpresa.

"Possiamo parlarne con loro."

Griffin sospirò e la baciò sulla testa; sapevano bene entrambi di essersi baciati e abbracciati di più nelle ultime ore che in tutto il resto del loro rapporto.

"Dobbiamo andare dalla polizia, Autumn."

Lei scosse la testa appoggiata al petto di lui: "Non voglio, per favore, Griffin."

Lui la strinse più forte: "Piccola... Autunno... ma dobbiamo. Conosco qualcuno con cui possiamo parlare, qualcuno con cui mi sono confidato quando facevo delle ricerche. Non andremo a parlare con degli estranei."

"Non so se ce la faccio."

Lui sospirò: "Autumn."

"Non mi piace arrendermi così, anche con te; mi sembra di perdere il controllo."

Lui si staccò appena e con le dita le fece alzare la testa: "È da molto tempo che non hai la situazione sotto controllo; ormai non sei più una ragazzina e i miei contatti nella polizia non sono certo invischiati con quel bastardo. Non mi interessa cosa pensa di fare, quello là, ma non può certo pensare di venire qui a farti del male. Dobbiamo ribellarci. Voglio che tu sia al sicuro. Voglio che tu ti fermi..." fece una pausa. "Voglio te."

Dopo un lungo momento, Autumn sospirò: "Va bene, possiamo andarci. Non posso certo continuare a scappare per tutta la vita. Però porco cane, ho paura."

Allora lui la baciò, con grande passione. "Sei davvero fortissima."

Lei sbuffò, ma lui la baciò ancora.

"Sei," bacio, "davvero," bacio, "fortissima."

Lei gli mise le braccia intorno alle spalle, mentre Griffin le mise le mani sul sedere (fregandosene del gesso) e la sollevò tra le braccia.

"Alla colazione pensiamo più tardi," le borbottò, mordicchiandole le labbra. Lei gli sospirò contro la bocca e lui si girò, appoggiandola al bancone della cucina. Allora lei alzò le gambe mettendogliele dietro la schiena per tirarlo più vicino.

Si baciarono avidamente, assaporandosi a vicenda, esplorando la bocca l'uno dell'altra, i loro corpi vicini, fino a rimanere entrambi senza fiato, ansimanti dal desiderio. Griffin si abbassò per morderle un capezzolo, scoprendo con piacere che sotto la maglietta di cotone non c'era un reggiseno. Le mani si mossero rapidamente, le tolse la maglia e in un batter d'occhio le prese in bocca il capezzolo. Autumn lasciò andare la testa all'indietro e gli mise le mani nei capelli.

"Ne ho proprio bisogno, Griffin. Ho bisogno *di te*."

Lui gemette contro il seno di Autumn, prima di leccarle tutto il petto, portando l'attenzione sull'altro seno. Autumn spostò le mani dalla testa alla schiena di Griffin, poi di nuovo tra i capelli. Erano entrambi accalorati e ansimanti, senza fiato, quando lui si allontanò per metterle le mani sulle gambe. Quando si accorse che anche sotto non portava nulla, gemette.

"Ti sei dimenticata di mettere reggiseno e mutandine nella tua borsa di emergenza?"

Lei scosse la testa: "Ti voglio dentro di me e basta."

Lui si leccò le labbra e annuì. "Prima devo assaggiare." Le tirò su le gambe portandosele all'altezza del collo, poi la tirò a sedere più vicina, sul bordo del mobile, infine le arrotolò lentamente la gonna.

Le sussurrò: "Che bel rosa, già tutta bagnata per me, Autunno. Non vedo l'ora di leccare tutto questo succo saporito e di sentirne il sapore sulla lingua."

"Allora sarà meglio che ti sbrighi, prima che mi metta a giocare da sola col clitoride per venire senza di te."

Griffin si sentì quasi cadere per terra dal sollievo: *quella* era la sua Autumn. Sensuale e sicura di sé, tutta *per lui*; era disposto a tutto, pur di farla rimanere così com'era.

Quando la leccò tra le cosce, la barba non fatta si fece sentire sulla pelle morbida e la fece tremare. Allora Autumn si spinse contro di lui, che sorrise, mormorando contro il clitoride: "Golosona."

"Continua a leccare, scrittorino," gli ansimò.

"Come desideri, Autunno." La leccò, poi la mordicchiò tra le gambe, fino a prenderle in bocca il clitoride. Infine la leccò, lentamente, con metodo, fino a farla venire sulla propria faccia; lei tremò tutta e con voce roca lo chiamò per nome: "Griffin."

Lui si passò il dorso della mano sulla barba, poi si mise dritto in piedi guardandola negli occhi. Lei allungò le mani, passandogli le dita sul petto. Per un momento si creò un legame difficile da definire. Quella donna… era spaventato da tanto la voleva. Fu come uno scatto interiore irrazionale. Ma in quel momento lo accantonò, sapeva di dover entrare dentro di lei, sapeva di doverla proteggere, prima di pensare troppo a tutto il resto.

Griffin non voleva innamorarsi di nuovo.

Non poteva permetterselo.

Poteva stare con lei in quel frangente, momento per momento, per poi ignorare il futuro una volta messa in salvo.

Non poteva fare altro.

Autumn si leccò le labbra e lo aiutò a sfilarsi i pantaloni.

"Profilattico," borbottò Griffin.

Lei si mise una mano nella tasca della gonna arrotolata fino ai fianchi e gliene passò uno. Che donna, aveva pensato a tutto; era davvero ammirevole.

Si srotolò addosso il preservativo e tenne lo sguardo fisso negli occhi di lei mentre le scivolava dentro, tenendole una mano sul fianco e l'altra dietro la nuca. Gemettero insieme quando la penetrò completamente. Poco dopo lei gli mise le mani dietro la schiena, grattandogli la pelle con le unghie, mentre lui pompava dentro e fuori.

Era solo sesso.

Niente legami.

Autumn era importante per lui.

Ma non era amore.

L'amore svaniva. L'amore faceva male. L'amore aveva lasciato suo fratello Alex in preda al dolore, in riabilitazione. L'amore aveva lasciato sua sorella Meghan distrutta per un uomo. L'amore aveva lasciato lui in agonia.

Sarebbe rimasto con Autumn momento dopo momento, disposto a lasciarla andare al momento giusto. Vennero insieme, proprio mentre lui pensava a come sarebbe stato, vederla andar via. Lei lo guardò negli occhi e capì di aver visto qualcosa che lui non voleva lasciarle vedere.

Se si trattasse di quel qualcosa che lui aveva sentito dentro, decidendo di ignorarlo, o del fatto che l'avrebbe lasciata andar via, lui non lo sapeva.

Era nudo e sudato, con l'uccello tutto dentro la donna che aveva davanti, eppure si sforzava di mantenere l'animo intatto, di tenere alzati gli scudi; perché innamorandosi del tutto sarebbe crollato.

Ma i Montgomery non crollano.

L'avrebbe protetta, le avrebbe cambiato la vita, solo per lasciargliela vivere, per conto suo.

Era l'unico modo.

Capitolo sedici

C'era qualcosa che non andava. Qualcosa al di là del fatto che i poliziotti le avessero creduto, senza poter far nulla per il momento.

Autumn se lo sentiva sulla pelle, se lo sentiva nell'anima, che c'era qualcosa di strano.

Tuttavia non riusciva bene a collocare quella sensazione.

Così sospirò e si appoggiò al mobile della cucina di Griffin, incrociando le braccia al petto. Griffin era in ufficio, stava controllando il suo libro per prepararsi a scrivere l'ultima parte. A lei piaceva molto il romanzo, come stava venendo, ma non glielo aveva detto. Del resto a lui sembrava non interessare, voleva solo arrivare alla fine in un modo tale che piacesse a *lui*. Magari in seguito Autumn gli avrebbe detto che era il libro migliore che avesse mai scritto, almeno secondo lei.

Ma lei capiva che a lui non interessava sentire commenti e opinioni, il che era tutto dire.

Autumn riusciva a leggergli dentro, riusciva a *capirlo* più di quanto pensasse possibile. Ma il loro non doveva essere un rapporto senza legami, senza compli- cazioni? Anzi, la parola *rapporto* non avrebbe dovuto nemmeno entrare in gioco. Invece viveva da lui, dormiva nel suo letto, si comportava in tutto e per tutto come la sua ragazza, anzi, diamine, come una moglie.

Eppure...

Eppure lui ancora non se ne accorgeva.

Era passata una settimana da quando era scappata di casa, riparandosi tra le braccia di Griffin. Dopo l'epi- sodio bollente di sesso piccantissimo sul mobile della cucina, lei si era accorta che era cambiato qualcosa. Gli aveva visto un non so che negli occhi, sentiva che Griffin si stava chiudendo, si stava proteggendo.

Forse però cercava di proteggere lei, secondo una logica molto strana.

La voleva aiutare a trovare l'uomo che la persegui- tava, le era stato vicino quando era andata dalla poli- ziaper risolvere i problemi legali legati al suo cambio di identità e alla sua fuga... ma non era davvero *presente*.

Le venne un brivido, ma cercò di farsi forza.

Erano andati alla polizia, avevano parlato con i contatti di Griffin, Autumn aveva raccontato tutto. Aveva parlato senza freni, come un'indemoniata, ma non era stata trattata come una pazza. Si erano ramma- ricati che non fosse andata prima alla polizia, ma le avevano detto che avrebbero fatto il possibile per aiutarla.

Griffin era stato con lei per tutto il tempo, l'aveva tenuta per mano e le aveva fatto forza.

Ma non le aveva mai sorriso. Non che fossero quelli i momenti migliori per sorridersi, ma lui non aveva nemmeno accennato un mezzo sorriso, le aveva sempre e solo rivolto uno sguardo freddo, proprio come le prime volte che era andata da lui, per fare le pulizie.

Ormai Autumn viveva con lui, la casa le era stata sistemata grazie all'intervento dei Montgomery, dopo che la polizia l'aveva perlustrata e le aveva dato il permesso di salvare il salvabile. Quando Autumn aveva raccontato a Maya del suo passato, lei l'aveva abbracciata stretta e poi le aveva dato un pugnetto sulla spalla. I Montgomery si erano raccolti intorno a lei, proprio come aveva previsto Griffin.

Invece Griffin teneva le distanze.

Lei dormiva nel letto di Griffin.

Lavorava per lui.

Faceva le pulizie e cucinava per lui.

Lo amava.

Diamine.

Quando mai si era innamorata di lui? Quando mai si era tuffata in una stupidaggine come quella, innamorarsi di un Montgomery?

Ma non di un Montgomery qualunque.

Di Griffin Montgomery.

Proprio di quello che le aveva detto di non volersi mai più innamorare, a causa di quello che gli era successo. Aveva perso Lauren da giovanissimo, era rimasto ferito, più di quanto fosse disposto ad ammettere. Ma lei si era andata a innamorare proprio di lui, che follia.

Stupida, stupida, stupida.

Con un sospiro, Autumn si voltò e cominciò a preparare la cena, che ci avrebbe messo qualche ora per essere pronta. Prese una pentola da sotto al mobile, poi ne aprì un altro in cerca di una padella e imprecò: viveva in quella casa già da una settimana, ci aveva lavorato per più di un mese, ma si era sempre dovuta scontrare con il metodo originale di Griffin di organizzare la cucina. Non c'era una logica, i condimenti erano vicini al frigorifero, le tazze vicino ai fornelli. Lei avrebbe sistemato tutto secondo la logica di chi cucinava davvero, non solo uova e pancetta.

Ripensando a quando le aveva preparato la colazione l'ultima volta, Autumn arrossì e sbatté la padella sul fornello. Griffin non la toccava da quel mattino; la lasciava dormire di fianco a lui, ma senza alcun momento di vera intimità, non si metteva nemmeno a sedere sulla poltrona da meditazione, non la avvicinava nemmeno quando faceva una pausa per una doccia.

Dopo aver borbottato un poco, sbuffò: "Vaffanculo." Andò al pensile più vicino e cominciò a tirare fuori tutto. Decise di risistemare quella dannata cucina, così che fosse facile da usare. Tanto lui non cucinava affatto, ma si sarebbe accorto anche lui che sarebbe stato più pratico. Era *lei* che cucinava. Era *lei* che si occupava di qualunque stronzata per lui, mentre lui non faceva altro che fare il sostenuto, il distaccato, confondendola all'ennesima potenza.

Continuando a concentrarsi sulle preoccupazioni legate al rapporto con Griffin, Autumn non si stava più preoccupando dell'uomo che andava in giro a cercarla, l'uomo che le dava la caccia da un decennio. Quella era una paura costante, non se ne sarebbe mai andata, ma a volte le faceva comodo concentrarsi su qualcos'altro.

Qualcosa che sembrava altrettanto preoccupante.

"Cos'è tutto questo rumore? Che cosa diavolo stai facendo?"

Lei girò i tacchi e così fece cadere per terra il sacchetto di farina che aveva tra le mani. L'aria si riempì di sbuffi di polvere bianca, Autumn si ritrovò coperta di farina dalla testa ai piedi, tossì e alzò lo sguardo, facendo una smorfia. Griffin afferrò il bordo della propria camicia e l'agitò con un colpo secco, creando altre nuvole di farina nell'aria.

"Mi hai spaventata!" Autumn era arrabbiata, incavolata, accalorata, tutte emozioni fastidiose che la aiutavano a ignorare le sue paure e a concentrarsi sull'uomo barbuto che aveva davanti. Ovviamente in quel momento la barba era bianca, grazie all'inopportuna nebbia di farina.

Se quello stupido avesse organizzato prima la cucina nel modo giusto, non sarebbe successo nulla.

"Ma che cazzo fai, Autumn?"

Sempre Autumn. Da quando era venuto dentro di lei sul mobile della cucina, non l'aveva più chiamata Autunno. Non sapeva nemmeno lei perché le faceva così male. Lo amava. Dannazione, perché mai Griffin doveva tirarsi indietro proprio in quel momento?

Ma certo, forse aveva a che fare col fatto che lei si era innamorata di lui.

"Sto mettendo in ordine per cucinare!" Autumn si accorse che stava urlando, ma insomma, non sapeva nemmeno lei cosa stava facendo.

Griffin si mise le mani sui fianchi e si guardò attorno nella stanza tutta velata di farina, inarcando un sopracciglio. Non avrebbe dovuto avere quell'aspetto così sensuale, tutto sporco di farina, anche perché si stava comportando da stronzo, invece era proprio così, quindi era chiaro che lei aveva dei seri problemi mentali.

"Ma perché tutto questo rumore? Pensavo avessi già sistemato. Hai tirato fuori tutto dai pensili e dai cassetti. Cosa stai combinando?"

Allora lei arrossì, imbarazzata del suo stesso comportamento: "La tua cucina è tutta incasinata. La devo organizzare bene."

Griffin strinse i denti: "Ma perché? Insomma, è la *mia* cucina. Tu la stai solo incasinando. So che ti piace avere tutto organizzato come dici tu, ma stai facendo confusione con le mie cose."

Ma davvero? Che tipo. Non le parlava sul serio da una settimana e poi pretendeva pure di arrabbiarsi?

"Faccio solo il mio lavoro, controllo che tutto funzioni come si deve. Come ho fatto con il resto della casa." Non capiva nemmeno lei perché Griffin si comportava così. Forse era arrivato al punto di cercare una scusa qualunque per fare lo stronzo.

"Sì, vivi qui e scopiamo, ma lavori anche per me, coglione che sono. Immagino che i confini ormai siano davvero confusi."

Autumn sentì le lacrime che le bagnavano gli angoli degli occhi e fece un passo indietro, con il cuore addolorato. Ma chi era quell'uomo? Non era Griffin. Lui non le aveva *mai* parlato in quel modo. Le aveva sempre rivolto mille attenzioni, ma chi era diventato?

Chi... cazzo... era.

Autumn urlò, non si era resa conto di essere così al limite della sopportazione: "Sai che c'è? Vaffanculo. Non va bene così. Alla polizia mi hanno detto che mi avrebbero tenuta d'occhio. Quindi posso anche tornarmene a casa mia, tanto c'è una pattuglia che viene a controllare. Non c'è più bisogno che stia qui da te." Le tremavano le mani e strinse i pugni, costringendosi a mantenere il controllo.

Griffin spalancò gli occhi: "Non puoi andartene. Non è sicuro. Quel bastardo è ancora in giro."

"Beh, in questo momento c'è un bastardo anche davanti ai miei occhi."

"Non vorrai osare mettermi sullo stesso piano di quello là, Autumn. Che cazzo vuoi dire?!"

Lei strinse i denti: "Non intendevo in quel senso. Ma che cazzo, Griffin. Mi tratti come una emarginata, dal mattino in cui ti ho raccontato tutto non vuoi più avere nulla a che fare con me. Stare qui è odioso, Griffin, se ti comporti così con me. Se poi voglio mettere ordine in cucina per darti una mano, allora non dovresti sbattermi in faccia il fatto che *in passato* abbiamo scopato."

"I confini *sono* confusi, Autumn, ma non è sicuro, non puoi andare in giro come niente."

"Se non è sicuro, posso tornare a scappare. Non c'è bisogno che stia qui." Ecco dov'era il vero dolore. Lei lo amava. Amava Griffin. Eppure non poteva dir nulla. Lui non la voleva nemmeno far entrare nella propria vita, fin dall'inizio, tanto che ormai si comportava come se fosse stato costretto a sopportarla.

Lo fece spostare per andar via, non voleva farsi vedere da lui mentre piangeva.

"Autumn. Cazzo. Non volevo dire ciò che ho detto. È solo che sono sotto stress per questo libro, che cacchio, non volevo parlarti così." La seguì nell'altra stanza.

Nella stanza di Griffin.

Non di Autumn.

Nulla era mai di Autumn. Le sembrava di non poter avere nulla di proprio, mai più. Cominciò a fare i bagagli, gettando di nuovo le sue cose nella borsa di emergenza. Non le servì molto tempo, anche perché non se l'era sentita di sistemarsi del tutto a casa di Griffin; un po' per via del passato, un po' per come si era comportato lui.

"Autumn... ho esagerato." Griffin si passò una mano nei capelli. Solo una settimana prima, Autumn si sarebbe sciolta per il modo in cui lui mostrava il bicipite in quel gesto, invece in quel momento la infastidì. Non faceva altro che ricordarle tutto ciò che non poteva avere. "Non devi andartene. Possiamo tornare a com'era prima."

Non le stava dicendo che la voleva in quella casa, lei lo notò.

Le diceva solo che non doveva andarsene.

Ma lei gli disse con voce impassibile: "Ormai a me non va più a genio questa soluzione, devo andare a casa. Voglio essere indipendente. Volevi che andassi alla polizia e ci sono andata. Si prenderanno loro cura di me." Non ci credeva molto nemmeno lei, ma non se la sentiva più di stare con Griffin. Sentiva il cuore prossimo a spezzarsi e non poteva certo permettersi di crollare.

Si sarebbe comportata come sempre, scappando, se necessario. Non poteva mettere i Montgomery in pericolo più di quanto non avesse già fatto.

Griffin le si avvicinò, ma lei si scansò: "Grazie per avermi tenuta qui intanto che prendevo fiato. Ormai hai quasi finito il libro e ti stai gestendo bene anche da solo. Hai la casa pulita, a parte la cucina, per il momento, ma sono certa che riuscirai a sistemarla. Te la caverai."

Lui le prese il braccio, ma lei lo tirò via, allora Griffin le disse: "Autumn. Rimani."

"Non posso." La voce le si ruppe, Autumn strinse le labbra e corse verso la macchina. Rimase sempre molto vigile, nel caso il professor Sanders fosse nei paraggi, ma non le sembrava di sentirne la presenza e di sicuro non lo vedeva.

Così gettò la borsa in macchina e fece manovra per uscire dal vialetto più veloce che poteva.

Griffin rimase in piedi sull'uscio, coi vestiti coperti di farina e la bocca spalancata.

Non la inseguì, non alzò un dito per fermarla, non la chiamò nemmeno. Rimase là impalato, a guardarla andare via.

Autumn non pianse, anche se fu molto difficile. Doveva comunque rimanere attenta. Solo perché i poliziotti con cui aveva parlato le avevano detto che vicino a casa sua non c'era alcun tipo sospetto, non voleva dire che fosse davvero al sicuro, del resto casa sua era stata già razziata. Anche solo tornarci era una stupidaggine, ma cavolo, non sapeva nemmeno lei cosa stava facendo. Aveva reagito sull'onda delle emozioni del momento, per proteggere il cuore, troppo occupata a preoccuparsi delle proprie emozioni per pensare alle complicazioni di quel gesto.

Quel che *avrebbe* dovuto fare era mettersi in strada e andarsene, ma aveva detto alla polizia che sarebbe rimasta in zona, almeno per il momento… a prescindere da quanto aveva detto a Griffino urlando.

Accostò davanti a casa e uscì dalla macchina con la borsa in mano. Non vide né sentì alcun estraneo, c'erano solo i vicini di casa, che non si curarono nemmeno di guardarla. Non era certo un bel quartiere, proprio vero.

Ci viveva, era il suo quartiere, ma non riusciva a pensarlo come casa sua.

Aprì la porta con la nuova chiave. Wes e Storm le avevano cambiato tutte le serrature, mentre gli altri l'avevano aiutata riverniciando l'interno, in modo che la casa fosse a disposizione del padrone, qualora Autumn decidesse di andarsene. L'odore di pittura fresca le riempì le narici ma a quel punto si accigliò.

La pittura ormai avrebbe dovuto essersi asciugata.

C'era solo una parola pitturata in rosso sangue su una parete, una parola che la fece bloccare. Strinse nel pugno lo spray al peperoncino.

MIA.

Si voltò verso la porta, pronta a scappare, ma era troppo tardi.

"Hannah."

Aprì la bocca per gridare, per chiamare aiuto, per chiamare Griffin, o *chiunque* altro, ma non fu abbastanza veloce. Lui si avvicinò e le mise le mani intorno alla gola, poi qualcosa la colpì in testa.

La vista cominciò ad annebbiarsi, Autumn sentì che era la fine.

Dopo tanto scappare, dopo tanta paura... evidentemente non era bastato.

Era stata una stupida, si era innamorata di un uomo e il sentimento aveva prevalso, impedendole di pensare.

Era finita.

Griffin voleva prendersi a calci in culo da solo. Si era arrabbiato per le proprie emozioni, per i propri pensieri, sfogando tutto su Autumn. Dopo tutta la merda che si era beccata nella vita, non meritava certo di subire un atteggiamento come quello. Solo perché lui si era spaventato, perché lui si era arrabbiato, alla fine l'aveva persa.

L'aveva vista a suo agio in cucina, era il suo ambiente, ma il pensiero che Autumn entrasse nella sua vita quando Griffin non era pronto l'aveva spaventato. Lei stava solo facendo il suo cazzo di lavoro, non si era certo imposta senza un motivo, senza preavviso. Invece di affrontare la situazione da uomo adulto e maturo, lui si era messo a urlare.

Certo che a guardarli chiunque li avrebbe presi per pazzi, in piedi in cucina a urlarsi contro, tutti coperti di farina.

Ma se Griffin era esploso, la colpa non era di Autumn.

Lei non aveva colpa, era stata costretta a scappare, visto che lui si comportava come se non la volesse. Diamine, si era comportato così tutta la settimana. Tanto si era spaventato per quella presenza nella sua vita, che alla fine l'aveva persa comunque.

L'amava? Santo cielo, Griffin non lo sapeva. Pensava di poterla amare. Si ricordava di quel qualcosa che gli era scattato dentro, in cucina. Solo che era troppo debole, un pappamolle incapace di superare le paure, superare i blocchi che gli impedivano di *sapere*.

Ma sulla scia del momento, *ancora* in quella dannata cucina, Griffin aveva legato il lavoro di Autumn al loro rapporto. Forse lo infastidivano parecchio le interferenze con il libro e con il suo modus vivendi precedente, ma Griffin sapeva bene anche che Autumn l'aveva aiutato a portare fin quasi alla fine quel dannato lavoro. Poi si era aggiunto il fatto che Autumn lavorava per lui e che l'aveva anche scopato. Griffin avrebbe fatto meglio a sbattere la testa contro il muro. Si sentiva un vero stronzo. Era uno smidollato, quanto aveva fatto non poteva certo giustificarsi con i suoi sbalzi di umore.

Autumn poteva essere in pericolo, solo perché lui non riusciva a rimanere lucido nei suoi pensieri.

L'aveva ferita. Cacchio, l'aveva fatta *piangere*, perché era uno coglione bastardo.

Non la meritava.

Non l'aveva mai meritata.

Ma doveva comunque rincorrerla.

Accostò dietro alla macchina di Autumn e spense il motore. Poi afferrò il volante, cercando di tenere sotto controllo la rabbia. Non era arrabbiato con Autumn. Tutt'altro. Doveva riprendere in mano le redini delle emozioni, decidere cosa doveva dirle. Prima doveva scusarsi... umiliarsi, se necessario. Poi doveva chiederle, *non dirle*, di tornare a casa con lui. Una cosa aveva imparato dai fratelli e dai cognati, sapeva bene di non poter mandare tutto all'aria con delle pretese.

Ci pensava già da solo a mandare tutto all'aria, non c'era bisogno di commettere anche quell'errore.

Dopo essersi umiliato ed essersi assicurato che stesse bene... beh, allora magari poteva anche dirle ciò che pensava. O magari poteva cercare di prendere tempo. Griffin non lo sapeva, ma starsene là fuori, seduto in macchina come un idiota, non serviva a nulla.

Griffin tirò il fiato e poi si incamminò verso il piccolo porticato d'ingresso. Ma gli si gelò il sangue nelle vene, vedendo la porta di casa socchiusa.

Cazzo.

Il primo istinto fu quello di correre dentro, ma Griffin sapeva che così rischiava di metterla in pericolo più di quanto non fosse già. Allora tornò indietro a piccoli passi, allontanandosi dalla casa, mentre digitava sul cellulare il 911.

Spiegò al telefono la situazione, la donna al centralino delle emergenze gli ordinò di star fermo dov'era, dicendo che la pattuglia sarebbe arrivata in poco tempo.

Ma lui non poteva aspettare così tanto, soprattutto perché era stato proprio lui a metterla in quella situazione. Non avrebbe avuto senso mettersi a correre dentro casa, a meno che non l'avesse vista, pensò. Ma anche quella era una menzogna, lo sapeva bene.

Autumn era in pericolo, c'era persino il rischio che non fosse in casa, tanto per cominciare. Anche se per molti la vista di una porta aperta poteva significare che qualcuno si era dimenticato di chiuderla, lui la conosceva molto bene: per quanto fosse arrabbiata e sconvolta, lei non avrebbe commesso un errore di quel tipo.

Griffin si avvicinò alla porta e cercò di sbirciare all'interno dallo spiraglio della porta aperta, ma non vide nulla. Allora sospirò appena e spinse la porta lentamente, pregando che nessuno si accorgesse di lui, che nessuno lo sentisse.

Cazzo.

Autumn era per terra con la schiena al muro, sotto la parola MIA scarabocchiata in colore rosso sangue. Quel bastardo le aveva legato le mani dietro la schiena e le aveva legato persino le caviglie. Era ancora coperta di farina, ma non sembrava ferita, a parte un graffio alla tempia.

Jeff Sanders doveva morire anche solo per quel graffio.

Griffin si accorse che entrare senza nemmeno un'arma era una stronzata galattica, ma aprì comunque la porta e vide un uomo di mezza età in piedi vicino ad Autumn. Dava le spalle a Griffin e aveva la testa inclinata, sembrava che la scrutasse.

Autumn aveva gli occhi chiusi, ma si vedeva che muoveva il petto, stava respirando. Grazie a Dio.

Quell'uomo si abbassò, con la mano fece per

spostare i capelli dalla faccia di Autumn, ma a quel punto Griffin non si trattenne più. Fece irruzione in casa con i pugni stretti. Sanders non reagì subito. Invece di girarsi di scatto, si mosse lentamente, come se non capisse bene cosa stesse succedendo.

Ottimo.

Griffin ne avrebbe approfittato.

Si gettò di slancio per dare un pugno in faccia a quell'uomo. Ma Griffin era destrorso, quindi gli venne spontaneo usare il braccio destro, quello ingessato. Il braccio fu attraversato da una scossa di dolore, un bruciore enorme, gli tremarono persino le otturazioni dei denti.

Non pensava di essersi rotto di nuovo quel dannato coso, ma ebbe la netta sensazione che qualcosa fosse successo. Pazienza, non importava.

Quel tipo lo guardò dal pavimento, era in stato confusionale, cercò di alzarsi, poi provò a dare un calcio a Griffin, ma Griffin si mise sopra quel bastardo a cavalcioni.

"Tu toccala ancora una volta e io ti ammazzo." Poi colpì Sanders in faccia col pugno sinistro.

Sanders cercò di colpirlo, ma Griffin non reagì. Quell'uomo aveva osato fare del male ad Autumn, le aveva fatto quel graffio alla tempia.

Al diavolo.

Griffin lo colpì ancora, anche se Sanders riuscì a sferrargli un colpo ai reni. Griffin accusò il colpo, ma cercò di scrollarsi di dosso il dolore.

Autumn gli sussurrò qualcosa da dietro: "Griffin, basta."

Griffin colpì Sanders ancora una volta, al che il bastardo svenne. O semplicemente si abbandonò a terra. Griffin non capì, non gli interessava, si tolse da sopra Sanders e gattonò verso Autumn.

"Piccola," le sussurrò, poi le mise le mani sul viso per toglierle il bavaglio dalla bocca. "Autunno."

Lei sentì le lacrime che le riempivano gli occhi e appoggiò la guancia al palmo della mano di Griffin: "Allora sei venuto."

"Verrò sempre, per te."

Lei ridacchiò dal naso e lui cercò di trattenersi per non mettersi a ridere: "Scusa."

"Cercavo solo di essere dolce, di fare l'eroe, ma tu la fai sembrare una battuta col doppio senso."

"È proprio in questo che siamo bravi," gli disse, mentre lui le liberava mani e piedi. "L'hai messo KO?"

Griffin si guardò dietro le spalle e annuì. Il silenzio fu interrotto dalle sirene in lontananza, ma Griffin non si concesse di rilassarsi: prima doveva prendere tra le braccia Autumn e far mettere in galera quel bastardo.

Appena mani e piedi di Autumn furono completamente liberi, Griffin la prese tra le braccia e la baciò di slancio. "Santo Dio, Autumn, c'è mancato poco che ti perdessi." Quelle parole gli uscirono tutte d'un fiato; Griffin chiuse gli occhi con forza, non voleva mettersi a piangere, doveva essere forte, per lei.

Allora lei gli affondò le unghie nella schiena, facendolo sospirare: Autumn stava bene.

Sarebbe tornata a star bene.

Diamine, Griffin non avrebbe dovuto lasciarla andare.

Si sarebbe fatto ammazzare, piuttosto che lasciarla andare ancora.

Capitolo diciassette

"Beh, almeno il graffio sta guarendo," disse Maya, seduta sul divano. Aveva le gambe accavallate, e serrava le labbra o se le mordeva in continuazione, come se si trattenesse dal dire ciò che pensava.

Considerando che Maya diceva *sempre* quello che le veniva in mente (o almeno Autumn aveva avuto quell'impressione), ciò che cercava di tenere per sé doveva essere qualcosa di grosso.

O almeno qualcosa di complicato.

Autumn era un'esperta di complicazioni.

Così si portò la mano al graffio mentre si guardava allo specchio. Maya aveva ragione. Il brutto segno alla tempia che le aveva fatto Sanders stava guarendo; quel tipo le era arrivato molto vicino, fin troppo. Tutto sommato Autumn non poteva chiedere di meglio, visto che erano passati solo pochi giorni dall'attacco.

Certo, in realtà poteva chiedere di meglio, molto meglio, ma non si sentiva ancora pronta.

Non era sicura di come fare.

Era troppo imbarazzata per fare altro che nascondersi.

Autumn chiuse gli occhi e prese fiato, tremando: "Ti ho già ringraziata per la tua ospitalità?"

"Non nell'ultima ora, quindi immagino fosse arrivato il momento," le rispose Maya con sarcasmo.

Quando i poliziotti erano arrivati e avevano portato via Sanders, lei era quasi crollata; anzi, non era nemmeno sicura di non essere crollata. Griffin l'aveva tenuta tra le braccia e le aveva mormorato parole dolci, parole che lei non era nemmeno sicura di non essersi immaginata. Con tutto quel miscuglio di adrenalina e paura, più il forte sollievo che non pensava avrebbe mai provato.

Sanders sarebbe finito in galera per molto tempo.

Non poteva più nascondersi, farsi proteggere dagli amici, usare i soldi per ottenere ciò che voleva. Finalmente la polizia del posto aveva fatto un buon lavoro, scoprendo tutte le prove necessarie per incriminarlo di una lunga serie di reati. Tentato omicidio, tentata violenza, rapimento, percosse aggravate... solo per citare i reati più gravi. Quel tipo aveva alle spalle altre accuse di stalking e minacce.

Ormai non se la sarebbe più cavata.

In quell'ultimo attacco, Autumn non aveva nemmeno dovuto parlargli.

Non ne aveva avuto occasione.

Quando si era risvegliata, dopo aver perso i sensi, aveva trovato Griffin che picchiava a sangue l'ex docente di Autumn; per quanto lei volesse togliere di mezzo Sanders per sempre (eliminare per sempre quella paura opprimente e soffocante), non poteva permettere che Griffin si macchiasse nell'animo.

I Montgomery meritavano un'esistenza migliore. Se la meritavano tutti.

Così lei era stata portata al pronto soccorso e visitata, poi i Montgomery erano arrivati tutti in forze; Autumn non si era mai sentita tanto amata prima, non aveva mai sentito un affetto del genere. Non che i suoi genitori fossero stati crudeli o l'avessero odiata, da bambina, ma non erano affettuosi come i Montgomery.

Marie e Harry Montgomery le avevano offerto subito di ospitarla, poteva rimanere con loro per farsi coccolare, ma anche gli altri Montgomery si erano offerti di ospitarla.

Tutti, tranne Griffin.

Lui l'aveva baciata in fronte tenendola stretta, non voleva lasciarla andare. Lei sinceramente non capiva se la volesse con sé, se credesse di aver stretto un patto con lei, o se in verità avesse chiuso con lei. Dato che Griffin si rifiutava di esprimersi a parole, Autumn si era allontanata e si era rivolta alla più sonora del gruppo.

Maya.

Forse avrebbe dovuto andarsene per conto suo, fare i bagagli e andarsene da Denver, uscire dalla vita dei Montgomery, ma non c'era riuscita, non ne aveva avuto la forza. Aveva dovuto fingere per troppo tempo di essere una donna forte, ormai non ce la faceva più, non aveva più le forze per continuare.

Da un lato voleva stare con Griffin, ma sapeva che era impossibile. Non poteva, perché non aveva alcuna certezza sul loro rapporto, era troppo incerta anche sulla propria vita in generale.

Date le circostanze che l'avevano costretta a cambiare nome, se l'era cavata con una semplice tirata d'orecchie per le soluzioni non proprio legali che aveva adottato per scappare. Non sapeva se fosse stata solo fortuna, o se anche l'avvocato dei Montgomery ci avesse messo del suo. La famiglia Montgomery era una famiglia di imprenditori, avevano delle aziende, ma erano comunque dei lavoratori, persone che si davano da fare, quindi il potere che avevano la sorprese. Del resto, non avrebbe dovuto affatto sorprendersi: aveva visto anche lei il modo in cui facevano amicizia, il modo in cui si comportavano con tutti.

"Sei tutta seria," le disse Maya, distraendola da quei pensieri. "Non volevo metterti in difficoltà per i tuoi ringraziamenti. Intendevo solo che non devi nemmeno ringraziare. Lo so che sei riconoscente, ma sai, a dirla tutta, la tua presenza mi aiuta ad allontanare altri pensieri, quindi fa comodo a entrambe."

Autumn si voltò lentamente, con la testa inclinata: "Che pensieri?"

Maya strinse di nuovo le labbra e scosse la testa: "Niente, non è nulla."

"Maya."

"Non è nulla di cui mi vada di parlare, va bene? Quindi parliamo di te. Che programmi hai?"

Autumn sospirò e si mosse verso il divanetto, affondando nei cuscini mentre cercava di trovare le parole. Non sapeva nemmeno lei cosa pensare, come faceva a spiegarsi, per farsi capire da Maya?

Così le parlò in tutta sincerità: "Non lo so nemmeno io, che programmi ho; è una vita che mi sposto, cambio continuamente residenza, lavoro, non mi ricordo nemmeno cosa volevo fare, prima che cominciasse tutto questo casino."

"Hai cominciato a scappare quando eri ancora una

ragazzina, Autumn. A quell'età chi è che sa cosa farà da grande?" Poi Maya si fece seria. "Scusa, continuo a chiamarti Autumn, ma adesso forse dovrei chiamarti Hannah? Cioè, ormai Sanders non è più un problema, quindi puoi tornare alla tua vera identità. Giusto?"

Autumn scosse la testa. Almeno di una cosa era sicura: non poteva più tornare indietro alla sua prima identità.

"Ormai io sono Autumn, Hannah non esiste più. Cambierò nome ufficialmente, in modo legale, non come ho fatto prima."

Maya tirò un sospiro di sollievo e fece schioccare il piercing alla lingua contro il labbro: "Ottimo, perché con quei capelli, per come sei fatta in generale, a me sembri più Autumn."

Lei sorrise: "Anch'io mi sento Autumn. Cosa farò d'ora in poi? Pensavo di tornare a casa." Poi si accigliò: "No, non a casa, non credo sia giusto chiamarla così. Immagino che dovrei dire che torno dove vivono i miei genitori. Non parlo con loro da dieci anni, ma ho fatto di tutto per sapere sempre qualcosina su di loro. So per certo che vivono ancora allo stesso indirizzo. So che mio fratello si è sposato e ha un figlio."

Lei si era persa tutto.

Del resto, nessuno le aveva creduto.

Nessuno l'aveva protetta.

Maya sbuffò e le disse: "Dannazione, che seccatura. Una vera seccatura. È odioso, nessuno ti è stato vicino. Io so che la mia famiglia ha avuto la sua buona dose di tragedie, Dio solo sa che drammi che abbiamo vissuto, ma non ci siamo mai alienati, non ci siamo mai fatti indietro come hanno fatto i tuoi con te. Persino con

Alex, gli stiamo sempre vicini. Anche se lui non si lascia avvicinare troppo, ma noi siamo come dei piranha, se c'è bisogno lo circondiamo."

"Che immagine brutale," commentò Autumn con un sorriso.

Maya sghignazzò: "Vero? Ma senti, non devi per forza tornare nella città in cui sei cresciuta. Ma non c'è un altro posto dove hai voglia di stare?"

Autumn scrutò l'amica; sentiva nella voce di Maya un qualcosa, un certo dispiacere, Maya non sembrava felice di vederla partire. Del resto, Autumn non poteva farci molto, anche perché non sapeva lei stessa cosa fare.

Forse poteva dire tutto a Maya. Beh, non proprio *tutto*. Maya era stata molto brava e non le aveva fatto domande su Griffin. Anzi, non l'aveva nemmeno nominato una sola volta da quando Autumn era andata a stare da lei. Che strano, nemmeno Jake aveva…

Che coppia che erano, quei due.

"Stamattina ho preparato le mie borse," disse infine Autumn.

"Lo so, ti ho sentita. Ma quel che vorrei sapere è il perché, come mai senti di dover partire? Vuoi tornare a casa tua? Perché, se posso permettermi, quel quartiere fa proprio schifo. Prima Meghan si trasferisce in quella strada dopo il divorzio e Luc si fa quasi ammazzare, poi tu devi subire quello che hai subito. Per carità, no, grazie."

"A dire il vero, in entrambi i casi è stato il passato a rifarsi vivo, non è certo stata colpa del quartiere."

"Tecnicamente è così, ma insomma, Autumn, perché vai via? Perché non puoi rimanere? Sai che alla Montgomery Ink avrai sempre un posto. Cioè, cacchio, arrivati a questo punto abbiamo più bisogno noi di te di quanto ne hai tu di noi."

Nessuna delle due accennò al fatto che Autumn aveva lavorato per Griffin nelle settimane passate. Ma Griffin ormai non aveva più bisogno di lei. Lo aveva rimesso in sesto e poi lui le aveva detto che i confini erano confusi.

"Sono dieci anni che scappo."

"Ma non devi più scappare."

"Ma non mi sono mai fermata tanto a lungo nello stesso posto. Mi sono abituata a vedere nuovi posti, nuove persone. Non sono una che si ferma, giusto?"

"Me lo stai chiedendo? Perché a me sembra che tu stia cercando ancora di scappare."

"Maya."

"Autumn."

Il campanello di casa suonò e Maya si alzò in piedi, tenendo gli occhi fissi su Autumn. "Guarda che non abbiamo finito. Lo so bene che sei una donna adulta e che puoi fare quello che vuoi, ma prima che tu te ne vada dobbiamo parlarne. Adesso sei una di noi, anche se tu non ne sei convinta."

Al che Maya andò alla porta d'ingresso e Autumn si mise la testa tra le mani. Era proprio confusa. Aveva cercato per tanto tempo di essere un'altra, di nascondersi, tanto che ormai si era dimenticata chi poteva essere. Ma ormai che importava?

L'idea di stare con Griffin la spaventava più di quanto potesse ammettere. Poteva davvero appoggiarsi a qualcuno, poteva stare con lui? Non ne era sicura, ecco perché aveva dovuto allontanarlo. Non era stato giusto nei confronti di Griffin o dei Montgomery, aveva cercato di stare con lui quando non era nemmeno sicura di se stessa, della propria identità, anche senza di lui, figuriamoci *con* lui.

"Autumn."

Autumn alzò la testa e si bloccò.

"Griffin."

Lo vide lì davanti alla sedia, con la barba arruffata e i capelli in disordine, come se ci avesse passato la mano tante volte da farli stare dritti da soli. Indossava dei jeans vecchi e un paio di stivaletti, con un maglioncino leggero aderente che gli metteva in evidenza i muscoli. Dannazione, che uomo, non doveva avere un look così da figo, quando lei era così in disordine che sembrava non dormisse da giorni.

Il che era anche vero. Si era girata e rigirata nel letto, pensando agli uomini che la tormentavano, o a cosa fare con un certo Montgomery, non poteva certo dormire tranquilla con tutti quei pensieri.

Maya non era più tornata. Che traditrice.

"So che avrei dovuto telefonarti, prima di presentarmi qui, ma ogni volta che prendevo il telefono per comporre il tuo numero avevo paura che tu non mi rispondessi, o che riattaccassi."

Autumn lo scrutò seria: "Cosa vuoi dire?"

Griffin si sedette sul tavolino da caffè davanti a lei. "Autunno, piccola, quel giorno, quando ti ho allontanata, sono stato un idiota coglione, ti ho ferita solo perché ero troppo spaventato per affrontare i miei sentimenti. Se ti avessi detto che mi stavo innamorando di te, che l'idea di averti con me, a casa mia, da un lato mi spaventava ma dall'altro mi sembrava una presenza normale, naturale, tu magari saresti scappata comunque. Ma siccome io sono stato uno stronzo e ti ho allontanata, tu sei corsa a casa, proprio dove sei stata attaccata e ferita. Se non fosse stato per come mi sono comportato, non saresti mai tornata in quella casa da sola. Così non saresti stata tracciata e ferita. Quel bastardo ti ha beccata perché io ti ho fatto andar via, perché non ti ho inseguita, se non quando ormai era troppo tardi. Per questo io non mi perdonerò mai. Mai."

Lei alzò un braccio e gli mise la mano sotto il mento, accarezzandogli la barba col palmo. Poi subito le venne l'istinto di ritirare la mano. Toccarlo era un errore, andarsene sarebbe stato molto più difficile.

"Mi dispiace tantissimo, Autumn. Perdonami. Ti amo," le sussurrò, "ti amo tantissimo, cazzo. Tu mi hai salvato, Autunno. Mi hai salvato da me stesso, dai miei dubbi, dai miei dolori. Lo so che non basta, che non è sufficiente per amare. Cacchio, almeno non lo è per me. Ci sono tantissimi altri motivi per cui ti amo. Ti amo per come sorridi, per come balli per casa quando nessuno ti guarda. Ti amo e basta, porco cane, Autumn, rimani con me. Torna a casa con me."

Lei rimase seduta, ferma immobile, con la testa che le vorticava in mille direzioni diverse. Allora abbassò la mano, scossa. Griffin non poteva amarla. Proprio non poteva. Lei stessa non sapeva più chi fosse, *dove* fosse. Come faceva lui ad amare una donna che non conosceva?

"Io... non so neanch'io chi sono, Griffin, come fai da amare una donna che non ha nemmeno un vero nome?"

Griffin scosse la testa e le mise le mani intorno al viso: "Tu sei la mia Autunno, sei il mio cuore. Ti amo, Autumn. Anche se cambi nome, anche se ormai scappi da fin troppo tempo, ma io ti conosco lo stesso. So che sei una persona altruista, che sei appassionata ed estroversa, che non pensi solo a te stessa. So che sei una persona sicura sotto molti aspetti, vorrei che fossi sicura anche in questo. Vorrei che vedessi la persona che vedo anch'io."

"Ho già preparato le borse, Griffin. Ormai sono abituata a cambiare sempre posto, immagino di poter trovare un altro posto dove sistemarmi, se è quello che decido di fare." Non era affatto una bugia, ma quasi. Stava di nuovo scappando, solo che non scappava da un uomo che minacciava di farle del male fisicamente, ma da uno che le faceva tremare l'anima.

Autumn stava crollando, si stava innamorando di un uomo di cui si era già innamorata. Santo Dio, che codarda. Se poi lui avesse aperto gli occhi e avesse capito che l'amava solo perché lei gli stava vicino? Nel cuore di Griffin c'era ancora Lauren, non *lei*. Quel dubbio atroce la tormentava dentro, le diceva che non era all'altezza, che lei sarebbe stata sempre quella che mentiva, quella che scappava.

"Non era destino, che rimanessi," gli sussurrò.

Lo sguardo di Griffin si fece triste, il viso sbiancò: "Non ti costringerò mai a rimanere," le disse lentamente con la voce roca, "non ti tarperò mai le ali."

Lei tremò e gli strinse le mani sulle cosce. Da quando lo stava toccando? Perché lo stava toccando ancora? Doveva scappare prima che le facesse troppo male.

Doveva scappare.

"Devo andare."

"Prima che tu vada, voglio dirti che il mio lieto fine sei tu. Devi essere tu. Sei tu il mio futuro, ne sono certo. Anche se dovessi scappare con te." Griffin si allontanò e si alzò il maglioncino per farle vedere il tatuaggio ancora fresco sulla pelle.

"Cosa? Cos'è quello?"

"Questo è il finale del mio libro. Del nostro libro. Ho ritrovato un futuro, ho ritrovato le parole. Grazie a te." La scritta elegante era ancora fresca, l'inchiostro ancora vivo, tanto che era ancora coperto di pomata.

"Tu sei il mio destino. Sei il sentiero meno battuto. Tu sei il mio futuro. Sei la mia casa. Sei la mia vita."

"Sono parole mie, le ho scritte nero su bianco anche sulla pelle, sul mio cuore. Ora sono tatuate anche nella mia memoria. Amami e lasciati amare. Stai con me, fino a quando arriveremo all'ultima pagina."

C'era bisogno di uno scrittore per farla in mille pezzi, con parole di speranza e di amore.

Le lacrime cominciarono a bagnarle le guance, allora si appoggiò a lui: "Griffin."

"Autunno, mi sono innamorato di te, Autumn. Mi innamorerò di te ogni giorno, fino all'ultimo. Stai con me. Datti un'opportunità. Smetti di scappare e stai con me."

"Ti amo," gli sussurrò. Quelle parole le uscirono di bocca senza che lei nemmeno decidesse di pronunciarle; ma dopo averle dette, capì anche lei che erano vere, l'unica verità che avrebbe dovuto dire, in quella cucina: "Resterò."

Quella era la verità, sarebbe rimasta. Non perché glielo chiedeva lui, ma perché era lei a volerlo. Solo che aveva troppa paura per ammetterlo. Tanta paura da rischiare di perdere tutto ciò che non aveva mai pensato di poter avere.

"Oh, grazie, cazzo," disse Griffin un po' goffamente,

per poi avvicinarla. "Porco cane se sono felice che anche tu mi ami. Con te sarei stato disposto ad andare ovunque e lo sono ancora. Vuoi che partiamo per un viaggio senza meta? Si può fare. Posso scrivere in macchina, in albergo, su uno scoglio sperduto nel nulla. A me basta stare con te, per scrivere. Dico davvero, ma non so se potrei farcela, senza te." Poi Griffin sussultò: "Non volevo dire che ti voglio vicina solo per scrivere…"

Lei gli mise le dita sulle labbra: "Stavi andando alla grande con le parole, fermiamoci finché siamo in tempo."

Lui le mordicchiò la punta delle dita: "Ti amo, Autunno."

"Ti amo, scrittorino, e voglio rimanere, Griffin. Per te, per me, per noi. Basta con le fughe."

Griffin allora sorrise, facendola di nuovo innamorare; poi la prese tra le braccia e se la fece sedere sulle ginocchia, a cavalcioni. La baciò, esplorandola con la bocca come se non l'avesse mai baciata prima, pur conoscendo ogni centimetro di lei, ogni parte del suo animo. Intrecciarono le lingue e Autumn sospirò.

"Mi mancava il tuo sapore," le disse dal profondo della gola.

"A me mancavi tu."

Griffin le ripeté: "Non ti tarperò mai le ali, non ti costringerò mai a rimanere."

"Rimango per me, per te, per quello che possiamo diventare. Per quello che siamo. Rimango perché amo la tua famiglia e anche questa città. Ho trovato casa, Griffin. Una casa vera."

"Vivi con me, sentiti mia. Scriviamo insieme la prossima pagina."

Che uomo, il *suo* uomo. Sapeva usare le parole, tanto

da farle desiderare di rimanere, di non andarsene mai più.

"Sì."

Allora Griffin la baciò, facendola gemere. Era quello il loro futuro. Il loro futuro senza fine.

Autumn non vedeva l'ora di viverlo.

Epilogo

GRIFFIN LE AFFERRÒ I SENI, PREMENDOLI INSIEME E ghignando come uno scemo.

"Hai intenzione di startene lì a guardarmi le poppe o pensi di farci anche qualcosa?" gli chiese Autumn. Era sdraiata sotto di lui, nuda, tutta arrossata, qualche minuto prima l'aveva fatta venire con la bocca.

Lui era seduto a cavalcioni su di lei, con l'uccello duro e pronto. Ma prima voleva giocare con le tette di Autumn. Amava quelle tette. Quando Griffin si abbassò per leccarle un capezzolo, lei si lasciò sfuggire un sospiro di piacere, da cui lui capì quanto le piacevano quelle attenzioni ai seni. Un gusto reciproco.

Lui continuò a succhiare, a mordicchiare, a strofinare i denti. Lei alzò le braccia e gli mise le mani dietro la schiena, prima morbidamente, poi affondando le unghie, presa dal bisogno.

"Griffin, te lo giuro su Dio, se non vieni subito dentro di me mi metto le dita sul clitoride e mi faccio venire da sola, senza di te."

"Golosona." Ma poi Griffin si spostò fino a metterle

l'uccello contro la passera. Lo stavano facendo senza profilattico, era la prima volta. Lui era ansioso di sentirla pelle a pelle. "Sei pronta?" Oscillò i fianchi lentamente per far scivolare l'uccello contro il suo nucleo bagnato e contro il clitoride.

"Griffin!" Autumn allungò una mano tra i loro corpi, ma lui le afferrò i polsi.

"Lasciami fare," le disse a voce bassa. Poi oscillò ancora più indietro, prima di penetrarla lentamente. Gemettero entrambi quando le entrò dentro completamente. "Santo cielo, mai più profilattici. Voglio stare nudo dentro di te ogni santo giorno. Ogni giorno. Mi capisci?"

"Magari mi verrà un'irritazione, ma chi se ne frega. Però datti una mossa, va bene? Scopami duro, dolce, non mi interessa, basta che mi scopi."

"Autunno, la mia ragazzaccia. Ti amo anche così."

"Ti amo," gli disse con un sorriso.

Lui la vide alzare gli occhi e inclinare la testa all'indietro, mentre si muoveva dentro di lei, prima lentamente, poi sempre più veloce fino a fare ansimare entrambi. Le bocche appiccicate, i corpi sudati, l'uno contro l'altra, intrecciati mani e piedi, Griffin tenne gli occhi fissi in quelli di Autumn, mentre facevano l'amore. Lei aprì la bocca e lo sguardo le si offuscò.

"Griffin."

"Lo so, lo so." Le baciò la mano. "Ti amo." Spinse dentro di lei un'ultima volta e poi venne ruggendo, mentre la passera gli si stringeva addosso e lei urlava, chiamandolo per nome. Poi la tenne stretta e rotolò sul fianco, sempre baciandola con forza sulla bocca, sul collo, dietro l'orecchio.

"Autunno mia."

"Certo che sai anche muoverti, scrittorino," gli disse facendo una smorfia mezza addormentata. "Che bel modo di svegliarsi."

"Dobbiamo svegliarci così tutti i giorni."

Lei ridacchiò. "A me va bene, però così ho paura che farò tardi al lavoro."

Lui le mordicchiò il collo: "Conosco il capo, non c'è problema."

Lei lo spintonò, ma negli occhi aveva solo gioia: "Oggi non lavoro più per te, ricordi? Sono la nuova segretaria della Montgomery Ink."

Lui fece un finto broncio ma poi la baciò: "Esatto. Me ne sono dimenticato, facendo l'amore. Per fortuna che ci sei tu a dar loro una mano. Sanno organizzarsi in tutto, tranne che in quel dannato computer."

Autumn rise, mentre lui le passava le mani nei capelli, non riusciva a smettere di toccarla; non gli sembrava vero di stare con quella donna, con quel tassello del futuro, a letto con lui. Non sarebbe scappata mai più. Vivevano insieme la loro realtà; Griffin non era mai stato tanto felice.

Scriveva libri di fantasia, ma la sua verità, la sua vita era meglio di qualunque trama potesse mettere nero su bianco.

Vivevano insieme, un giorno alla volta. Non le aveva ancora proposto di sposarsi. L'avrebbe fatto, ma non ancora. Anche se l'impressione era quella di conoscersi da anni, in realtà non era passato tanto tempo. Si sarebbero presi tutto il tempo per conoscersi meglio, prima di fare il passo successivo. Ma lei si sarebbe fatta il tatuaggio di famiglia, il marchio della Montgomery Ink, perché ormai era una di loro, anche se non aveva ancora il loro cognome. Maya aveva insistito su quel punto, ma faceva molto piacere anche ad Autumn.

Sarebbe andato tutto bene. Non era facile vivere nel mondo reale, invece che nella fantasia dei libri. Innamorarsi non era automatico, la gente non rimaneva sempre la stessa. Bisognava darsi da fare per essere sempre aperti e onesti l'uno con l'altra. A lei sarebbero rimaste delle paure, come anche a lui, ma potevano sempre aiutarsi ad affrontarle, invece che nascondersi.

Non avevano più parlato di contattare la famiglia di Autumn, ma l'avrebbero fatto. Le serviva più tempo per abituarsi a quella nuova realtà, prima di tornare ad affrontare quella vecchia. Lui la capiva e le aveva detto sinceramente che non le avrebbe mai tarpato le ali. Se Autumn avesse scoperto di voler stare vicino alla famiglia da cui era scappata tanti anni prima, lui l'avrebbe seguita; avrebbe lasciato Denver e tutto ciò che aveva costruito in quella città. Sarebbe stato difficile, ma ce l'avrebbe fatta.

Autumn era *tutto* per lui.

Lo aveva aiutato a ritrovare la voce, le parole, la sicurezza.

Griffin aveva finito il suo maledetto libro, grazie a lei. Autumn si sarebbe sistemata con lui senza mai arrestarsi. Erano tutt'uno, ma anche due individui, erano Autunno e Scrittorino.

Erano solo *loro*.

Griffin si avvicinò ad Autumn e la baciò in fronte: "Mi fai mancare il fiato."

Lei sbatté le ciglia e poi gli baciò la barba sotto al mento. "Sei tu il motivo per cui sono sicura di voler rimanere, sicura di essere *me stessa*. Sei il mio Griffin, tanto quanto io sono il tuo Autunno. Voglio che lo facciamo ogni mattino. Ogni giorno."

Allora lui la baciò, mettendo in quel bacio tutto ciò che non poteva dire, tutto ciò che non poteva esprimere a parole. Anche se lui lavorava proprio con le parole, ma non importava: non importava che scrivendo quelle parole lui creava dei mondi in cui la sua mente sceglieva di vivere. Era la donna che teneva tra le braccia che gli permetteva di scrivere, di trovare le parole. Prima o poi ce l'avrebbe fatta anche per conto suo, ecco perché Autunno era perfetta per lui; lo aiutava a non perdere il contatto con la realtà e lui sapeva di avere lo stesso effetto su di lei.

Qualunque fosse il futuro per loro due e per i Montgomery, almeno Griffin aveva la sua Autunno, la sua Autumn al fianco; lui avrebbe scritto il percorso, il corso della loro storia; l'avrebbe scritto con la donna il cui nome aveva portato il cambiamento nella sua vita.

Griffin Montgomery non era alla ricerca dell'amore, ma l'aveva trovato.

Alla fine, innamorarsi non era poi così male, anzi.

Era proprio bello.

FINE

IL PROSSIMO MONTGOMERY a scoprire il proprio futuro non è uno, ma *due* ragazzacci tatuati.

Maya, Jake e la storia di Border, "Marchio indelebile".

Una nota di Carrie Ann

Grazie mille per aver letto **Stampato Sulla Pelle**. Spero tanto che questa storia ti sia piaciuta e che lascerai una recensione! Le recensioni aiutano autori e lettori.

Se vuoi ricevere tutte le mie ultime novità, puoi iscriverti alla mia newsletter sul sito www.CarrieAnn-Ryan.com; oppure puoi seguirmi su Twitter, il mio account è @CarrieAnnRyan, o puoi mettere un like sulla mia pagina Facebook. C'è anche un Fan Club su Facebook dove vengono pubblicate domande, indovinelli, chiacchiere e altri annunci. I miei lettori sono il motivo per cui scrivo le mie storie, quindi grazie.

Ricordati di iscriverti alla mia MAILING LIST così potrai sapere subito quando esce un nuovo romanzo, oltre a ricevere informazioni sulle offerte e sulle LETTURE GRATUITE.

Buona lettura!

Se vuoi rimanere aggiornato su nuovi libri o

promozioni, sentiti libero di iscriverti alla newsletter di Carrie Ann.

TI INTERESSA ESSERE UN BLOGGER E REVISORE PER CARRIE ANN RYAN? REGISTRATI QUI!

Montgomery Ink:
Libro 0.5: Tatuaggio ispirato
Libro 0.6: Destino a tre
Libro 1: Tatuaggio spinoso
Libro 1.5: Sulla pelle per sempre
Libro 2: I confini della tentazione
Libro 3: Un passo difficile
Libro 4: Stampato sulla pelle
Libro 5: Marchio indelebile
Altre storie a venire!